포항의 눈

강호진, 권영락, 김광일, 도형기, 박성진, 이대환
이동철, 이상만, 이재섭, 임재현, 임해도, 장태원

여우와 두루미

시 승격 70주년 포항,
포항시민은 새로운 '눈'을 갖춰야

올해 포항은 시 승격 70주년이다. 유럽의 고색창연한 도시들이나 트럼프-김정은의 2차 북미정상회담이 열릴 '수도 천 년의 하노이' 같은 도시들에 견줘볼 때는 이제 겨우 간난아이밖에 안 되는 연령이다. 하지만 시선을 아주 축소해 어느 개인의 인생에 비춰볼 때는 상당히 기념할 만하다. 중국 당나라 시인 두보杜甫의 〈곡강시曲江詩〉에 나오는 '인생칠십고래희人生七十古來稀'에서 유래한 그 '고희古稀'를 떠올릴 수 있기 때문이다.

세계의 유수한 도시들과 비교하면 간난아이의 연령이고, 개인의 인생과 비교하면 노인의 고희를 맞이한 포항시. 문제는 도시의 연령이 아니라 도시의 건강상태이다. 시 승격 70주년 포항의 건강상태는 어떠한가? 현재로서는 70세 노인의 처지와 비슷한 상태라는 자못 '우울한 진단'을 내리지 않을 수 없다. 그 진단의 요지는 다음과 같다.

경제적으로는 거의 절대적으로 포스코에 의존해온 도시에 십여 년 넘게 철강경기의 침체가 드리워져 있고 '포스코와 더불어 포스코를 넘어서야 하는 과제'를 풀어나가지 못하고 있다.

정치적 시각으로 보면, 포항을 대표하던 정치인들이 영어의 신세로 전락하는 모습을 지켜봐야 했으나 그 세력에게 다시 포항의 정치권력을 승계해주는 '낡은 지배구조'를 벗어나지 못하고 시민의식은 거꾸로 그것을 넉넉히 뒷받침해주고 있다.

여기에다 2017년 11월 15일 규모 5.4 지진이 발발해 졸지에 숱한 시민이 고통을 짊어진 가운데 '지진도시'라는 오명을 덮어쓰고 있다. 그러나 그 지진은 포항지열발전소 시험가동의 63회 유발지진들이 방아쇠 역할을 했던 '인재人災'였다는 과학적 증거들이 속속 제출되었다. 그럼에도 불구하고 포항시 당국이나 포항시민은 산업통상자원부의 예산으로 움직이는 '정부조사단'의 결과발표만 기다리고 있는 형국이다. 무엇보다도 규모 5.4 지진 이전의 '포항지열발전소 63회 유발지진 은폐'에 대해 포항시와 지역 정치권과 포항시민이 무기력하게 대응하는 모습에서는 실망을 넘어 절망을 느낄 지경이다.

문화정책적으로는 포항문화재단의 운영 실태가 전형적으로 보여주다시피 문화융성의 길로 나아가기 위한 기본조건이며 전제조건인 '관치의 탈피'를 벗어나지 못하고 있다.

포항경제의 기둥이며 저수지인 포스코는 2018년 하반기에 '기업시민'을 들고 나왔다. 조금 더 지켜볼 일이긴 하지만 '기업국민' 포항제철만큼 포항에 대한 관심과 애정을 기울이지 못하고 있으며, 이런저런 포스코의 새로운 언어들은 포항지역사회에 크든 작든 감동을 일으키지 못한 채 그럴싸한 수사修辭로 떠돌고 있다.

이러한 진단에 대한 우리의 대안은, 너무 고전적인 듯하지만, 포항의 힘은 포항시민으로부터 나와야 한다는 진리를 새삼 신뢰하는 데서 해법을 찾아야 한다는 것이었다. 시민의 힘은 시민의 각성 수준에 달려 있으며, 시민의 각성은 사태나 현실을 통찰하는 '눈'을 갖춰야 이뤄질 수 있다. 그래서 시 승격 70주년의 포항에 살고 있는 시민은 지금부터 최소한 4개의 눈을 더 갖추거나 더 밝게 만들어야 한다는 결론에 도달하게 되었다.

첫째는 '평화를 읽는 눈'이다. '분단의 휴전체제'를 극복하여 '종전의 평화체제'로 나아가는 역사적 전환을 성취하여 민족 화해와 평화와 공존공영과 통일의 대장정에 나서야 하는 '특별한 때'에 포항시민은 '평화를 읽는 눈'을 갖춰야 한다.

둘째는 '포항지진을 직시하는 눈'이다. 이 책이 출간될 즈음에는 정부조사단의 발표가 나오겠지만 그것과 상관없이 포항시민은 누구나 왜 규모 5.4 포항지진이 "인재人災요 관재官災였던가"에 대해 정확히 직시하고 당당히 발언할 수 있는 '눈'을 갖춰야 한다.

셋째는 '포항의 빛을 찾는 눈'이다. 포항문화의 수준이란 포항이라는 지역공동체에 살아가고 있는 사람들의 총체적 가치관의 평균수준이며, 이는 시민의식과 거의 일치하는 것이다. 왜 포항의 정체성은 '빛'인가? 어떻게 그 '빛'을 더 찾아내고 키워나갈 것인가? 포항시민은 포항의 빛을 '보는 눈'만 아니라 '찾을 수 있는 눈'을 갖춰야 한다.

넷째는 '포스코를 보는 눈'이다. 포스코가 포항에서 가장 중대한 역할을 감당하고 있으니 포항시민은 포스코를 제대로 보는 '눈'을 갖춰야 한다. 「포스코에 보내는 포항시민의 말」은 '포스코의 5000억원 서울숲 청소년창의마당 건립 기부'에 대해 명백히 반대하는 편지 형식의 글이지만, 그 반대의 목소리에는 현재의 포항시민이 '포스코 새 경영진'에게 해야하는 말들이 가지런히 정돈돼 있다. 그리고 20년 전에 발표된 에세이 「포항과 포철, 그 30년 세월을 넘어」는 그때 정리했던 '과거'와 그때 제시했던 '미래'를 오늘의 이 시점에서 성찰해볼 수 있는 근거를 제공하는 글이다. 두 글을 비교해보면 지난 20년 동안에 생겨난 포항과 포스코의 훨씬 더 멀어진 거리도 측정할 수 있게 될 것이다.

물론 자아성찰의 따끔한 자극도 필요해서 오래된 에세이 「포항의 형님론」도 불러냈지만, 지금 여기의 포항시민은 평화·포항지진·포항의 빛·포스코를 정확히 보는 '눈'을 새로 갖추거나 더 밝게 닦아야 한다는 우리의 제언과 고언苦言에는 시 승격 70주년의 포항이 미래의 어느 날부터는 유럽의 유수한 도시들처럼 한국인이 자랑스러워하는 도시로 피어나기를 희원하는 오랜 관심과 애정이 충분히 담겨 있다. 우리가 이립而立을 갓 지난 1989년 2월에 세웠던 (사)포항지역사회연구소는이제 막 이립을 채웠고 '세력화'를 꺼려 2세대를 조직하지 않았던 우리는 어느덧 이순耳順을 넘어섰으니, 다른 무슨 뜻이 있으랴. 이 책이 지역공동체의 희망찬 미래를 함께 가꿔나가는 '빛과 소금'이 되기를 바랄 따름이다.

2019년 새봄에 **필자들**

차례

책을 펴내며

시 승격 70주년 포항, 포항시민은 새로운 '눈'을 갖춰야   2

1장 평화를 읽는 눈

"평화가 터졌다"는 그날이 오면 | 이대환   10

대한민국의 최고 대북 국가전략은 '북한의 개방체제 연착륙'이다 | 이대환   21

좌담 평화를 읽는 눈 | 이재섭, 이동철, 권영락, 이대환   34

2장 포항지진을 직시하는 눈

포항지진은 인재人災요 관재官災다 | (사)포항지역사회연구소   76

63회 유발지진 은폐에 대한 국민감사청구 청원서 | (사)포항지역사회연구소   95

문재인 대통령께 드리는 지진피해 포항시민의
공개서한과 청원 | (사)포항지역사회연구소   108

An Open Letter and Petition to President Moon Jae-in:
Presented by the 'Victims of the Earthquake in Pohang City'   117

좌담 포항지진을 직시하는 눈 | 임해도, 박성진, 장태원, 임재현   130

3장 포항의 빛을 찾는 눈

포항의 정체성은 '빛'이다 | (사)포항지역사회연구소   172

좌담 포항의 빛을 찾는 눈 | 강호진, 김광일, 도형기   186

4장 포스코를 보는 눈

포스코에 보내는 포항시민의 말 | (사)포항지역사회연구소   214

포항과 포철, 그 30년 세월을 넘어 | 이대환

 가난에서 풍요까지, 그 압축 30년의 현주소   222

 신화神話의 집에 생채기가 있었네   227

 진실이 있어야 진정한 화합이 있다   233

 빛의 도시를 가꾸는 동반자   237

 21세기 포항 비전 - '포철과 함께 포철을 넘어'   242

다시 읽는 에세이 포항의 형님론 | 이상만   248

평화를 읽는 눈

"평화가 터졌다"는 그날이 오면
대한민국의 최고 대북 국가전략은
'북한의 개방체제 연착륙'이다

좌담 평화를 읽는 눈
　　　이재섭, 이동철, 권영락, 이대환

"평화가 터졌다"는 그날이 오면

이대환(작가)

'親'의 좋은 뜻이 상용될 수 있어야

남과 북, 중국, 일본, 동북아 지역의 아주 좋은 공용어들 가운데 지금 여기서는 특히 '親'을 주목하게 됩니다. 우리 겨레말의 친구, 친밀, 친교, 화친, 근친 들에서 금세 확인할 수 있듯이, 이 '친'은

2018년 11월 16일 경기도 고양시 엠블호텔에서 (사)아태평화교류협회와 경기도가 공동 주최한 '2018 아시아태평양 평화와 번영을 위한 국제대회'가 열렸다. 하토야마 유키오 전 일본총리, 북한 아태평화위원회 리종혁 부위원장, 이해찬 더불어민주당 대표, 사학계 원로 강만길 교수, 사회학계 원로 한완상 교수, 송기인 신부, 필리핀 대통령실장, 우즈베키스탄 장관, 독립투사 후손인 중국동포 등 국내외에서 350여 인사들이 참석하여 취재진 100여 명이 지켜보는 가운데 아시아 태평양지역의 평화와 번영, 일제강점기 강제동원 희생자 유골봉환 및 평화공원 조성 등에 대해 동시통역으로 활발한 논의를 펼쳤다. 이날 대회는 안부수 (사)아태평화교류협회 회장의 개회사, 이재명 경기도 지사의 환영사, 이해찬 대표의 축사, 리종혁 부위원장의 답사, 하토야마 전 일본 총리와 정세현 전 통일부장관의 기조연설, 박인환 건국대 교수(전 대일항쟁기위원회 위원장)와 여혜숙 민주평통여성분과위원장과 이대환 작가의 토론발제, 공동발표문 발표, 문화공연, 만찬 등의 순으로 6시간에 걸쳐 진행되었다. 이 글은 그날 발표한 토론발제를 필자가 조금 보완한 것임을 밝혀둔다. [편집부]

서로 '소리'는 달라도 같은 뜻의 '문자'로 상용되고 있습니다. 그런데 단 하나의 특수한 예외가 남과 북에는 명백하게 존재합니다. 어떤 경우일까요? '친일親日'입니다. 남에서든 북에서든 '친일'은 여전히 반민족적 부역의 이미지를 덮어쓴 단어입니다. 과연 어느 날에야 우리 겨레의 언어 습성에서 '친일'의 '친'도 '친구'의 '친'과 같은 원래의 의미를 회복할 수 있을까요? 이러한 질문을 일본인들과 한국인들이 모인 자리에서 처음 던졌던 한국인은 포스코 창업회장 고故 박태준 선생이었습니다. 그때 그 자리에서 박 선생은 한국어의 '친일'이 '친'의 본래 의미를 회복할 수 있는 기본조건을 제시했는데, 일본 지도력은 독일의 빌리 브란트 같은 용기를 발휘해야 하고 한국 지도력은 일제 강점기를 기억하는 것과 함께 1965년 한일 국교정상화 이후 한일관계의 성과도 주목해야 한다고 역설했습니다. 저의 생각에, 오늘 이 대회의 가장 소중한 의의는 아시아-태평양의 국가들과 민족들이 상호간 '친'의 아주 좋은 뜻을 그대로 상용되게 만드는 희망과 비전을 모색하는 자리라는 것입니다. 북과 남에서, 중국에서, 일본에서, 그리고 미국과 러시아에서 친남, 친북, 친일, 친중, 친미, 친러라는 말이 '친'의 아주 좋은 뜻 그대로 상용될 수 있는 그날을 다함께 희원하는 시간이라는 것입니다. 일본에도 그 '친'의 참뜻을 살리려는 지도력이 있었습니다. 양심의 발로와 결단의 용기를 실천했던 하토야마 유키오 전 일본 총리입니다. 특별히 이 자리도 빛내주시는 하토야마 선생께 경건한 인사와 더불어 새삼 뜨거운 박수를 보내드립니다.

'6자 회담'에 대한 불만—비핵화와 평화체제는 동전의 양면관계다

그 '친'을 향하는 귀중한 열차가 있습니다. 이미 시발역을 떠났습니다. 아직은 속도를 가늠하기 어렵지만 가기는 가고 있기 때문에 어느덧 우리 귀에 익숙해진 남북회담, 북미화담이 그것입니다. 몇 년 전만 해도 6자회담이란 말에 익숙했습니다. 6자회담이란 본디 1989년 11월 베를린장벽 붕괴 후 서독과 동독의 통일과정에서 2차 대전 승전국인 미국, 소련, 영국, 프랑스가 만든 '2+4 테이블'이었습니다. 이를 본떠서 한반도 분단에 깊이 연루됐던 미국, 러시아, 일본, 중국이 남과 북을 초청해 2003년 베이징에서 만든 또 다른 '2+4 테이블'이 〈북한 핵문제 해결과 한반도 비핵화를 위한 다자회담〉, 즉 6자회담이었습니다.

저는 한반도 운명에 큰 영향을 끼치려 했던 6자회담에 대하여 3가지를 못마땅해 했고, 뒷날에는 글로도 썼습니다. 첫째는 '서독과 동독', '남과 북', 둘의 차이에 초점을 맞췄을 때의 불만이었습니다. 서독과 동독은 제도통일의 길을 합의하고 베를린장벽 붕괴 329일 만에 실현했지만, 남과 북은 통일체제 이전 단계로서 휴전의 분단체제를 지속적이고 안정적인 종전의 평화체제로 만들어야 한다고 판단했기 때문이었습니다.

둘째는 명칭과 그 목적에 대한 불만이었습니다. 〈북한 핵문제 해결과 한반도 비핵화를 위한〉으로만 국한했던 그 명칭, 그 목적에 대해 강한 불만을 품어야 했습니다. 이유는 간단합니다. 평화체제가 첫 목표라고 판단한 저의 눈에는 '비핵화와 평화체제'가 동전의 양면관계로 보였습니다. 동전의 양면관계란, 선후先後 관계인 것 같으면서도 동시同時 관계입니다. 간발의 차이는 있을 수 있겠지요. 오랜 옛날부터 동전에는 양면이 있었기에 그런 관용어도 생겨났겠는데, 설령 앞면을 먼저 찍더라도 곧바로 뒷면도 찍어야 온전한 동전이 되는 것 아니겠습니까? '비핵화와 평화체제'가 바로 그러한 동전의 양면관계라고 보았으니까, 6자회담의 명칭과 목적이 〈북한 핵문제와 한반도 비핵화 실현 및 남북 평화체제 구축을 위한〉쯤은 됐어야 옳았다는 저의 생각은 여전히 불변입니다.

셋째는 6자의 심보에 관한 불신이었습니다. 남과 북은 진정한가? 강대국 4자는 한반도 분단에 대한 역사적 책임의식과 윤리의식을 진정으로 조금이나마 간직하고 있는가? 이런 회의懷疑를 품어야 했습니다. 더구나 제도통일의 길로 곧장 나아갔던 서독과 동독의 경우에는 미하일 고르바초프라는 강력하고 훌륭한 조력자가 있었습니다. 단적으로, 고르바초프는 통일 독일의 땅에 미군을 주축으로 하는 NATO 군대가 주둔하는 것도 승인했습니다. 그런데 2003년은 어떠했습니까? 남북관계에는 '6·15선언'이 간신히 버티고 있었지만, 다른 4자의 어디에도 고르바초프는 없었습니다. 2018년 11월, 지금은 어떻습니까? 남과 북이 6·15선언과 10·4선언을 넘어선 올해의 판문점선언과 평양공동선언을 기반으로 과거 어느 때보다 든든한 신뢰관계를 구축하고 있고, 북미 정상은 싱가포르 6·12선언도 내놨습니다. 1990년 서독의 헬무트 콜 총리만큼은 아니지만, 남과 북의 두 정상이 친서외교도 펼치고 있습니다. 그런데 고르바초프 같은 조력자는 있는가? 4자의 어느 지도력이 휴전의 분단체제를 종전의 평화체제로 전환하려는 우리 겨레의 비원을 인간의 영혼으로 받아들이고 있는가? 오히려 투키디데스 함정이 기다리는 것은 아닌가? 트럼프의 미국과 시진핑의 중국, 패권국가와 신흥강국의 피할 수 없는 대립과 충돌이 한반도의 지속적이고 안정적인 평화체제 정착에 미칠 악영향을 염려할 수밖에 없습니다. 독일을 위한 고르바초프의 결단은 없는 대신, 한반도를 향한 투키디데스 함정은 존재할 것만 같습니다.

무엇보다 '지도력'의 상호 신뢰관계가 확고해져야

진정한 신뢰의 남북관계를 지속하고 투키디데스 함정을 경계해야 하는 정세 속에서, 오늘 우리는 소중한 자리에 모였습니다. 시리아, 예맨, 팔레스타인 등 아시아대륙 서쪽 지역에서는 이 시간에도 평화를 파괴하여 인간도 파괴하는 총성과 폭음이 멈출 줄 모르고 있지만, 동북아의 잠재적 화약고로 지목되던 한반도에 화해와 평화의 봄기운이 감도는 길목을 우리는 지키고 있습니다. 한반도에서 계절의 시간은 초겨울에 진입하지만, 역사의 시간은 바야흐로 봄의 길목에 들어섰습니다. 물론 시시때때로 불안과 초조를 불러일으키는 뉴스가 나오는 가운데, 북에서 '친미'란 말이 좋은 뜻으로 상용되고 아메리카합중국에서 '친북'이라는 말이 좋은 뜻으로 상용될 그날을 향하는 열차는 멈춘 듯 가는 듯 더디게 가고 있습니다. 한반도 내부적으로도 70년 분단의 대립과 반목에 길들여진 정서와 사고가 엄존하며, 기나긴 분단의 비극이 만든 불신의 똬리도 습관과 상식처럼 엄존합니다. 이러한 상황에서 역사적인 봄의 길목을 활짝 열어젖힐 기본 동력은 남북, 북남 지도력이 확고한 신뢰관계를 만들고 평화와 번영의 이름으로, 민족과 역사의 이름으로 그것을 서로 지켜내는 용기와 인내와 지혜를 발휘하는 것입니다. 그럴 때만이 양측 국민과 인민도 지도력의 신뢰관계를 신뢰할 수 있게 됩니다. 물론 지도력의 신뢰관계가 아무리 돈독해도 우리 겨레의 실력만으로는 당장에 해결할 수 없는 제약, 힘의 한계 같은 것이 실재한다는 점을 서로 솔직하게 인정하고 서로 진심으로 배려하는 미덕도 요구될 것입니다. 이러한 시각에서 저는, 오늘 이 자리에 리종혁 부위원장을 비롯해 북측 인사들이 함께하는 일은 그 신뢰, 그 미덕의 한 증거라고 생각하며, 다시 한 번 뜨거운 환영과 감사를 보내드립니다.

염탐과 책략이 아니라 용기와 결단으로

비핵화와 평체체제를 성취하는 여정에서 남과 북, 두 지도력의 신뢰관계, 그리고 남과 북, 국민과 인민의 신뢰관계가 얼마나 중요할까요? 좀 생뚱맞은 비유로 들릴 수도 있습니다만, 아니, 비핵화와 평체체제는 당사국들의 염탐이나 책략에 의해 좌우되는 문제가 아니라 용기와 결단에 의해 결정되는 문제라는 사실을 감안해볼 때 다음과 같은 비유가 설득력이 없는 것도 아닐 겁니다.

2018년 여름에 열렸던 러시아월드컵에서 한국과 독일의 예선 경기를 기억하시지요? 한국인도 독일인도 쉽게 잊지 못할 추억으로 남은 그 경기가 어떻게 종결되었습니까? 거의 모든 한국인이 과연 몇 골 차이로 패배할 것인가라는 초조감을 앞세우고 지켜봤지만 경기 종료를 눈앞에 두고 한국팀이 연속 두 골을 넣어 '2 : 0' 승리를 거뒀습니다. 그 승리의 요인이 무엇이었습니까? 몇 가지 요인이 복합적으로 작용했는데, 누구나 다 인정하는 가장 중요한 요인은 한국 선수들의 '철저한 협력수비'였습니다. 그것이 독일의 슈팅을 번번이 불운 쪽으로 빗나가게 만들었고, 우리는 마지막 찬스를 놓치지 않고 두 골을 먹였습니다.

남과 북, 우리 겨레가 70년 분단체제를 극복하기 위해서는 어떡하든 현재 진행되고 있는 경기에서 기회를 잡아 반드시 연속으로 두 골을 넣어야 합니다. 한꺼번에 두 골은 안 되는 것 아닙니까? 김영권 선수가 먼저 넣고 바로 이어서 손흥민 선수가 넣었지요? 앞에서 '비핵화와 평화체제'란 동전의 양면관계로서 선후관계가 아니라 간발의 차이를 인정하는 거의 동시관계라는 말씀을 드렸다시피, 우리 겨레는 '비핵화'의 첫 골을 넣고 바로 이어서, 거의 동시적으로 '평화체제'의 두 번째 골을 넣어야 합니다. 그리고 러시아 월드컵에서는 독일에 두 골을 먹이고도 16강에 진출하지 못하는 아쉬움을 감수해야 했지만, 비핵화와 평화체제라는 두 골을 넣기만 하면 우리 겨레는 '민족의 화해와 번영'이라는 본선에 진출할 수 있습니다. 두 골을 넣기만 하면 그 본선 진출은 확정돼 있습니다.

그렇다면 비핵화와 평화체제를 성취하기 위한 현재의 국제관계나 국제정세에서는 무엇이 가장 중요할까요? 한국팀이 독일팀을 '2 : 0'으로 이기는 원동력이었던 '철저한 협력수비'에 비유될 수 있는, 비핵화와 평화체제를 성취할 수 있는 가장 중요한 원동력은 무엇일까요? 바로 '남과 북, 두 지도력의 진정하고 돈독한 신뢰관계', 그것을 뒷받침할 수 있는 '남과 북, 국민과 인민의 신뢰관계'라는 것입니다. 이 신뢰관계야말로 2019년에 시작될 후반전에서 비핵화와 평화체제라는 두 골을 넣을 수 있는 가장 중요한 기본조건이라는 것이, 투키디데스 함정이든 주변 4강의 첨예한 이해관계의 상충이든 그런 불운도 극복할 수 있는 원동력이라는 것이, 남과 북의 신뢰관계가 흔들리면 모든 것을 흔들어버리는 지진의 진앙이 되고 만다는 것이 '지금 여기'를 살아가고 있는 한 작가의 판단입니다. 물론 이렇게 남과 북의 신뢰관계가 가장 중요한 원동력이라고 말하는 결정적인 이유의 하나는, 비핵화와 평화체제를 정착시키는 대업은 예민한 염탐이나 책략이 아니라 대담한 용기와 결단만이 성취할 수 있는 것이라는 믿음을 보듬고 있기 때문입니다. 염탐이나 책략은 협상 테이블의 온갖 나쁜 변수들을 일컫는 이른바 '디테일의 악마'에 먹힐 수도 있습니다. 민족의 희망찬 미래를 열어나가겠다는 진정한 용기와 결단은 실무협상의 과정에 아가리를 딱 벌리고 있는 '디테일의 악마'를 제압하거나 물리칠 수 있는 거의 유일한 수단일 것입니다.

"평화가 터졌다"라고 외치는 그날을 위하여

혹시 "평화가 터졌다"는 말을 들어보셨습니까? "전쟁이 터졌다"는 말은 들어봤지만, 결단코 우리 겨레가 다시는 듣지 말아야 할, 아니, 인간의 귀로는 영영 듣지 않아야 할 "전쟁이 터졌다"는 말은 들어봤어도 "평화가 터졌다"는 말은 한 번도 들어보지 못했을 겁니다. 그런데 "평화가 터졌다"고 말했던 사람이 있습니다. 문학작품의 인물입니다.

1차 대전에 위생병으로 참전해 참혹한 지옥을 경험했던 베르톨트 브레히트(1898-1956)라는 독일 극작가의 희곡 「억척어멈과 그 자식들」에 그 말이 나옵니다. 1618년에 스웨덴의 신교도 군대와 오스트리아의 구교도 군대가 30년 동안이나 살육을 감행하며 독일과 유럽을 황폐화시켰던 그 '30년 전쟁의 시대'를 희곡작품에 불러들인 브레히트는, 그 전선을 따라 포장마차를 끌고 다니며 장사를 해먹던 '억척어멈'이라는 여인이 "평화다! 스웨덴 왕이 죽었다!"는 외침을 듣고는 "평화가 터졌다는 말은 하지 말라"고 신경질을 내게 만듭니다. 억척어멈에게는 장사를 해먹는 전쟁 상태가 정상이고, 장사를 망치는 평화 상태가 비정상적이라고 여기는 인식이 굳어져 있었던 겁니다. 우리 겨레는 70년 분단과 휴전의 준전시적 상황에 모든 것을 맞추며 살아왔기 때문에 불원간 어느 날에 종전의 평화체제가 선언된다면 얼떨결에 브레히트의 억척어멈처럼 그것을 비정상적인 어떤 사태로 여길지도 모릅니다. 그렇기 때문에 우리는 통일체제 이전의 지속적이고 안정적인 평화체제를 갈구하면서도 불안과 초조를 떨치지 못하는 그 마음의 한 자리에서 가끔은 "평화가 터졌다"는 말을 해볼 필요도 있을 것입니다. 분단의 휴전체제를 대체하는 종전의 평화체제가 도래했을 때, 떨리는 영혼으로 "드디어 평화가 터졌다"고 외칠 수 있는 마음의 준비가 여러분은 돼 있습니까?

일제 강점기를 '상록수'의 정신으로 감당해나가다 젊은 나이에 세상을 떠난 소설가이며 시인인 심훈 선생은 해방의 그날이 오면 종로 네거리의 보신각종이라도 들이받겠다고 했습니다만, "평화가 터졌다"는 그날이 오면, 남과 북이, 북과 남이 손을 맞잡고 풀어나가야 하는 민족적 비원의 하나가 '일제 강점기 강제동원 희생자 유골'을 고국으로 봉환하는 일이며, 더 나아가 비무장지대 어딘가에 그 고혼들을 모시는 평화공원을 조성하고 추모기념관을 건립하는 것입니다. 이 자리의 우리는 평화 정신을 선양하려는 그 일에 앞장설 사람들입니다. 그러나 개인이나 민간단체의 역량만으로는 족탈불급입니다. 남과 북, 정부가 전담 전문기구를 만들고 민간과 더불어 풀어나가야 합니다. 남에는 대일항쟁기위원가 부활해야 하고, 북에도 유사한 전문기구가 있어야 합니다. 일찍이 선구적으로 그 과제를 스스로 짊어지고 십년도 넘게 고군분투해온 안부수 아태협 회장의 신념대로, 일제강점기 강제동원 희생자 유골을 고국으로 봉환하는 일은 원혼의 힘으로 평화의 길을 개척하는 것이며, 평화공원과 추모기념관은 과거의 상처에 대한 기억을 넘어 평화 번영의 미래를 기약하는 것입니다. 다시 말하면, '친'의 참뜻이 황폐한 지역에 '친'의 참뜻이 들꽃처럼 피어나게 하는 일이며, "평화가 터졌다"는 말이 새소리처럼 들려오게 하는 평화의 숲을 만드는 일입니다.

대한민국의 최고 대북 국가전략은 '북한의 개방체제 연착륙'이다

나는 미하일 고르바초프의 훌렁 벗겨진 이마에 세계지도처럼 그려진 얼룩을 기억한다. 세계지도를 닮은 저 얼룩이 20세기 지구적 냉전체제를 파괴할 자기 운명의 묵시黙示란 말인가. 텔레비전 화면에서 그를 볼 때마다 머릿속에 돋아났던 생각이다. 그리고 내 영혼을 뒤흔든 그의 한마디를 잊지 못한다. "역사는 늦게 오는 자를 처벌한다." 이 말을 그는 1989년 11월 분단의 장벽이 무너진 베를린 브란덴부르크 문을 찾아가 멋지게 외쳤다. 그때, 하루의 시간은 밤이었으나 역사의 시간은 새벽이었다. 수많은 시민이 새 지평의 먼 동을 바라보듯 환호에 젖어 있었다. 어느 누구도 막을 수 없는 어떤

이 글은 2015년 송복, 송호근, 오세정, 이현숙, 장덕진, 전상인 교수 등 36인의 전문가들이 공동으로 펴낸 『10년 후 한국사회』에 실은 필자의 에세이로, 그대로 전재한다. [편집부]

절대적 연대의식이 그들을 하나로 묶고 있었다. 지금, 그 말은 평양의 최고 권좌에 경고의 화살로 쿡 박힌 채 녹슬고 있지만…….

시대적 변혁을 이끌었던 모든 지도력은 공功과 과過를 기록했다. 그들도 태양 아래의 존재로서 명明과 암暗을 동시에 살아가야 했던 것이다. 이토 히로부미가 그러했고, 마오쩌둥이 그러했다. 이승만도 김일성도 예외가 아니었다. 고르바초프 역시 그것을 벗어나지 못했다.

김일성의 민족사적 공과功過를 어떻게 볼 것인가? 보천보 전투든 또 무슨 전투든 다소간 과장이 덧칠되었더라도 그런 것은 무릇 신화의 필수불가결 요소라고 여기는 나는 그의 항일무장투쟁에 대한 공功을 애써 깎아내리지 않는다. 하지만 그의 과過에 대한 비판도 양보하지 않는다. 분단 고착 후 그의 과는 크게 세 가지라고 본다.

첫째는 민족해방이든 노동해방이든 동족상잔의 참혹한 전쟁(6·25전쟁)을 획책하고 실행한 것. 둘째는 동유럽 사회주의국가들의 연쇄붕괴가 일어난 1980년대 말기보다 훨씬 더 빨랐던 70년대 초기부터 아들(김정일)을 후계자로 지목하여 봉건적 정권세습을 획책하고 실행한 것. 셋째는 세계사적 지각변동 속에서 중국이 한국과의 수교(1992년)를 추진하는 가운데 덩샤오핑이 몇 차례나 권유한 중국식 개혁개방을 끝내 거부한 것. 물론, 문학의 눈은 유일 헤게모니 장악과 패전의 책임전가를 위해 건국의 동지들을 무자비하게 숙청한 사실에 대해서도 진저리를 칠 수밖에 없다.

세상만사에는 인과법칙이 작용하고 있듯, 작금의 북한 실상은

'위대한 어버이 수령'의 3대 패착이 초래한 결과이다. 또한 그것들은 남북관계를 꼬이고 얼어붙게 만드는 '보이지 않는 손'으로 작용하기도 한다.

북한 정권은 '우리식 사회주의 고수'를 지고지선의 절대가치처럼 선전한다. 그것을 위한 최강 수단이 핵무장이다. 핵무장은 6·25 전쟁과 분리할 수 없다. 전쟁을 일으켰다 처참한 파괴와 정권 소멸의 위기를 경험한 뒤로는 중국도 소련도 믿을 수 없으니 믿을 것은 핵무장뿐이라며 핵무기를 신봉한다. 핵무장은 세습체제 유지와 분리할 수 없다. 전체주의, 전제주의 수령체제를 존속할 수 있는 최후 보루를 핵무기라고 확신한다. 어버이 수령의 이른바 '비핵 유훈'이란 것도 고도의 정치외교적 수사修辭처럼 들린다. 핵무장은 폐쇄체제와 분리할 수 없다. 개혁개방을 거부하고 '우리식'으로 생존할 수 있는 내부결속의 심리적 핵도 핵무기라고 판단한다.

상대 없는 대화란 있을 수 없다. 심지어 독백도 자신을 상대해야 한다. 훌륭한 생각과 선량한 생각을 제아무리 보듬고 있어도 상대의 처지를 깊이 헤아리지 않은 대화는 벽에 대고 혼자서 떠드는 수준을 넘어서기 어렵다. 이러한 형식의 국제적 대화가 존속한다. '북한 핵문제 해결과 한반도의 비핵화 실현을 위한 다자多者회담', 곧 '6자회담'이 그것이다.

평양 권좌에 김일성의 손자(김정은)가 등극한 다음에도 미국과 중국이 마치 먼지를 덮어쓴 게임도구를 가끔 건드려보듯이 '6자회담 재개'를 언급하고 있지만, 언제부터인가 상당수 한국인은 6자회담에 대해 '있으나마나한 국제회담'쯤으로 시큰둥해하는데, 요새도 나는 그 명칭에 길게 명시된 '목적'부터가 겉멋만 요란한 의복처럼 미덥지 못하다.

대한민국, 조선민주주의인민공화국, 미국, 중국, 일본, 러시아 등 6개국 차관급이 실무대표로 참여해온 6자회담. 1차 회의는 2003년 8월 베이징에서 열렸다. 그때 한국은 노무현 대통령의 참여정부가 출범 여섯 달째를 맞아 의욕으로 충만해 있었다(대통령 탄핵은 이 듬해 봄날의 사건). 남북관계에는 김대중-김정일의 '6·15선언'이라는 신생 동맹을 따라 전후 50년 만에 '민족'을 느낄 만한 화해가 흐르고, 서울 정권과 평양 정권이 '우리 민족끼리'의 대화를 어느 때보다 편하게 왕래하고 있었다. 하지만 역사적 상상력의 빈곤이었을까. 국제적 이해관계의 덫에 걸렸을까. 실력이 모자라 말문이 막혔을까. 분단을 걸머진 두 당사자는 '북한 핵문제 해결과 한반도의 비핵화 실현을 위한'이라는 목적을 명시한 명칭에 서명했다.

그때 '한반도의 평화체제 정착을 위한'이라는 목적을 붙였어야 '옳은 것'이고 '좋은 것'이었다고, 지금도 나는 생각한다. 물론 두 종류의 반박이 나올 수 있겠다. "북한이 미국과 마주앉아 '휴전협정'을 '평화협정'으로 바꿔보겠다고 하는 전술에 말려드는 것 아니냐?" "휴전협정에는 한국이 없고 러시아와 일본도 없으니 6자 중 3자는 그 회담 참여에 대한 자격미달이 아니냐?" 이것은 단견의 우문愚問에 불과하다. '평화체제 정착'의 하위개념과 하위수단의 목록들 중에 '휴전협정의 평화협정 대체'가 들어가게 되며, '북한 핵문제와 한반도의 비핵화'도 '평화체제 정착' 바로 아래의 하위개념과 하위수단에 위치해야 합당하기 때문이다.

2007년 여름에 이르러서야 베이징 4차 6자회담이 공동성명에다 아예 까먹은 것 같았던 '한반도 영구 평화체제'라는 말을 담았다. 제4항(평화체제 협상)에 "직접 당사자들은 한반도의 영구 평화체제를 위한 협상을 별도의 포럼을 통해 하기로 했음"이라 밝혔던 것이다. 별도의 포럼을 통해 한반도의 영구 평화체제를 위한 협상을 하기로 한다? 이것은 참으로 불쾌하고 졸렬하다. 단적으로 말해 미국, 러시아, 일본, 중국 4자 모두가 한반도 분단과 그 고착의 막중한 책임 자들인 것이다. 한반도 분단의 근원은 누가 뭐래도 일본의 식민지 지배였다. 제2차 세계대전 직후 지구적 냉전체제가 한반도의 허리를 칼로 두부 치듯 자를 때 미국과 러시아(옛 소련)는 집행자였다. 중국은 6·25전쟁 참전으로 한반도의 '잔인한 재분단'을 결정했다.

그들 4자를 한자리에 모아둔 한국과 북한이 하나의 목소리로 한반도 분단에 대한 윤리적 시대적 책임의식을 촉구하지(북한은 중국에게 침묵하더라도) 못했던 것은 우리 민족이 드러낸 실력의 한계였다고 할지언정, 한국만이라도 시대적 진실과 역사적 상상력에 의존하여 그들 4자에게 과거의 죄업을 일깨우며 '한반도 평화체제 정착을 위한 6자회담'을 설득했어야 옳았다. 더구나 현실적으로도 '북한 핵문제 해결과 한반도의 비핵화 실현'은 남북관계의 이슈인 동시에 그들 4자의 패권적 이해관계와 직결된 이슈이니, 한국(또는 남북)이 그것을 '평화체제 정착'의 하위개념과 하위수단에 위치시킬 전략적 주요 근거이기도 했다. "좋다. 핵을 다루자. 그러나 평화체제 밑에서 다루자." 이렇게 나갔어야 옳았다.

북한을 핵보유국으로 인정하는 것에 미국과 중국은 2015년에도 애매한 소리를 하고 있다. 그러나 거의 모든 한국인은 북한이 핵무장을 했다고 믿는다. 21세기 한국사회에서 하나의 상식과 같으며, 감히 '잘못된 상식'이라고 단정적으로 말할 정보나 권력은 지구상에 존재하지 않는다. 이것이 '6자회담 12년'의 초라한 성적표이다. 하지만 한국은 변함없이 남북 화해와 평화를 갈망하고 통일을 염원한다. 심지어 박근혜 대통령이 "통일은 대박"이라 선언하기도 했다. 한국경제는 북한에서 신성장 동력을 얻게 되고 그것이 북한 발전에 직결된다는 경제적 시각에 방점을 찍은 발언 같았다. 통일은 민족의 대박이 될 수도 있고 민족의 쪽박이 될 수도 있다. 남북관계에 화해와 평화가 안정적으로 지속되지 않으면 '대박 통일'은 오지 않는다.

현재 절박한 것은 분단의 강고한 얼음장벽을 녹여나갈 실마리를 구하는 일이다. 이것을 '한국의 대북관계의 전략적 핵'이라 명명할 수 있다. 해법의 실마리를 구하려면 원인 분석이 필수 과정이다. 김일성의 3대 패착과 핵무장이 불가분의 관계로 얽힌 평양 정권은 현 단계에서는 결코 핵무장을 포기하지 않을 것이다. 싫고 답답해도 이것이 객관적 조건이다. 그래서 앞으로 10년이 중요하다. 한국의 전략은 특히 중요하다. 한국은 6자회담을 흐지부지 굴리는 대로 굴려가더라도 '대박 통일'의 대전제인 '안정적이고 지속적인 남북 화해와 평화'를 위해 안보 경제 외교 사회 문화의 국가적 역량을 집중해야 한다. 여기서 '튼튼한 안보'는 어떤 이념적, 정파적, 진영적인 가치를 초월하는 것이다. '불안정한 정세(관계)'를 '안정적인 정세(관계)'로 바꿔나가는 도정에 반드시 갖춰야하는 '평화수호를 위한 가치'이다. 바로 이 대목에서 이 시대는 '대담한 용기 속에 탁월한 슬기를 품은' 위대한 지도력을 기다린다. 대체 그 지도력은 이 땅 어느 곳에서 호흡을 가다듬고 있단 말인가?

안정적이고 지속적인 남북 화해와 평화, 이 일차적 숙원을 풀어나가는 길은 '북한이 개방체제에 연착륙하는 것'이다. 지난 12년간의 6자회담처럼 '한반도의 비핵화'가 남북관계의 모든 가치를 지배하고 통제하도록 방치해둔다면, 북한의 개방체제 연착륙은 요원하고 그만큼 '대박 통일'의 준비도 멀어질 수밖에 없다.

고르바초프가 역사는 늦게 오는 자를 처벌한다고 했으나 정작 그의 조국(소비에트연방)은 개혁개방의 학교에 한참 지각을 했다. 오직 중국만 일찍 등교해서 아침자습까지 했지, 동독을 비롯한 동구 사회주의국가들도 모두 지각을 했다. 그들의 지각에 대한 역사의 처벌은 엄중했고, 일찍 나섰던 중국에 대한 역사의 상찬은 오늘날 중국이 누리는 세계적 위상이다. 북한은 지각이 아니다. 결석이다. 여전히 장기 결석이다. 유급을 넘어 어느덧 퇴학의 위기에 몰렸다. 북한에 대한 역사의 처벌은 애꿎게도 불특정 다수의 인민과 일부 권력층을 대상으로만 동정심마저 바닥난 것처럼 혹독하게 진행되고 있다. 언제쯤 북한이 개혁개방의 학교에 들어설 것인가? 들어설 수 있도록 도와줘서 들어서게 만들 것인가?

남북관계에서 '평화(화해)'와 '개방'은, 가령 중국의 '개혁'과 '개방'이 그랬듯 동전의 양면과 같은 것이다. '선후先後'가 아니다. 개방이 개혁을 부르고 개혁이 개방을 안게 되는 것처럼, 평화와 개방은 일체一體고 동시同時다.

한반도의 비핵화를 최우선 목표로 떠받들며 북한의 국제적 고립 상태를 더욱 악화시켜 북한체제의 붕괴를 촉진할 것인가? 현재 북한체제가 십 년이 아니라 열 달을 못 가서 갑자기 붕괴한다고 가정해 보자. 안타까운 사실이지만, 국가의 총체적 역량을 감안할 때 남한과 북한은 서독과 동독의 경우와 같은 '흡수통일'을 감당할 능력이 크게 모자란다. 당시 서독에 비해 한국이 한참 뒤처지고, 당시 동독에 비해 북한이 훨씬 더 뒤처지기 때문이다. 게다가 한국과 미국이 아무리 훌륭한 '작계'를 갖추고 있어도 중국의 손이 평양으로 깊숙이 들어올 수밖에 없고 러시아와 일본도 무슨 지분을 거머쥔 것처럼 덩달아 설쳐댈 텐데, 무엇보다도 그 혼란의 소용돌이 한복판에서 끔찍한 사태로 발발할 '동포의 수많은 희생'은 어찌할 것인가? 한국이 '대박 통일'의 길을 개척하는 전략은, 북한이 개방체제에 연착륙하는 것을 최우선 목표로 추구하고 지원하는 가운데 남북관계의 안정적이고 지속적인 화해와 평화를 정착하는 것이다. 두말할 것 없이, 바로 후순위는 핵문제 처리이다.

국제기구에 가입한 것이라고는 오직 국제연합(UN)과 그 산하단체밖에 없는 북한, 여전히 아시아태평양경제협력회의(APEC)에도 가입하지 못한 북한. 전 세계 개발도상국의 발전과 원조를 위한 국제부흥개발은행(세계은행, IBRD)이나 아시아지역의 경제개발과 빈곤퇴치를 위한 아시아개발은행과도 제대로 접촉할 수 없는 북한. 국제기구와 국제금융의 글로벌시스템에서 외톨의 섬처럼 분리돼 있는 북한.

오늘도 평양 정권은 개방을 두려워한다. 개방을 대문 앞에 잠복한 자객쯤으로 여길 수 있다. 하지만 그 두려움은 개혁개방의 학교에 나오지 않은 학습부진증에 불과한 것이다. 중국, 베트남이 저술한 '개방체제에 연착륙하는 교과서'부터 정독해야 한다. 여기에는 중국의 행동이 중대하고, 한국과 미국의 협력이 절실하다. 러시아와 일본도 긍정적 영향을 미칠 수 있다. 국제적 이해관계의 절묘한 조화, 이 조정자 역할을 남한과 북한이 신뢰의 대화로써 맡아야 하는데, 이것은 남북관계에 안정적인 화해와 평화가 지속될 때만 가능해지는 일이다. 다만, 북한이 개방체제에 연착륙하는 역정에서 중국의 영향력이 과대해지는 것과 국제적으로 평양 정권의 존속을 보장하는 것에 대한 반론이 제기될 수 있겠다. 이 반론에 대한 반박의 명제는 두 가지다. 첫째, 시간은 민족의 편이다. 둘째, 시간은 개방의 편이다.

중국을 우려하고 경계하는 주장은 "안 그래도 중국이 북한을 거의 접수한 지경인데"라는 한마디에 그 뜻을 담고 있다. 국토의 절반을 내주는 것 아닌가, 이것이다. 이해도 간다. 오랜 조공국가였고,

때때로 동북공정을 휘두르는 중국이니. 그러나 언어와 문화와 역사는 민족의 영원한 자산이고 정체성이다. 일정 기간에 경제적으로 종속된다고 해서 식민지처럼 지배당하지는 않는다. 북한이 개방체제에 연착륙하기만 한다면, 남한과의 교류도 자연히 넓어지고 깊어지기 마련이며, 남한의 조력을 받는 북한은 남한의 경험보다 더 빠르게 경제적 종속을 극복할 수 있다. 결국 '시간은 민족의 편'이라는 것이다.

개방체제에 연착륙한 북한이 어떻게 변모해 나갈까? 이 질문에는 긴 설명이 불필요하다. 한 문장이면 족할 듯하다. '중국과 베트남의 사례를 참고하면 북한의 미래에 대한 상상도는 어긋나지 않는다.' 이것으로 충분하지 않은가? 물론 중국과 베트남의 개혁개방 교과서엔 장점과 단점이 함께 있다. 선과 악도 공존한다. 그러나 개혁개방 이전과 비교할 때는 현재의 장점과 선이 인민의 사람다운 삶에 '복무함'에 있어서 과거의 단점과 악을 압도하는 수준이다. 어떤 진영의 늪 속에 너무 오래 지낸 나머지 어느덧 거기를 유일의 진리 세계로 착각한 상태에서 그 바깥으로 나올 생각이 전혀 없는 '이념의 전사들'이야 현재의 단점과 악만 들춰내서 까발리며 저주할 테지만……, 결국 '시간은 개방의 편'이라는 것이다.

'북한이 개방체제에 연착륙하는 것'을 한국이 남북관계의 최고 전략으로 설정하려면 기존 6자회담의 틀을 적절히 활용하는 능력과 지혜도 갖춰야 하지만 그보다 먼저 시간은 민족과 개방의 편이라는 믿음을 지녀야 한다. 북한이 개방체제에 연착륙하게 될 때, 남북관계에 안정적이고 지속적인 화해와 평화가 정착할 수 있고 그 바탕 위에서만 '대박 평화통일'의 날을 남과 북이 끌며 밀며 함께 데려올 수 있다.

여기서 시민의 역할은 아무리 강조해도 지나치지 않다. 북한 인민에게 무엇을 요구하기에 앞서 남한 시민의 상당수가 먼저 '통일 준비'를 일상의 한 양식樣式으로 살아가야 한다. 가령, 하종오河鍾五의 시 「비상금」을 보자. 늙고 가난한 '아버지'가 문인 방북단에 끼어 북한을 방문하게 되자 가난한 딸이 '아버지'에게 '비상금' 몇 십 달러를 드렸는데, '아버지'는 딸의 정성을 받아 어디에 어떻게 써먹었을까? '아버지'의 씁쓸하고 조용한 고백을 하종오는 이렇게 옮겨준다.

북한에서 저녁을 맞은 남한 문인들이
노래방 가서 마이크 잡고 노는데
서빙하는 북한 처녀가 가난하게 보여
시인은 아무쪼록 비상금으로 간직하라고
몇 십 달러를 손에 쥐여 주었다며
나를 보며 씁쓰레했다

그러고 나서 남한으로 돌아오는 날까지도
시인은 그 북한 처녀를 다시는 보지 못하고
기념품 사는 남한 문인들만 구경했다고 덧붙였다

선물 하나도 마련하지 못하고 귀가해서
시집간 가난한 젊은 딸에게 한없이 미안하더라며
시인이 싱긋, 웃기에 나도 싱긋, 웃었다

　한때 정치적 사회적 이슈로 떠올랐던 '통일세' 제정 논의가 어느
틈엔지 쑥 들어가 버렸다. 하지만 그 빈자리에 어느 날 갑자기인 듯
민간(시민) 중심의 '통일나눔펀드'가 불쑥 솟아나더니 2015년 여름
에는 머잖아 바람에 흔들리지 않을 '뿌리 깊은 거목巨木'으로 성장
할 기세다. 저급한 이념 논쟁으로 이름 내며 먹고 사는 눈들이 또
하나의 먹잇감을 사냥하려는 것처럼 그 빈틈을 찍으려 잔뜩 노려보
고 있더라도, 그것은 시민사회 내부에 통일준비를 일상의 한 양식
으로 확산해 나가는 운동으로 발전할 수도 있을 테고, 그 시민의 마
음과 그 시민의 성금이 북한으로 들어갈 길이 열리는 날에는 '북한
의 개방체제 연착륙'과 '남북의 안정적이고 지속적인 평화체제'에
이바지할 것이다. 앞으로 '통일나눔' 시민운동이 정치권의 변화를
끌어내게 되는 것은 차라리 덤의 효과라 하고 싶다.
　한국에는 남북통일을 통해 여태껏 지구상에 존재한 적 없었던
'유토피아 체제'를 한반도에 실현해야 한다는 정치精緻한 학문적 이
론도 개발돼 있다. 나 역시 그런 세상을 몽상하는 작가이다. 그러나
시대적 변혁이 이론대로 추진돼왔다면 인간은 이미 유토피아 체제
에 살고 있어야 한다.
　십 년은 세월이다. 어떤 시대적 전환이 필연적으로 초래하는 갈

등과 충돌을 다스리고 가다듬어서 그 주도세력이 기획한 새로운 체제를 든든한 기반 위에 올려놓을 수 있는 시간이다. 십 년이면 새 역사를 쓴다는 것이다. 철책과 지뢰들이 가로막은 '살벌한 분단'의 남북관계라 해서, 북한의 '개방체제로의 연착륙' 전환이라 해서 결코 예외가 될 수는 없다.

평화를 읽는 눈

때　2019년 2월 6일
곳　이동철내과의원 원장실
좌담　이재섭(교육자, 교육학), 이동철(의사, 이동철내과의원 원장)
　　　권영락(교육자, 철학), 이대환(작가)

한반도 지각변동의 전조들을 보는 심경

이대환　우리 네 사람의 대화 앞에 놓아둔 저의 두 에세이는 한반도의 비핵화와 평화체제를 다룬 글입니다. 하나는 지난해의 것이고 또 하나는 몇 년 묵은 것이지만, 오늘 우리의 대화를 위한 발제나 보완의 성격으로 앞혀놓기로 했습니다. 이런저런 의식조사나 여론조사를 보면 우리나라의 평범한 시민들도 우리나라에서 가장 못믿을 가장 후진 동네로는 정치판을 지목합니다만, 그 정치판에 무슨 금과옥조처럼 통하는 말이 '선거는 살아 있는 생물'이라는 건데, 2월 27일과 28일 양일간 하노이에서 만나게 된다는 2차 북미정상회담, 그 북미간의 회담이야말로 현재로서는 살아 있는 생물과 같은 것이어서 여기 앉은 우리가 이럴 것이다 저럴 것이다 하는 예측이나 전망은 언론 보도를 종합하는 수준을 넘어서기 어렵고 또 그것마저도 아주 빗나갈 가능성이 있습니다. 그래도 어떻게 될 것 같아요? 물론 잘 되기를 바라지만요.

이재섭　쉽겠어요? 정말 잘 되기를 바라지만 그만큼 불안해 보이기도 합니다.

이동철　단 두 번 만나고 결혼을? 우리의 기대를 체워주기가 어려울 겁니다.

권영락　평양은 다급하고 워싱턴은 느긋한데, 이 현격한 차이를 김정은 위원장이 통 크게 뛰어넘는다면 몰라도 그게 그렇게 쉽겠습니까?

이대환　우리의 마음이야 이번 하노이 회담에서 결혼 서류에 도장을 꽝 찍어버리기를 고대합니다만, 또 무슨 변수와 변덕이 작용할지 조마조마한 심정도 버릴 수 없습니다. 특히나 북한이, 김정은 위원장이 염탐과 책략으로 비핵화와 평화체제를 이룰 수 있을 것이라는 생각이나 미련을 버릴 수 있을지…. 이래저래 오늘 우리는 그냥 편안하게 막걸리나 소주를 주거니 받거니 하는 그런 우리의 익숙한 자리에서처럼 눈앞에 전개되고 있는 한반도의 지각변동 전조

"앞으로의 전망이 반드시 밝기만 한 것도 아니지요. 북한의 속내와 셈법이 확실하지 않고, 여전히 한국사회 내부에 북한에 대한 신뢰를 주저하고 북한을 의심하는 분위기가 두텁게 상존하고, 미국과 중국, 일본과 러시아의 한반도를 둘러싼 이해관계가 첨예하게 대립하고 있기 때문입니다."

이재섭

들에 대한 이야기를 나눠보도록 합시다. 그러자면 2018년 평창동계올림픽부터 곧 이뤄질 2차 북미정상회담에 이르기까지, 그 일 년여 동안 한반도에서 일어난 큰 변화를 어떻게 보고 있는지, 이런 심경부터 털어놓기로 합시다. 저는 앞의 두 에세이에서 할 말을 엔간히 해뒀으니 사회 역할에나 충실해볼까 하는 게으름을 미리 준비해뒀습니다.

이동철　DNA로 구성된 모든 생명체는 자신의 안녕이 최우선 과제지요. 하물며 사회와 국가를 이루고 살아가는 인간은 오죽하겠습니까? 사회와 국가의 안녕을 위한 전제조건이며 안녕 그 자체라고도 할 수 있는 평화가 무엇보다 소중하고 절대적으로 우선이지요.

"정치, 외교 할 것 없이 무엇이든지 손익 계산으로 따지는 장사꾼 특유의 미국 대통령 트럼프의 정치술도 큰 걱정거리지요. 그것이 소위 '트럼프 리스크'라 불리면서 한반도의 운명을 엉뚱한 쪽으로 밀고 나갈지도 모른다는 또 다른 중요변수를 주시하지 않을 수 없습니다."

이동철

포항에서 살아가는 시민의 구성원들로서 우리가 포항시 승격 70주년을 맞아 삶의 격이 새로워지는 미래로 나아가기 위해서는 포항 시민이 어떤 '눈'을 새로 갖춰야 하는가, 그 새로운 '눈'에는 반드시 '평화를 읽는 눈'이 있어야 한다는 확신을 가지고 대화를 나누는 오늘은 공교롭게도 민족 대이동이 진행되고 있는 까치설입니다. 그러나 우리 국민의 귀와 눈은 2차 미국과 북한의 회담을 실무적으로 조율하기 위해서 내한한 미국 국무부 스티븐 비건 특별대표의 행보에 온통 쏠려 있습니다. 지난해 6월 싱가포르 북미정상회담 이후 거의 8개월 만에 말의 성찬을 넘어선 행동이 다시 개시된 것인데, 이 협상도 오랜만에 '살아 있는 생물'이라는 실감을 주는군요.

"북한 경제의 성장은 과거의 남한보다 더 빠른 속도로 성장할 수 있겠는데, 더구나 남한 경제가 성장한 과거에는 북한이 늘 위협적인 존재였지만 지금은 그것과 반대로 남한이 북한 경제를 도울 수 있는 준비와 실력을 갖추고 있고 더 나아가 남한과 미국이 협력하겠다고 하잖아요? 북한에게는 정말 엄청난 기회지요. "

권영락

권영락　다행히도 '살아 있는 생물'인 것 같습니다. 그런데 우리 마음이야 선거처럼 정해놓은 시일 안에서 딱 승부가 나고, 그것도 우리 민족이 갈망하는 '핵 없는 평화체제'의 정착이라는 승리로 끝나기를 바랍니다만, 살아 있는 생물이긴 한데 하노이에서도 그저 꿈틀대고 꾸물거리기만 한다면 참으로 답답한 노릇이지요.

이재섭　저는 개인적으로 칠십 고개가 눈앞입니다. 저의 인생을 통틀어 한반도에서 이만한 변화가 이토록 진지하고도 실질적으로 일어난 적이 단 한 번이라도 있었던가? 이런 감회를 맛보게 됩니다. 북미회담이 죽어가는 것인가 싶을 때도 없지 않았는데 다시 살아나는 걸 보니 '살아 있는 생물'인 모양인데, 느려터진 진도에 대해 답

"김정은 팀들이 마치 우리가 요구하는 비핵화의 로드맵과 같은, 경제발전의 수준에 상응하는 정치적 민주화의 로드맵을 갖고 있기를 기원해 봅니다. 그것을 실행해야만 북한 인민들이 덜 고통스러운 사회적 진화의 길을 열어나갈 텐데, 또한 그것은 북한이 자주적으로 개방체제에 연착륙할 수 있는 필수적인 전제조건이기도 할 겁니다."

이대환

답하기로 따지자면 우리 네 사람의 나이순이 될 겁니다. 그러나 분단 70년을 돌아보는 '마음 다스리기'도 필요하다는 생각을 해보곤 합니다.

이대환   숫자로만 따져보면 일제 식민지가 35년이었는데 남북 분단은 그 갑절인 70년입니다. 그냥 이념의 분단입니까? 모든 것을 파괴한 전쟁이 있었고, 너무나 극단적인 대결의 연속이었습니다. 간간이 무슨 대화가 열려서 근사한 선언을 남기기도 했지만 지나고 보면 서로가 무슨 사기극을 벌였던가 하는 의구심을 남기기도 했습니다. 참 바보처럼 살아왔고 또 그러고 있는 민족이지요. 그 70년 분단의 세월은 현재 벌어지고 있는 남북정상회담, 북미정상회담에 대해 크게 환영하고 크게 기대하게 만드는 한편으로, 또 다시 말짱 도루묵으로 결말나는 게 아닐까 하는 불신을 놓아 버리지 못하게 만들고 있습니다. 물론 정략적인 세력은 예외이고요.

이동철　환영 일변도는 치우친 좌, 불신 일변도는 치우친 우, 이렇게 분리가 되겠지요. 그러나 그렇게 정략적이지 않은 일반시민의 마음에는 환영과 기대라는 것, 불신과 걱정이라는 것이 뒤섞여 있을 겁니다. 불신과 걱정이라는 게, 당연한 것이지요. 이대환 선생이 한마디로 언급했지만 과거의 근사한 선언들이 다 말짱 도루묵 꼴로 전락했으니까 그럴 수밖에 없지요.

권영락　늑대와 양치기 소년, 그런 우화를 생각하는 마음들이 왜 없겠습니까? 이번에는 그걸 넘어서려나, 이러한 용을 쓰는 시민들이 많을 겁니다.

기대도 크고 불신도 큰데

이동철　불신이나 걱정이 더 강한 쪽의 심정을 대변해보면, 한반도 평화의 핵심은 북핵문제를 평화적으로 해결하는 것이다, 즉 북한의 비핵화가 얼마나 구체적인 로드맵에 따라 진척되었느냐가 한반도의 평화를 가늠하는 잣대라고 생각한다, 이게 한반도 평화체제의 조건에서 가장 중요한 것이다, 이런 생각이 핵심입니다. 이러한 측면에서 볼 때 하노이 2차 북미회담조차 구체적인 비핵화의 성과를 내기 어렵고 두 정상의 말의 성찬으로 그칠 가능성이 크다는 전망을 하고 있을 겁니다. 실제가 어떨지, 기다려 보는 수밖에 없지만, 김정은 위원장이 금년도 신년사에서 "더 이상 핵무기를 만들지도, 시험하지도, 사용하지도, 또 전파하지도 않는다"고 했던 그 진술이 그러한 불신을 더 키우는 근거로 작용하고 있습니다. 그 말은 20기에서 60기로 추정되는 핵무기를 폐기하고 비핵화의 길로 나아가겠다는 의지의 표명으로 들리지 않는다는 겁니다. 이미 만들어놓은 것은 가지고 있겠다, 이런 뜻으로 들린다는 거지요. 정말로 그렇게 나오면 이미 일어난 일들마저 부정적으로 보일 수 있지요. 1차 북미정상회담 후에 북한은 영변 핵시설 일부를 파괴하는 등 성의를 보였는데, 실제로 파괴된 그 핵시설은 거의 용도폐기가 된 시설이고, 오히려 핵무기 고도화를 위한 암암리의 실험 작업이 계속 중이라는 미국 민간 연구소의 보도가 나오니까, 그런 뉴스에 더 귀가 열리는 남한 시민들이 불어나게 될 수밖에 없을 겁니다.

이대환   한국사회 내부에 엄연히 실존하는 그러한 의식적 지형도를 부정해서도 무시해서도 안 되는 일이지요. 정략적인 세력들이야 그 후진 동네의 폐습에 젖어 있으니 그러한 시민들을 이용하려 들거나 쳐내려 들거나 택일을 하겠지만, 통치의 차원에서는 성찬의 말들을 실제의 상황으로 만들어가면서 설득을 해야 하는 과제로 떠맡아야지요.

권영락　정략적으로 악용하거나 이념적으로 배척하는 폐습을 중단시킬 방법은 없을까요?

이대환　혁명도 쿠데타도 그걸 발본색원 근절하진 못하지요. 아니, 아, 정반대로 그게 더욱 창궐하게 되고 일상화 돼버리지.(웃음)

이재섭　평화의 반대 수단을 쓰면 당연히 평화가 안 오지.(웃음)

이동철　시민사회의 성숙, 시민성의 성숙, 이게 과제라고 봐야지. 너무 뻔한, 너무 쉬운 해답으로 들리겠지만.(웃음)

평양도 스스로 북한체제의 임계상황을 알 것이니

권영락　지난 한 해 동안의 큰 변화 중에서 확실한 것 한 가지는 비록 한시적일지는 몰라도 한반도에 전쟁의 먹구름이 거의 사라진 것만은 분명합니다. 이건 대다수 우리 국민이 인정할 겁니다.

이동철　항구적이 될지 한시적이 될지 모르는 평화가 현재의 상황으로 와 있다는 것은 누구도 부인할 수 없습니다. 항구적인 평화냐, 한시적인 평화냐. 이걸 결정해줄 본질적인 문제는 비핵화가 되느냐 아니냐에 달려 있을 겁니다. 그 본질을 뒤로 미루거나 덮어둬서는 안 되는 거지요. 북한에 대한 강력한 경제제재가 협상 테이블을 만들어줬다는 것은 모든 국제사회가 다 아는 일인데, 그 본질의 문제를 미뤄두거나 덮어둔 채로 섣불리 평화체제를 말할 수는 없다는 것이지요.

이재섭　　그렇더라도 지난 일 년 동안 한반도에서 일어난 변화는 분단 70년을 통틀어서 그 어느 때의 변화보다 질적이나 양적으로 엄청난 겁니다. 곧 전쟁을 일으킬 것 같았던 북미가 평화정착을 위한 2차 회담을 앞두고 있어요. 북미, 남북 관계가 이렇게 큰 진전을 보리라고는 어느 누가 예측할 수 있었겠어요?

이대환　　김정은 위원장이 "핵무력을 완성했다"고 선언했을 때, 포항지역사회연구소 친구들이 술자리에 모여서 그 말에 대해 "이젠 나를 제발 대화 테이블로 불러내 달라"는 뜻이라고 해석했지요. "우리는 임계상황이다"라는 선언으로 읽어냈던 거지요. 아, 그 자리에 이재섭 선배님은 안 계셨군요. 어여쁜 후손을 돌보고 계셨지요.(같이 웃음)

이재섭　　이제 보니 그 술자리를 높은 데서 도청했던 거구나.(웃음) 평창동계올림픽을 계기로 개막된 대화, 화해, 평화의 분위기가 어떤 경우에는 아슬아슬해 보여도 지속은 되어 왔고 또 하노이 북미정상회담 개최 합의로 다시 활력이 일어나고 있는데 앞으로의 전망이 반드시 밝기만 한 것도 아니지요. 북한의 속내와 셈법이 확실하지 않고, 여전히 한국사회 내부에 북한에 대한 신뢰를 주저하고 북한을 의심하는 분위기가 두텁게 상존하고, 미국과 중국, 일본과 러시아의 한반도를 둘러싼 이해관계가 첨예하게 대립하고 있기 때문입니다. 그러나 과거와는 달라진 한 가지 분명한 사실은 이대로는 북한체제를 유지하지 못한다는 것을 북한 스스로가 뼈저리게 자각하고 있다는 점입니다. 그러니 '핵무력 완성' 선언을 '대화해 달라'는 말로 알아들었던 그 통찰은 대단한 것이었다고 칭송할게요.(웃음) 가진 것이라고는 핵무기밖에 없는 북한이 미국을 상대로 처절한 생존게임을 시작한 것이라고 봅니다. 미국을 상대로 배수의 진을 치긴 치고 나온 것이겠지요.

권영락　　그 말씀에는 누구나 동의할 것 같습니다. 그런데 바로 그렇기 때문에 '더욱 목을 조르면 두 손을 들 것'인데 왜 풀어주지 못해서 안달이냐, 이런 매파들의 목소리가 미국에도 상존하고 있고, 한국사회에서는 그런 목소리를 극우적인 태도라 부르는데, 문제는 그런 식으로 평양을 항복시킨다고 해서 그것이 우리 민족이나 북한 동포들에게 '더 평화적인 것'이 될 수 있을까요?

이재섭   군대를 통한 전쟁은 우리 민족 전체의 비극이고 경제를 통한 전쟁에서는 우선적으로 북한 동포들이 고통을 심하게 당하고 있는데, 현재 북한으로서는 인민이든 지배층이든 절박한 상황입니다. 그렇다고 해서 all or nothing의 밀어붙이기식 태도는 자칫 북한의 경계심과 자존심을 자극해서 지금까지의 성과마저도 무위로 돌릴 수도 있지 않을까요? 북한 스스로가 개방의 주체가 되어 변화를 이끌어 나가도록 하는 방향이 옳다고 봅니다. 우리는 성실한 협력자가 되어 그들의 변화를 도와야 합니다. 물론 그 과정에서 우리가 겪어야 하는 어려움은 수없이 많을 겁니다. 그러나 그 어려움은 한반도의 평화정착을 위해 우리가 감내해야 할 부분이고, 우리는 충분히 감당할 수 있는 능력을 가지고 있습니다. 당장은 경제적 손실을 초래할 수 있다, 그러나 밝은 미래를 위한 투자다, 이러한 여유와 전망을 가지고 임할 때 지속적이고 안정적인 평화는 우리의 눈앞으로 다가온다고 생각합니다. 통일은 그 다음의 문제지요.

'트럼프 리스크'와 비핵화의 함정

이대환   포항은 "무조건 자유한국당이다", "문재인은 싫고, 김정은은 아주 싫다"라는 이른바 '묻지마 꼴통 보수'들이 많은 동네니까, 현재의 한반도 정세를 좀 비관적으로 보는 분석도 해줄 필요가 있는데, 그 역할을 이동철 선배가 맡아 주실래요?(웃음)

이동철　어느 한쪽의 손가락질을 받더라도 상당히 객관적이고 냉정해야하는 역할인데….(웃음)

이재섭　의사가 원래 그런 거 아닌가?(웃음)

이동철　정치, 외교 할 것 없이 무엇이든지 손익 계산으로 따지는 장사꾼 특유의 미국 대통령 트럼프의 정치술이 큰 걱정거리지요. 그것이 소위 '트럼프 리스크'라 불리면서 한반도의 운명을 엉뚱한 쪽으로 밀고 나갈지도 모른다는 또 다른 중요변수를 주시해야 한다는 겁니다. 2020년이면 다시 미국은 대통령선거지요. 지난 2016년 미국 대선에서는 북핵문제가 중요 이슈로 등장하지 않았습니다. 그 뒤 북한의 부단한 핵 실험과 미국 하와이를 위협하는 대륙간탄도미사일(ICBM)의 발사로 인해서 북핵문제가 미국 국민의 중요 관심사로 대두되었지만, 트럼프의 계산으로는 북한의 핵무기 몇 개와 ICBM만 폐기하고 암묵적인 핵보유국 지위를 북한에 부여해서 미 본토에 대한 북핵 위험만 차단하면 북핵 문제에 대한 미국 국민의 관심사가 급격히 사그라질 개연성이 있다고 판단할 수도 있지요. 재선을 위한 가시적인 성과에 집착한 트럼프가 미국의 안전보장이라는 선에서 북핵문제를 봉합하고 북한의 비핵화는 지루한 로드맵 싸움으로 넘겨 버린다면? 이런 선택의 경우라면 한국은 핵을 가진 북한을 홀로 상대해야 하는 최악의 시나리오를 예상해야 합니다. 북한은 비핵화 진척의 대가로 경제제재의 해제와 종전선언을 요구하고 있습니다. 종전선언을 활용해서 평화협정 체결을 염두에 둔 조치로 미군 철수와 미국 핵 자산의 한반도 전개 금지를 요구할 수 있지요. 비록 명시적으로는 북한이 이러한 조치를 요구하지 않더라도 지금도 그런 주장을 줄기차게 하고 있는 남한 내부의 종북 세력을 활용해서 그러한 남한 내부의 갈등을 부단히 부추길 수도 있고요. 이러한 생각들이 말하자면 현재 한국사회의 합리적인 보수 세력의 합리적인 걱정거리일 겁니다.

주한미군, 국민투표, 종중從中세력, 강한 국방

이대환　한반도에 평화체제가 정착하는 과정이나 정착한 다음에 미군철수의 문제는 필연적으로 제기된다고 봐야겠지요. 현재 미국 대통령이나 한국 대통령이나 그것은 한미동맹의 주체적인 문제지 누가 왈가왈부할 문제가 아니다, 이렇게 말하고 있긴 하지만, 중국이나 러시아가 북한을 부추길 가능성이 높다고 봐야겠지요. 그런 장면을 상상해보면 새삼 고르바초프가 생각납니다. 서독과 동독이 통일을 완수하는 과정에서 고르바초프는 미군 주축의 나토(NATO) 군대가 독일 땅에 주둔하는 것을 문제로 삼지 않겠다고 했지요. 그때 서독의 헬무트 콜 총리에게는 나토 군대의 계속 주둔 문제가 이만저만 조심스러운 문제가 아니었는데 계속 주둔의 선택지를 고르바초프에게 내밀었을 때 그는 담대하게 승인, 동의, 이 두 단어가 융합된 결정을 내려줬던 겁니다. 그런데 저는 평화체제의 한반도에서 미군이 계속 주둔하는 문제와 관련해서는 김대중-김정일의 6·15선언 당시에 남북의 두 지도자가 "미군이 한반도의 현 위치에 주둔하는 것"에 서로 동의했다는 그 선례를 잘 봐야 한다고 생각합니다. 남과 북이 적정시기에 그 선례를 같이 환기해야지요. 미군의 한반도 계속 주둔에 가장 신경질적으로 나올 인간은 중국의 시진핑일 겁니다. 북한을 경제적으로 장악해서 평양을 계속 부추기기도 하겠지요. 중국이 한반도의 미군에 대해 신경질을 부리는 것은 역설적으로 중국을 압박하는 포위망을 둘러쳐야 하는 미국의 전략에는 한반도의 미군 주둔이 반드시 필요하다는 뜻이 됩니다. 여기에다 중국 학계에도 북한이 속으로는 베트남처럼 중국을 가장 싫어한다는 글을 쓰는 사람들이 있습니다. 한국 국민도 한반도의 역사에 남은 중국의 강압과 침략을 떠올리면 막강한 중국을 견제할 동맹의 상존을 원하게 될 겁니다. 그러면 남는 것은 한국사회 내부의 이른바 종북세력, 아니, 차라리 종중세력의 목소리이겠는데, 주한미군 주둔 문제에 대해서는 그때 봐가며 통치자가 '국민투표'라는 통치행위를 통해서 다시 결정할 수도 있을 겁니다. 좀 낙관적으로 봅시다.

권영락 종중세력, 이 말을 들으니 조선시대의 소중화小中華주의가 생각나는군요.

이재섭   소중화주의, 결국은 조선을 망쳐먹은 지배이념이었지요.

이동철   신소중화주의, 설마 이게 출현할 수야 없겠지요. 요새는 미국, 유럽 유학파가 훨씬 강하니까.(같이 웃음) 강도 높은 경제제재에 따른 북한 경제의 한계와 트럼프 특유의 계산에서 시작된 한반도를 둘러싼 대화 국면이 전쟁의 위험을 한결 감소시켰다는 것은 모두가 공감하는 사실입니다. 문제는 현재의 평화가 북한 비핵화라는 본질적인 과제를 저버려서 일시적인 평화로 귀결되지 않도록 하는 것입니다. 여기서 한국정부, 한국사회에게는 미국 중국 일본을 한반도의 항구적인 평화 정착을 위한 보조수단으로 활용할 수 있도록 우리의 강한 힘, 우리의 강한 군사력을 갖추는 것이 무엇보다 중요한 일입니다. 이것은 아무리 강조해도 지나치지 않을 겁니다. 국제관계에서는 개인과 개인의 관계와는 달리 평화가 결코 선한 마음만으로 유지될 수 없는 것이고 힘의 바탕 위에 선한 마음이 있어야 평화를 지킬 수 있는 것이니까요.

이재섭   문재인 대통령도 우리 군대를 방문해서는 그런 말을 힘차게 하고 있지요.

권영락   그런 말을 정치적 수사로써 하지는 않을 겁니다. 실제 통치적 행위에서도 나타나겠지요.

이대환　　비록 한국 정치판이 거의 날마다, 거의 사사건건 이성을 상실한 집단처럼 부닥치고 있습니다만, 그래도 한반도에서 냉전 체제의 유물을 걷어내는 과정에서 문재인 대통령이 '국민을 설득하는 능력'을 좀 더 갖췄으면 좋겠다, 이런 바람과 불만을 저는 갖고 있습니다. 주제를 바꿔봅시다. 한반도의 미래, 우리 민족의 미래를 결정하는 동력의 근원은 크게 셋입니다. 남쪽의 실력, 북쪽의 실력, 국제적 이해관계 등이지요. 여기에는 저마다 강점과 약점이 있습니다. 그걸 간략히 짚어보기로 합시다. 남한의 현실을 살펴볼 때, 우리의 강점은 무엇이고 약점은 무엇일까요?

비핵화와 평화체제로 가는 길-남한의 강점은 경제력과 민주주의

이동철　　작년 12월 수출이 전체적으로 감소한 가운데 특히 우리나라 수출의 20%를 차지하는 반도체 수출이 27개월 만에 감소했다는 것을 포함해 금년도 한국경제 전망을 어둡게 하는 산업통상자원부의 자료가 나오긴 했지만, 남한의 강점은 무엇보다 경제력입니다. 2018년을 기준으로 경제 교역량 세계 6위, 국내총생산은 세계 12위로 북한의 40배에 달합니다. 그리고 민주주의의 성장입니다. 선거를 통한 정권교체와 자유의 만발을 우리는 해냈습니다. 2차 세계대전 후 해방이나 독립을 이룬 많은 신생국들 중에서 한국과 같이 경제부흥과 민주주의를 함께 이룩한 나라는 없습니다. 그러니 기적이라 칭해도 그리 과장은 아니지요. 풍부한 자원과 광활한 국토를 바탕으로 한때 10대 선진국을 바라보던 남미의 브라질, 아르헨티나의 현재와 비교해보면 더욱 실감이 나는 일이지요. 세계 여러 나라들이 한국을 부러워하는 것은 어쩌면 당연한 현상입니다. 한때 이런 우스갯소리가 있었지요. 세상이 다 알고 한국인만 모르는 세 가지가 있는데, 한국인이 현재 얼마나 잘 살고 있는지, 북한의 핵개발이 얼마나 위중한지, 이웃 일본이 얼마나 강한 국가인지, 이걸 모른다는 겁니다. 우리가 확보해놓은 경제력과 민주주의라는 기초체력은 북한의 개방개혁에 적극 참여할 수 있는 가장 큰 강점이이라고 봅니다.

이재섭 그렇지요. 우리의 가장 센 강점은 경제와 민주주의이지요. 물론 그것을 바탕으로 해서 피어날 수 있었던 것이지만 K-팝으로 대표되고 있는 우리의 문화적 능력에 대해서도 상당한 자부심을 가지게 됩니다. 정말이지 동족상잔의 전쟁을 겪고 세계 최빈국의 하나였던 한국이 불과 60년, 70년 만에 이러한 성과를 올렸다는 것은 놀랍기만 하고, 세계적으로도 유례가 없는 경이로운 역사적 사실인데, 이러한 기적을 이룰 수 있었던 민족의 저력은 같은 민족인 북한 동포들에게도 잠재돼 있을 겁니다. 그것을 어떻게 남북이 서로 협력하며 일깨우고 일으켜 세우느냐, 이것을 어떻게 실현하느냐, 이것이 오늘의 시대적 과제지요.

권영락　　두 분의 말씀은 정신이 바로 박힌 한국인이라면 누구도 부인할 수 없는 역사적 사실입니다. 눈앞의 과제는 이재섭 선배님의 말씀대로 그러한 민족적 저력을 현실화시킬 수 있는 남과 북의 실력인데, 트럼프 대통령도 북한 경제가 빠른 시일 안에 굴기할 수 있는 지정학적 조건을 지적했잖아요? 남한, 중국, 러시아, 일본, 여기에다 미국과 유럽, 이런 조건을 보면 북한이 결정하기에 따라서, 남과 북이 협력하기에 따라서, 북한 경제의 성장은 과거의 남한보다 더 빠른 속도로 성장할 수 있겠는데, 더구나 남한 경제가 성장한 과거에는 북한이 늘 위협적인 존재였지만 지금은 그것과 반대로 남한이 북한 경제를 도울 수 있는 준비와 실력을 갖추고 있고 더 나아가 남한과 미국이 협력하겠다고 하잖아요? 북한에게는 정말 엄청난 기회지요.

비핵화와 평화체제로 가는 길–남한의 약점은 후진 정치와 낡은 이념

이동철　　남한 사회의 약점이랄까, 이것은 진보다 보수다 하는 입장을 떠나서 상식의 눈으로 봐도 얼른 들어오는 것이 있지요. 우선은 정치판이 너무 후지다는 겁니다. 이건 더 설명이 필요 없을 겁니다. 또 하나는 철지난 진영이념에 맹종하는 세력이 만만찮다는 겁니다. 일례를 들면, 작년에 교육과학기술부가 '자유민주주의' 대신에 '자유'를 뺀 '민주주의'를 내용으로 하는 역사 교과서 서술지침을 발표해서 논란을 불러왔습니다. 민주주의란 주권이 국민으로부터 나오는 정치체제를 칭하고 '자유민주주의' '사회민주주의' '인민민주주의' 등 다양한 수식어를 붙이지요. 자유민주주의는 개인의 기본권 보장을 중시하고 경제적으로는 시장경제를 지향하는 정치체제인데, 현존하는 거의 모든 국가는 자유민주주의를 표방하고 지향하고 있습니다. 결정의 효율성이 떨어지고 비용이 많이 드는 부작용에도 불구하고 국민의 기본권이나 인권을 보장할 수 있는 정치체제가 자유민주주의이기 때문입니다. 이러한 논란이 상시로 일어나는 것이 한국사회의 약점인데, 진리가 아니라고 역사가 판명해준 이념의 늪, 진영논리의 늪이지요. 또한 이것이 후진 정치판과 공생공존으로 맞물려 있고요.

이대환　우리 정치판이 후지다는 것에는 방금 말씀하신 그런 철지난 이념갈등을 더 부추기고 그것을 정파적으로 악용한다는 사실을 포함시킬 수밖에 없습니다. 한국사회에 이념갈등이 실제보다 훨씬 더 커보이게 되는 이유나 배경에는 그다지 이념 차이도 없는 더불어민주당과 자유한국당이라는 두 거대 여야 정당이 이념 논쟁 같은 것을 촉발해서 그것을 통해 지지층을 결집시키려는 정파적 정치공학을 습관처럼 써먹고 있기 때문이라는 실증적 연구도 나와 있어요. 한국정치판의, 더 나아가 한국사회의 한심한 약점이지요.

권영락　지도력은 없고 정파적 정략이 난무하는 정치, 이것이 한국의 큰 약점이라는 지적에 전적으로 동감합니다. 국회의원이 직업인 게 큰 문제지요. 그걸 잃으면 권력이고 돈이고 뭐고 다 상실하는 실직자가 된다, 이것이 정파적 정략에 몰두하게 만들고 그래서 영남과 호남이라는 정치적 지역감정을 부추기고 악용하고, 선거에서 이기는 것만을 지상의 최고 가치로 추구하는 저질의 국회의원을 양산하게 만드는 시스템입니다. 한국의 경제계와 비교하면 한국의 정치계가 너무 후지지요. 이게 남한의 두드러진 약점입니다.

비핵화와 평화체제로 가는 길−북한의 강점과 약점은 양날의 칼이다

이대환　　북한을 보면 어떤가요? 강점과 약점을 한꺼번에 얘기해 보지요.

이재섭　　북한이 미국과 협상할 수 있는 명분과 힘은 핵무기이지만 그보다 더 우려가 되는 것은 현대사회에서는 상상도 할 수 없는 '지도자에 대한 맹목적 충성심'입니다. 북한 주민들의 '지도자에 대한 맹목적 충성심'은 사이비 종교의 맹신을 능가해 보입니다. 지도자의 어떠한 행위도 찬양의 대상이 되며 끝도 없는 존경과 숭배의 대상이 되고 있습니다. 지도자의 말 한마디라면 섶을 지고 불구덩이에도 뛰어들 것처럼 비칩니다. 그렇게 세뇌교육을 되풀이해왔으니 그 당연한 결과겠지요. 숱한 주민들이 기아에 허덕이는 국가경영의 실패에도 불구하고 정권이 와해되기는커녕 3대 세습체제를 유지할 수 있는 것도 바로 그러한 충성심 때문일 겁니다. '지도자에 대한 맹목적 충성심'은 국가 통합을 이룩할 수 있다는 점에서 북한이 가지는 최대의 강점이 될 수 있습니다. 그러나 그렇기 때문에 그것은 동시에 최대의 약점이 될 수 있습니다. 경제적 후진성의 탈피가 최대 현안인 북한이 국론의 분열 없이 일사분란하게 주민들을 이끌어나갈 수 있는 점이 강점이라면, 반면 우리 속담의 '차돌에 바람이 들면 백 리를 날아 간다'는 말처럼 이미 북한 주민들 사이에서 일어나고 있는 변화의 조짐을 제때 제대로 정치체제적으로 사회체제적으로 받아내지 못한다면 국가 붕괴로까지 이어질 수도 있는데, 이것이 최대의 약점이라고 할 수 있을 겁니다.

이동철　　정확한 통찰이라고 생각합니다. 북한의 오늘이 안고 있는 강점과 약점, 그 양면의 칼을 그 이상 어떻게 말할 수 있겠습니까? 자신의 정치적 이념적 입장이 주사파나 종북파가 아니라면 도대체 오늘의 북한체제를 어떻게 받아들여야 할까요? 왕조정치에나 있을 법한 3대 세습에 아사자가 수백만 명이 나왔고 장마당이 국가경제를 지탱하고 있고 수만 명을 정치수용소에 감금하고 있고…….이런 구체적인 사실을 나열하지 않아도 북한의 약점은 경제와 민주주의의 시각에서 보면 금세 드러나게 됩니다. 오늘의 북한사회는 전체주의적 최면교육에 의한 충성심이라는 억센 보자기가 덮고 있는 상태라고 봐야 하고, 그 보자기가 강점으로 보이는 거지요. 그러나 인간으로서의 존엄과 기본권을 지키면서 경제적인 풍요를 누리겠다는 것은 모든 인간의 권리이고 희망이며 국가의 책무입니다. 이런 점에 비추어서 북한 정권은 국가의 의무를 저버렸다고 할 수 있지요. 북한 문제에 있어서 종북을 견지하는 사람들에게 묻고 싶은 궁금증이 하나 있어요. 한국사회도 북한의 정치체제로, 이를테면 세습족벌체제를 지향해야 하고 북한식 사회주의를 받아들여야 한다는 것인가? 이 질문입니다. 자유민주주의 남한의 강점과 약점, 전체주의적 사회주의 북한의 강점과 약점, 둘은 서로 상반됩니다.

권영락　　개인의 성격에서도 장점과 단점은 양날의 칼이잖아요? 점잖다는 장점이 미련하다는 단점이 되고, 날렵하다는 장점이 가볍다는 단점이 되지요. 북한의 강점과 단점이 바로 그런 양날의 칼인 것 같습니다. 일사불란하고 열렬한 충성심으로 뭉쳐진 체제 같은데, 그것이 정보통제나 억압기제나 세뇌교육에 의해 지탱되는 경우에는 바깥세상의 정보들이 떠돌게 되면 금이 생기기 마련이지요. 이건 틀림없는 겁니다. 그리고 관점을 달리해 보면, 북한 사람들이나 남한 사람들이나 몇 달만 같이 지내보면 비슷한 사람들인데, 북한에도 우수한 노동인력이 많을 겁니다. 이는 북한 경제가 일어서는 과정에서 중요한 자산이 될 거라고 생각합니다. 젊고, 손재주 좋고, 머리 좋고, 유능한 인력들, 이건 정말 소중한 국가적 사회적 강점이지요. 그럼에도 불구하고 그런 강점을 북한은 묵혀두고 있지요. 지구상에서, 아니 이 우주에서 어떤 나라도, 어떤 민족도 폐쇄적으로 자급자족하여 고립적으로 살아갈 수는 없습니다. 그것은 정치적 슬로건으로나 존재하는 거짓 선전물에 불과하지요. 또 하나 덧붙이자면, 이건 남과 북이 같은 민족이니까 똑같은 문제이겠는데, 우리 민족은 잘 뭉치는 경향이 있어요. 이것은 강점인 동시에 약점입니다. 남한에서는 정치적 지역감정의 형태로 그 경향이 나타나잖아요? 이러한 우리의 DNA를 강점 쪽은 강화시키고 약점 쪽은 약화시키는 교육이 필요합니다. 남과 북, 똑같이요.

이대환　　정보 소통의 위력도 지적하셨는데, 마르크스와 앵겔스가 「공산당 선언」에서 내놨던 공산주의라는 유령보다 요새는 SNS 정보와 소통이 그 유령보다도 훨씬 더 강력하지요.(웃음) 우리가 한국사회에서 형성한 가치관과 세계관으로 통찰해본 오늘의 북한이 지닌 강점과 약점이었는데, 북한에서 오래 살아보지 않은 그만큼 우리로서는 제대로 알기 어려운 한계가 있을 수도 있겠지요. 저는 참 궁금해요. 김정은 위원장이라는 젊은 지도자가 북한체제의 그 강점이 곧 치명적인 약점으로 변할 수 있다는 것을 모를 리야 만무하겠지요. 자본주의의 물질적 욕망이 전체주의나 사회주의의 이념적 교시보다 훨씬 강하다는 것도 알고 있겠지요. 그러한 가운데 비핵화와 경제개발을 맞바꾸겠다는 대담한 선택을 하고 나섰습니다. 한국사회 안에는 '완전한 비핵화는 속임수'라고 생각하는 사람들도 많고, 진짜라면 완전한 비핵화의 로드맵부터 내놓으라고 요구하는 사람들도 많지만, 어쨌든 그가 그것을 들고 세계 속으로 나온 것만은 분명합니다. 우리로서는 알 수 없는 일이지만, 저는 개인적으로, 김정은 팀들이 마치 우리가 요구하는 비핵화의 로드맵과 같은, 경제발전의 수준에 상응하는 정치적 민주화의 로드맵을 갖고 있기를 기대하고 기원해 봅니다. 그것이 준비되고 그것을 실행해야만 북한 인민들이 남한 시민들이 겪었던 것보다는 상대적으로 덜 고통스러운 사회적 진화의 길을 열어나갈 것이기 때문입니다. 이것이 이른바 후발 주자가 취해야 하는 이점이고, 북한이 자주적으로 개방체제에 연착륙할 수 있는 필수적인 전제조건이기도 할 겁니다. 이 주제는 이 정도로 접어두기로 하고, 한반도를 둘러싼 국제적 역학관계, 이해관계를 감안할 때 우리 국민이, 한국사회가 명심할 그 강점과 약점을 짚어보기로 합시다.

비핵화와 평화체제로 가는 길−국제관계의 강점과 약점은?

이동철　　북핵문제의 해결책은 단순히 북한의 비핵화만의 문제가 아니고, 미국, 중국, 남과 북, 러시아, 그리고 일본까지 얽힌 동북아 세력균형의 문제와 함께 풀어가야 한다는 것이 상식이지요. 특히, 비핵화 해결로 경제 제재를 풀고 나서 관계국들의 전폭적인 지원으로 경제 부흥으로 나가는 북한이 미국과 중국 사이에서 어떤 국제관계를 형성할 것인가, 이것이 동북아 세력균형의 핵심이지요. 미국과 중국은 비핵화 이후의 계산이 자국에 유리하다는 판단이 확실히 서지 않고서는 차라리 현상을, 즉 핵 폐기도 없고 더 이상의 핵실험과 미사일 발사도 없는 상태를 유지하는 가운데 비핵화 협상을 질질 끌기만 하는 것이 자국의 이익에 훨씬 더 유리하다는 정치적인 판단을 할 수도 있는 겁니다.

권영락 미국 FBI가 세계 최대 통신장비업체인 중국 화웨이가 미국 기업의 기술을 탈취했다며 수사를 벌이고 있습니다. 미중 무역 갈등은 다시 한층 고조되는 양상이고요. 북미정상회담 뒤에 머잖아 만나야 하는 미중 정상이 어떤 결말을 맺을지 모르지만 트럼프 대통령의 입장은 단호해 보입니다. 미국은 작금의 미중관계에서 미국의 대중국 무역적자가 중국에 상당한 자본을 만들어줬고, 그 자본으로 중국이 군사굴기를 하고 있다고 판단하고 있습니다. 트럼프 행정부의 미중 무역 분쟁이 중국에 의존하고 있는 북한 비핵화와 복잡하게 얽히게 될 겁니다.

이대환 중국은 마오쩌둥 시절에 미국의 총구가 중국의 똥구멍이라 하든 중국의 입이라 하든 좌우간 그런 지역을 겨누는 상황을 막아내기 위해서 한국전쟁에 뛰어들었지 않습니까? 압록강, 두만강이 중국에겐 똥구멍도 되고 입술도 되는데, 점잖게는 흔히 입술이라 부르지요. 임진왜란 때 명나라도 한반도를 왜국과 분할 점령할 책략을 세웠잖아요? 중국이 한반도의 북쪽에 대한 그 전통적인 전략개념을 버리거나 수정하지 못하고, 미국이 태평양을 관장하면서 중국을 포위하려는 전략을 버리거나 수정하지 않는다면, 한반도에서 두 강대국의 영향력 행사는 언제나 첨예하게 대립하겠지요. 투키디데스 함정, 뭐 그런 거지요. 그러나 그것을 뒤집어놓고 보면 한반도에는 두 강대국을 잘 활용할 기회가 되는 겁니다. 언제나 우리 민족의 실력이 문제일 뿐이지요. 3·1운동 100주년이 멀지 않았는데, 그렇게 중국과 일본, 세계를 놀라게 만들었음에도 그러나 결국은 자주적으로 독립하지 못하고 맞이했던 1945년 8월 15일의 '광복'인데, 그날로부터 몇 년 동안 펼쳐진 해방공간에서 우리 민족의 정치세력들이 보여줬던 그 갈갈이 찢어진 갈등과 대결과 쟁투를 지금에 와서 또다시 반복할 경우에는 또다시 당할 수밖에 없을 텐데, 이 점에 대해 한국에서는 가장 후진 동네로 정평이 나 있는 정치판부터 제대로 각성해야지요.

권영락　　임진왜란 기간에 조정 차원에서 실제로 전쟁을 지휘했던 유성룡의 『징비록』을 우리나라의 정치한다, 정치하겠다는 사람들은 지금이라도 늦지 않았으니 반드시 읽어야 합니다. 자강의 나라, 이게 얼마나 중요한 평화의 전제조건인가를 통렬히 보여주잖아요?

이대환　　여의도 국회에 가칭 〈징비록 포럼〉을 만들어서 여야가 동참하는 포럼으로 발전시켜 나가면 좋겠네요. 〈징비록 포럼〉, 여기에 와서야 설마 그 명칭이 두려워서라도 정략적 충돌, 또는 야합을 지극히 정상적인 의정활동처럼 그렇게 하겠어요?

이재섭   〈징비록 포럼〉, 그거 좋습니다. 기어서라도 국회에 들어가서 그거 하나만 만들어놓고 그냥 사퇴해 버려?(같이 웃음)

이동철   〈징비록 포럼〉이 있으면 좋겠습니다. 그건 국회방송이나 케이블이 생중계하는 거지 뭐……. 올해 신년사에서 문재인 대통령은 "되돌릴 수 없는 큰 평화의 물결"이라는 수사를 쓰면서 한반도의 완전한 비핵화, 이것이 북한의 비핵화를 의미하는지 아니면 미국 핵전력의 한반도 전개 금지를 포괄하는 한반도 비핵화를 칭하는지 모르겠지만, 어쨌든 그것을 위해 최선을 다하겠다고 다짐했습니다. 일촉즉발의 위기로 치닫던 북핵 위기를 그나마 지금의 현상으로 만든 문재인 정권의 중재자적 노력에 대해서는 정당하게 평가해줘야 할 것입니다. 그런데 미국과 중국의 국가 이익이라는 측면에서는 중재자적 역할이지만, 우리의 국가 이익과 평화를 위해서는 핵심 당사자입니다. 다행히 북한 핵문제에 있어서는 미국도 중국도 우리의 역할과 조언에 귀를 기울이려는 모습이 있으니, 이를 잘 활용하여 문 대통령의 다짐처럼 북한의 완전한 비핵화를 이루고 더 나아가서 한반도 통일의 기반을 닦을 수 있도록 큰 그림을 그렸으면 합니다. 그러기 위해서 필요한 것은 무엇보다 남한 내부의 국론이 평화로 가는 대세를 이뤄야 합니다. 이 대세를 편의상 국론 통일이라 부릅시다. 여기에는 무엇보다도 우파 진영의 우려를 불식시키려는 노력이 절실히 요구됩니다. 북한과의 협상이라는 특수성을 고려하더라도 비핵화의 구체적인 진척이 없는 와중에 문재인 정권의 우호세력들이 한미동맹의 근간을 흔들어도 좋다는 식의 언행을 보여주는 것은 오히려 우리 사회 내부의 반대세력만 늘리게 할 겁니다. 우리가 보기에도 야당이 문제투성이지만, 너희는 분단고집파다, 이렇게 짜증스럽게 반응할 일만은 아닌데, 문재인 정권을 뒷받침해야 하는 여당의 말투부터가 너무 거칠어서도 안 되지요.

비핵화와 평화체제로 가는 길-일본의 역할도 잘 챙겨야

권영락　　일본 문제도 잘 봐야 합니다. 북한의 불확실성을 고려할 때 한일 협력은 절실합니다. 한일 갈등에서 근본적인 원인은 과거사를 진심으로 사과하지 않는 아베 정권에게 있지만, 우리 정부가 과거사에 매이면서 지지 세력의 눈치를 지나치게 의식하는 것은 자신감이 결여된 지도력의 빈틈이지요.

이동철　　반북 프레임을 반일 프레임으로 바꾼다, 이런 고도의 정치적 책략이 작동하는 것 같다는 우려를 하는 사람도 적지 않잖아요?

이대환　　그런 말을 저도 들어봤는데, '반짝 아이디어'로 써먹었다면 몰라도 보이지 않는 통치 전략으로 실재한다고 가정해보면, "설마"를 말해주고 싶군요. 그런 유치하고 위험한 불장난을 지속하겠어요?

이재섭   정치적 술수라는 게 대단한 것 같아도 대체로 치졸하지. 치졸해서 우리는 안 쓰는 것을 그들은 쓰니까 국민은 허를 찔리기 일쑤고.

권영락   요새 비밀이 있나요? 사실인지 아닌지 더 기다려봅시다. 한반도의 운명은 군사적으로도 경제적으로도 강대국들의 관심의 중심에 있는데, 이 점을 잘 살려 나갈 강점은 우리가 동북아 평화의 진정한 중재자 역할을 해내는 겁니다. 현실적으로 강대국들로 둘러싸여 있으니 어느 한 국가의 이익에 쏠림이 없는 균형의 중심으로서 평화번영의 중재자 역할을 할 수 있다는 겁니다. 물론 국력을 갖춰야 가능한 것이지만, 힘의 우위만으로 되는 일도 아니겠지요.

이대환   한반도에서 비핵화를 이루면서 휴전의 분단체제를 종전의 평화체제로 전화하는 과정이나 지속적이고 안정적인 평화체제를 정착하는 과정에는 일본의 역할이 작을 수 없습니다. 독일 통일의 과정에는 1차, 2차 세계대전에서 원수로 맞섰던 프랑스가 정말 훌륭하게 독일을 지원했습니다. 이런 사례를 문재인 정권이, 현재 청와대가 충분히 참고하고 공부했으면 합니다.

이재섭 　　북한은 일본에게서 남한이 받았던 식민지배상금을 받으려 하겠지요. 북한의 처지에서는 거대하고 매력적인 돈인데, 그것도 잘 고려해야 합니다.

이대환 　　일본이 일본인납치에 대해 북한을 몰아세우더니 요새는 잠잠하잖아요? 남한을 제치고 북한과 모종의 딜을 했다고 봐야지요. 그게 식민지배상금과 관계도 있어 보입니다만 그보다는 북한이 일본에게 "좋다, 우리는 납치 일본인을 밝힐 테니 너희는 일제강점기 강제동원 조선인 실태, 그들의 유해 등을 싹 다 내놔라." 하고 엄포를 놓으니 일본이 "앗, 뜨거워!" 하고 소스라쳤는지도 몰라요. 그 문제에는 북한이 강경하거든요.

이동철 　　국제적 이해관계를 조정하고 타협하는 외교도 사람이 하는 일입니다. 최상위 또는 실무결정권자의 인간적인 약점과 강점이 외교정책 결정에 영향을 주고 그 성과를 좌우할 수도 있을 듯합니다. 남의 나라 대통령이라서 함부로 말하기도 어렵지만 인류문명사적으로 현재의 트럼프와 지난번 오바마 대통령은 비교가 불가능합니다. 두 사람 유형에서 선택의 문제는 미국 국민에게 맡길 일인데, 다만 북한 핵문제에 있어서는 비록 '트럼프 리스크'가 있지만 오바마를 후하게 평가할 일만은 아니잖아요? 트럼프식의 접근이 있었기에 지금 정도의 국면이 가능해진 것은 아닌가요? 그러니까 한일관계를 풀어나가는 일에도 우리 대통령이나 외교장관이 스스로의 약점과 강점을 객관적으로 점검해서 잘 개선해야 한다는 뜻입니다. 독일은 내년에 벌써 통일 30주년을 맞습니다. 자기개발서의 흔한 경구로 '기회는 준비된 자에게만 온다'는 말이 있지요. 하물며 분단국가의 통일에 대한 준비야 더 말할 나위가 있겠습니까? 냉전 종식과 소련 붕괴라는 전환기의 무질서와 대혼란을 헤쳐 나가서 독일통일에 도달한 헬무트 콜 수상 정부의 지혜와 용기가 오늘 우리에게 더욱 부러운 것은 북한 비핵화 그리고 통일이라는 과제를 안고 있는 분단국의 국민이기 때문이지요.

이대환　3년 전 겨울이었나요? 촛불이 거리를 밝히고 있던 그때, 제가 『329일』이라는 책을 포사연 친구들이나 권하고 싶은 지인들에게 선물한 적이 있었지요. 그게 헬무트 콜 수상이 독일 통일을 추진해나가는 과정을 담아낸 일종의 일지 또는 회고록인데, 현재 문재인 대통령에게 정의용 안보실장 같은 역할을 맡았던 참모가 쓴 책이지요. 동서독 간 장벽이 무너지고 베를린 브란덴부르크 문에 시민들이 운집한 바로 그날로부터 통일을 완성한 그날까지의 참으로 긴박했던 329일을 충실히 묘사하고 있습니다. 그때 그 책을 문재인 캠프에서 정책연구 집단의 책임을 맡고 있던 교수도 보고 싶다 해서 보내줬어요. 김정은, 문재인, 트럼프의 친서가 아주 가끔 뉴스에 나오잖아요? 헬무트 콜은 러시아의 고르바초프에게, 미국의 부시에게, 영국의 대처에게 그 329일 동안 여러 차례 친서를 보냈습니다. 그것도 정성과 진심을 담은 긴 편지를요. 프랑스 미테랑과는 친구를 만나듯이 자주 만나서 와인이나 맥주를 마셔요. 헬무트 콜의 팀, 미테랑의 팀, 팀끼리도 그렇게 하면서 독일에서 만나면 맥주, 프랑스에서 만나면 와인을 마시더군요. 허심탄회하게요. 문재인-김정은, 두 지도자부터가 판문점이든 개성이든 일산이든 평양이든 서울이든 어디서든 이제부터는 수시로 만나야 해요. 백두산에서 같이 사진 찍은것은 퍼포먼스였지요. 저의 눈에는 그런 사진이 판문점에서 딱 한 번 긴급히, 격의 없이 만났던것보다 실속은 없어 보였습니다. 이제부터라도 수시로, 격의 없이 만나야 두 지도자간의 신뢰도 신뢰지만 국민의 신뢰도 두텁게 만들 수 있는 겁니다. 문재인-아베, 두 지도자도 마찬가집니다. 가슴으로 술잔도 나누고 대화할 필요가 있어요. 그걸 못해요? 술이 약해서? 실수할까봐? 넥타이를 풀어버린 자리에는 진심이 가장 중요하지 않을까요? 지지자들의 눈치가 보여서? 그들이 SNS로 대들며 흩어질까 싶어서? 지도자가, 통치자가 뒤만 좇아갑니까? 그래서는 한반도 평화체제와 비핵화를 넘어서는 통일의 길을 만들 수 없고, 우리 국민을 그 시대정신 속으로 통합하지도 못합니다. 이끌어나가면서 귀와 마음을 열어놓는 리더십을 이 전환의 시대는 요구하고 있다고 생각합니다. 사람살이나 외교문제나, 그 근본은 사람과 사람의 관계지요. 연애다, 결혼이다, 부모와 자식이다, 친구다, 이게 다 그렇잖아요? 만고의 진리지요.

이제 우리의 대화를, 우리의 시선을 포항지역사회로 축소해 봅시다. 현재의 전환기에 포항시민은 어떤 인식과 준비가 필요할까요?

이 견해에다 각별히 남기고 싶은 한마디씩을 더 보태놓고 우리의 대화를 마무리해 봅시다.

비핵화와 평화체제로 가는 길-포항시민이 갖출 '평화의 눈'은?

이재섭　　김정은이 트럼프와 2차 회담을 앞두고 있고 그 이후 곧 남한을 방문할 것이라고 합니다. 김정은의 서울 답방, 남한 방문을 과연 대다수의 포항시민들은 어떻게 받아들일까요? 이 점이 궁금하기도 하고 걱정스럽기도 합니다. 이대환 작가의 「"평화가 터졌다"는 그날이 오면」이라는 에세이에도 잠시 언급이 있었지만, 우리 세대들이 살아온 지난 60년, 70년의 한국사회는 극단적인 냉전체제, 분단체제에 갇힌 속에서 산업화, 민주화를 성공한 시대였고, 이 것은 이동철 박사가 말한 대로 그야말로 세계적으로 자랑할 만한 기록으로 남은 업적인데, 수많은 포항시민들의 의식은 그 시대의 또 다른 국가적 이데올로기였던 "무찌르자 북괴"라는 그 안에 머물러 있는 것 같아요. 남북을 통틀어 한반도 전체를 보면 1948년부터 2019년에 이르는 동안에 국제사회는 상전벽해가 되었는데도 한반도는 이제야 간신히 냉전체제의 압제로부터 벗어나려고 버둥대는 모양새입니다. "우리의 소원은 통일"이라면서도 실제로는 화해와 협력보다 대립과 투쟁을 앞세워 왔던 거지요. 더군다나 이른바 보수세력의 근거지에 포함된 포항 같은 지역에서는 그런 경향이 한국사회의 평균치를 훨씬 더 초월하지 않습니까? 이제는 눈을 크게 뜨고 세계의 변화를, 밝은 미래로 나아가는 참된 평화의 길을 볼 수 있고 선택할 수 있어야 합니다. 사실 남북의 평화 문제는 어느 진영만의 전유물이 될 수 도 없고 되어서도 안 된다는 겁니다. 보수를 대표한 직전 대통령도 "통일은 대박"이라고 했잖아요. 부디 포항시민이 정치세력의 정략적 이해관계에서 벗어나 대승적 시각에서 남북 평화의 문제를 생각하게 되기를 바랍니다. 유튜브에 넘쳐나는 가짜 뉴스에 현혹되지 말고 통일에 대한 안목을 키워나가는 일이 정말 중요한 포항시민의 급선무 과제라고 생각합니다. 물론 국가경영의 차원에서는 "평화의 근거는 부국강병"이라는 대전제를 항상 추구해야 한다는 충고도 빼놓지 않겠습니다.

권영락 인간은 이성보다 감성에 지배받기 쉽습니다. 그래서 특별한 이데올로기나 정치적 선전술에 휘말려 광기의 시대를 만들기도 합니다. 인간의 광기, 이것이 평화와는 가장 거리가 멉니다. 그 광기는 국가와 국가의 조약도 하루아침에 휴지조각으로 만들어 버립니다. 평화조약을 통해 평화가 항구적으로 보장되지는 않는 겁니다. 그래서 평화의 근거는 부국강병이라는 말이 역사의 진리처럼 들려오게 되는 것이겠지요. 이대환 작가의 표현대로 '휴전의 분단체제에서 종전의 평화체제'로 전환하려는 한반도에서 한국사회 내부의 이른바 보수세력이 목청을 높여야 하는 것은 "평화의 근거는 부국강병이다"라는 그 대목이 가장 중요하다고 생각합니다. 그것은 "언제나 국방을 튼튼히 하고, 경제를 든든히 하고, 사회질서를 제대로 유지해야 하는 정부의 책무를 성실히 이행하라. 그 바탕 위에서 평화를 만들어 나가라." 이런 뜻이잖아요? 이것이 현재 한국 사회에서 보수세력의 이성이 되어야 하고, 하루아침에 정치의식이 달라질 가능성은 없지만 포항시민의 보편적인 상식이 되어야 한다고 생각합니다.

　그런 한편으로 저는 시민 개개인의 내면적 덕성에 대해서도 말해두고 싶습니다. 참된 평화는 폭력을 행사하지 않습니다. 평화는 폭력의 반대입니다. 참된 평화의 인격과 정신을 가진 사람은 어떤 명분이나 이유로든 타인이나 이방인에게 폭력을 행사하지 않습니다. 포항지역에도 수많은 북한이탈주민, 외국인노동자, 중국동포, 아시아 결혼이주여성이 살고 있습니다. 남북평화의 시대를 준비하는 포항시민은 이재섭 선배님이 말씀하신 대로 정말 낡아빠진 그 보수의 올가미에서 벗어나려는 안목을 키우는 동시에 우리 주변의 이방인들을 진정한 이웃으로 여길 수 있는 마음공부, 그 평화의 마음공부도 하게 되기를 바랍니다. 참된 평화는 자유와 타인을 향한 존중이기도 합니다. 타인을 존중하지 않는 것은 한마디로 인간의 자유를 존중하지 않는 것이기도 합니다. 서로 다르게 생각하고, 서로 다르게 행동하고, 서로 다른 것을 좋아하고, 서로 다른 가치를 추구할 자유를 타자가 갖고 있음을 존중해야 합니다. 이러한 마음공부가 돼 있지 않고서야 어떻게 '많은 것이 너무 다른 사람들끼리의 만남'이 될 남북평화의 시대를 '참된 평화'로 맞이하고 가꿔나갈 수 있겠습니까?

이동철　　두 분의 귀한 말씀은 포사연의 정신적 근원에서 우러난 것이라고 생각됩니다. 포항지역사회연구소 창립이 올해 2월 28일로 만 30주년입니다. 한 개인이라면 이제 이립을 논할 시기이지만, 이립을 넘어선 나이에 포사연을 만들고 뭉쳤던 우리는 이순을 넘어섰습니다. 머잖아서 경로 우대를 받게 되겠지요. 이재섭 선배님은 맏형으로서 이미 그러고 계시고요.(웃음) 한 개인이라면 한창 팔팔하게 무슨 일이든 도모해볼 수 있는 시기에 포사연의 멤버들은 은퇴를 했거나 은퇴를 앞두고 있습니다. 그런데 요즈음 포항을 둘러싼 소식은 그리 반가운 것이 없어요. 포스코가 7년 만에 영업이익 5조대를 회복했다는 뉴스가 그나마 밝은 것이지만, 포항산업공단의 불황 소식, 일 년을 넘긴 포항유발지진 사태, 고향에서도 존경받지 못한 전직 대통령 형제의 현재 상황, 정권의 전리품으로 변질한 것 같은 포스코 경영권, 끝없이 오르내린 포스코 경영진의 부정 혐의들, 좀처럼 앞으로 나가지 못하고 정체를 되풀이하는 시민의 정치의식과 그것에 편승해 속으로 쾌재를 부르는 지역 정치인들, 그 모든 것이 열패감을 느끼게 만드는 뉴스들입니다.

　그러나 누가 무어라 말해도 포항은 한국 근대화의 초석을 이룬 제철 산업의 본거지입니다. 철은 산업화의 바탕이자 기둥입니다. 포항제철이 없었다면 산업근대화는 이루어질 수 없었습니다. 이 자부심은 포스코의 것이자 포항시민의 것이고, 또 그것은 가장 아름다운 자연유산으로 남았을 포항의 자연과 맞바꾼 것이기도 합니다. 이 자부심 위에서 '시 승격 70주년'의 포항은 새로운 시작에 나서야 하는데, 때마침 한반도 비핵화와 평화체제 구축이라는 역사적 대전환의 엄청난 과제가 눈앞에 기다리고 있습니다. 하노이에서 트럼프와 김정은이 어떤 수준에서 악수를 나누고 헤어지느냐에 따라 그 내용과 그 속도에 영향을 받겠지만, 그러나 남북이 똑같이 비핵화를 하든 남북이 똑같이 핵무장을 하게 되든 남북이 지속적이고 안정적인 평화체제를 구축해야 하는 것만은 미국이나 중국의 문제가 아니라 우리 민족의 더 미룰 수 없는 숙원입니다.

이 특별한 시기를 맞아 포항시민이 가장 먼저 무엇을 할 것인가? 한 사람의 인생에서 특별한 역사적 변화를 맞이하고 동참하는 것도 큰 행운인데, 가장 먼저 무엇을 할 것인가? 정치의식과 참여의식에 일대 갱신이 일어나야 한다고 생각합니다. 정치의식의 갱신은 보수를 진보로 고쳐라, 진보를 보수로 고쳐라, 이런 주장이 아닙니다. 보수든 진보든 시민 개개인이 한국의 가장 후진 동네인 정치판의 정략적 프레임에 갇혀서 판단하지 말고 합리적 시선으로 판단하자는 것입니다. 포항시민에게는 이러한 정치의식이 크게 부족해 보입니다. 그리고, 왜 참여의식을 갱신해야 하는가? 이 문제는 포항유발지진에 대응하는 포항시민의 모습에서 적나라하게 드러났습니다. 포항지열발전소의 유발지진들이 방아쇠 역할을 한 것이고, 관련 기관들과 업체가 63회 유발지진들을 철저히 은폐해왔다는 사실을 전라남도 해남에 지역구를 둔 국회의원이 밝혀냈지만 그 문제를 중심으로 뭉치지도 못하는 포항시민들입니다. 포항지진에 대해서는 관련 자료들을 정리해 보여줄 뿐만 아니라 임해도, 임재현, 박성진, 장태원 선생이 대화도 나누게 돼 있으니 더 말하지 않겠습니다만, 포항지진의 63회 유발지진 은폐 문제 하나만 보아도 포항시민의 참여의식이 어느 수준에 있는가를 잘 보여주었고, 이것은 포항의 정치세력이 지진 문제의 진상파악보다는 책임회피를 위해 동분서주하고 쉽게 손을 쓸 수 있도록 해주는 배경이 되기도 했습니다.

비핵화와 참된 평화체제가 동시에 이뤄지기를 기원하는 저는 오늘 우리의 대화를 마무리하면서 한마디만 덧붙이겠습니다. 국가의 지도층을 향한 것입니다. 정말 어려운 주문이지만, 그러나 국가를 이끌어간다는 역사적 대의 앞에서 가슴에 손을 얹고서, 부디 자신이 속한 정파의 이익에 매몰되지 않고 국가 전체와 전 국민의 오늘과 내일을 동시에 심사숙고하는 국가경영과 그런 지도력이 지금이야말로 그 어느 때보다 절실히 요청되는 때라는 말에 엄숙히 공감해주기를 촉구합니다.

이대환　　국회의원, 시장, 시의원, 도의원이 권력자인가요? 그들끼리의 정치적 관계로서는 권력적 서열이 있겠고 국회의원이 최고 높은 끗발이겠지요. 공천권을 쥐고 있으니까요. 그런데 일반시민이 그들을 권력자로 봐야 하나요? 그건 '갑질'이라는 말이 없었던 옛날의 일이지요. 일반시민에게는, 여기 앉아서 대화하는 우리 같은 시민에게는 그들이 권력자가 아니라 일꾼이지요. 권력자 앞에서는 손을 비비기부터 하는 것이 인간의 고치기 어려운 습성이지만, 일꾼 앞에서는 잔소리도 하고 꾸지람도 하는 것이 또한 인간의 고치기 어려운 습성이지요. 이렇게 보면 일반시민이 오히려 그들에게 '갑질'을 할 수도 있는 것인데, 포항시민에게는 어느 날에야 그런 세상이 열리게 될까요? 누가 열어주는 것도 아니고 못 열게 막아선 것도 아니지만 스스로 각성하지 않으면 결코 열리지 않는 신세계이지요. 세 선배님의 포항을 향한 걱정과 애정의 말씀들에다 저는 이 정도만 보태두도록 하겠습니다.

오늘의 진지한 대화는 황금돼지해의 행운이 한반도와 포항으로 들어설 수 있는 작은 길을 하나 더 만들어줬을 겁니다. 모르는 사람은 몰라도 아는 사람은 알아줄 겁니다.(같이 웃음) 조만간 저는 하노이를 다녀오게 됩니다. 베트남작가동맹이 주최하고 초대하는 국제작가대회에 가는 건데, 베트남의 권력기관이 집결해 있고 북한대사관도 지척에 있는 하노이 국가영빈관에서 묵게 된다고 합니다. 하노이 국제작가대회가 북미정상회담의 평화 성취 전야제가 되기를 서원해 보겠습니다만, 한국의 국회는 여야간에 의사 일정 하나 잡는 협상에서도 여러 차례 결렬을 반복하는데, 북미간의 그 엄청난 협상이 단 두 번 만에 얼마나 큰 성과를 낼 수 있겠습니까? 70년의 문제를 70개월 만에라도 해결의 단초를 마련할 수 있게 된다면… 우리의 갑갑증이 조바심을 불러일으키는 것이겠지요.

독일통일의 과정에서 서독-동독과 소련, 미국, 프랑스, 영국이 6자회담으로 상호 협력하고 조정했던 테이블을 본뜬 것처럼 노무현-김정일과 미국, 중국, 러시아, 일본이 한반도의 비핵화 6자회담을 조직했던 당시부터 비핵화와 평화체제는 동전의 양면관계이지 선후의 관계가 아니라고 생각했던 저로서는 지금 이 시각에도 비핵화와 평화체제를 추구하는 한국 정부의 최고 국가 전략은 "북한을 개방체제에 연착할 수 있도록 하는 것"이어야 한다는 주장을 바꾸지 않겠습니다. 부디 하노이의 2차 북미회담이 또 한 걸음 더 나아가게 되고 그래서 그만큼 한반도에도 "평화가 터졌다"고 외칠 수 있는 그날이 더 가까이 다가오게 되기를 희원합니다. 또한 국민 개개인이 마침내 그날이 왔을 때 그렇게 받을 수 있도록 70년 동안 체질처럼 만들어온 '분단의 정서와 사고'에서 서서히 벗어나게 되기를…. 그만 자리를 옮겨서 설날에 봄꽃을 기다리는 개화소망의 잔이나 나눠봅시다. 수고하셨습니다.

2장

포항지진을 직시하는 눈

포항지진은 인재人災요 관재官災다

63회 유발지진 은폐에 대한 국민감사청구 청원서

문재인 대통령께 드리는
지진피해 포항시민의 공개서한과 청원

An Open Letter and Petition to President
Moon Jae-in: Presented by the 'Victims of the
Earthquake in Pohang City'

좌담 포항지진을 직시하는 눈
　　임해도, 박성진, 장태원, 임재현

포항지진은 인재人災요 관재官災다

(사)포항지역사회연구소

"지열발전이 아니라 지진시험을 한 거다"

2018년 11월 13일 한동대학교가 개최한 세미나에서 고려대학교 이진한 교수는 세계적 권위의 《사이언스》에 게재했던 논문을 지질학적 근거로 삼아 "포항지진은 자연지진이 아니다"라는 사실을 강조하고, 포항지열발전소 시험가동 중의 63회 유발지진들이 방아쇠 역할을 해서 규모 5.4 포항지진이 일어나게 만들었으니 "지열발전이 아니라 지진시험을 한 거다"라고 강하게 비판했다. 이 비판의 목소리를 누구보다 포항시민이 가슴에 새겨야 한다.

이진한 교수의 주요 설명이다.

첫째, 물 주입량이 적다는 이유를 들어 자연지진이라고 주장하는 학자도 있지만, "넓은 지역에서는 물주입량이 많아야 단층대까지 영향을 줄 수 있지만 단층대에 직접 주입하면 유체압이 중요하다."

둘째, 지열발전에서 수리자극 300기압을 넘을 수 없지만 포항지열발전소는 900기압을 자극했다.

셋째, 스위스팀은 2016년에 참여했으나 6개월 만에 철수했으며 그 뒤 제대로 안전관리가 되지 않았다.

넷째, 2017년 4월 15일 규모 3.1 지진을 왜 조사하지 않았느냐?

다섯째, 우리 연구팀은 2017년 8월에 지진계 8개를 설치했지만 등산객들이 훼손하여 규모 5.4 포항지진이 발생하기 일주일 전에 다시 8개를 설치했다.

여섯째, 수압이 너무 높으면 시추공이 파손되는데 시추공 파손 후 진흙을 주입했을 때 모두 사라졌다. 이것은 단층대라는 사실이다.

일곱째, 단층대를 이미 파악하고 있었는데 왜 거기서 지열발전소를 건설했는가?

여덟째, 포항지열발전소의 자료를 모두 공개해야 한다.

이렇게 규모 5.4 포항지진은 피할 수 있었던 지진이었다. 그런데 규모 5.4 포항지진은 발발해 버렸다. 피할 수 있었던, 발발하지 않을 수 있었던, 발발하지 않도록 할 수 있었던 '규모 5.4 포항지진'이 발발하고 말았다. 지질학적 시각으로는 밝혀낼 수 없는, 규모 5.4 포항 유발지진이 발발하게 했던 또다른 중요한 요인은 무엇인가? 최소한 '4가지+1가지'를 지적하지 않을 수 없다. 그 5가지를 찬찬히 짚어보자.

2017년 4월 15일에 발생한 규모 3.1 유발지진에 대해 지열발전 업체인 넥스지오와 관계 기관들 끼리만 정보를 공유하고 시민에겐 철저히 숨겼다

[에기평_신재생실] 포항 지진발생으로 인한 지열발전과제현황 공유 드립니다.

보낸사람 : "서영상"<aws7@ketep.re.kr>

보낸날짜 : 2017/04/17 월요일 오전 10:32:34

받는사람 : "황인택 사무관님"<hit21@motie.go.kr>

참조 : "김덕근"<mailcode@ketep.re.kr> "이지미"<jimilee@ketep.re.kr> "김재인"<jaein@ketep.re.kr> "윤수지"<sujui@ketep.re.kr>

📎 GC15-R01-237_넥스지오_MW급 지열발전_0417(공문최종).pdf [192.28KB]

안녕하세요 사무관님~~

지난 토요일(15일) 포항지역의 진도 3.1규모 1차례, 2.0규모 1차례 등 총 2차례 지진이 발생하였습니다.

그에 대응한 '넥스지오' 주관 지열발전연구과제의 현황 공유 드립니다.

---

1. 지진발생 : 4월 15일(토) 오전 11시30분경(진도3.1규모)

  - 과제현장에서 2km 서북서 방향(기상청 발표기준)

2. 과제현황

  - 지진발생 즉시 평가원 담당자에게 현황보고

  - **추가 지진 위험으로 인한 수리자극 중단 및 배수 시작**

  - 추후 지속적인 모니터링을 통한 대응 예정

자세한 사항은 첨부파일에 담겨있으며, 유선연락드리고 현황 간단히 설명드리겠습니다.

부득이하게 과제 진행사항이 지연될것이라 판단됩니다. 감사합니다.

  - 서영상 드림

한국에너지기술평가원

기술개발본부 신재생에너지실 연구원 서 영 상
내선: 02-3469-8438 이메일: aws7@ketep.re.kr
우) 135-502 서울 강남구 테헤란로 114길 14

첫째, 관계 기관들과 넥스지오가 63회 유발지진을 철저히 은폐했다

포항지열발전소 63회 유발지진이 2017년 11월 15일 발발한 규모 5.4 포항지진을 촉발시켰다는 것은 이진한, 김광두 교수 등이 《사이언스》에 게재한 논문에 잘 나타나 있다. 가장 중대하고 심각한 문제는 산업통상자원부, 기상청, 한국에너지기술평가원 등 관계기관들이 그 사실을 단 한 번도 포항시민(지역주민)에게 알리지 않았다는 점이다. 2019년 2월 설날 현재까지 포항시는 "유발지진 발생 사실을 전혀 몰랐으며 어느 기관으로부터 한 번도 통지 받은 적이 없었다"는 입장을 견지하고 있다. 넥스지오도 지역주민에게 유발지진 발생 사실을 공지한 적이 없었다. 관리 관청인 포항시에는 통지했는지 안 했는지를 넥스지오가 직접 밝힌 적은 없었으며, 포항시는 통지 받은 적이 한 번도 없었다고 말했다.

2017년 11월 15일 규모 5.4 포항지진 발발 직후 윤영일 국회의원(민주평화당, 전라남도 해남·완도·진도군)이 산업부 신재생에너지과로부터 제출 받은 자료를 살펴보자. 이미 산업부도 EGS 지열발전이 촉발시킬 유발지진을 인지하고 있었다. 정부 예산 185억원과 민간 조달 206억원이 투입되는 포항EGS지열발전소 〈설계 단계 시 지진 영향성 검토 여부 및 지진영향성 검토 보고서〉에는 "연구개발 수행과 관련하여 미소진동에 의한 지중 영향력 관리(지진 영향력 관리)를 위한 방안을 마련"하는 것으로 나와 있으며, 세부적으로는 "포항 EGS 프로젝트 미소진동 관리 방안, 지반진동에 대한 사전 검토 및 허용한계 설정, 미소진동 모니터링 시스템 구축 및 관리계획 등 수립"이라는 방안이 적시돼 있다. 산업통상자원부의 관련 공무원들은 외국 지열발전소의 유발지진(미소진동) 발생 사례를 인지하고 있었던 것이다.

주식회사 넥스지오 대표이사가 2017년 4월 17일 한국에너지기술평가원 신재생에너지실장 앞으로 보낸 공문을 살펴보자(포항지열발전소에서 규모 3.1 유발지진이 발발한 4월 15일은 토요일이어서 월요일인 4월 17일에 공문을 보냈을 것임.78쪽 참조).

이게 무언가? 그 공문의 내용은 당연히 산업통상자원부 담당공무원에게 보고되었다. 포항시에는 알려줬는가? 포항시는 "그렇지 않다"고 말했다. 그 고도의 위험 신호를 포항지열발전소 관련의 '먹물들'과 '산자부 공무원들'만 알게 되면 끝인가? 그 고도의 위험을 덮어쓰게 되는 지역 주민은 무엇인가? EGS지열발전소가 무엇인지, 그게 미소진동, 유발지진이라는 인공 지진을 촉발시킨다는 것도 까맣게 모르는 '무식한 자들'이니까 그냥 모르게 덮어놔야 시끄럽게 굴지 않는다, 청정에너지 확보라는 국가백년대계와 넥스지오의 코스닥 상장 성공이라는 '대박 욕망'을 방해하는 데모를 벌이지 않는다, 이런 속셈이었는가? 지역 주민, 포항시민으로서는 당연히 알아야 하는 권리이고, 관계 기관들과 넥스지오는 지역 주민에게 당연히 알려야 하는 '고도의 위험 신호'를 어찌 그토록 철저하고 완전하게 은폐할 수 있었다는 말인가?

둘째, 흥해읍 일원은 단층대일 가능성이 높다는 기존 연구를 완전히 무시했다

이태종, 송윤호라는 두 학자가 2005년에 한국지구물리탐사학회의 《물리탐사》(Vol.8, No.2)에 「심부 지열자원 개발을 위한 원거리 기준점 MT 탐사자료의 2차원 역산 해석」이란 논문을 게재했다. 관련 전문가가 아닌 사람은 이해하기 어려운 용어가 많은 논문이다. 'MT 탐사(magnetotellurics survey)'란 자기지전류탐사慈氣地電流探査이다. 이것은 자연적으로 존재하는 전자기장을 평면파 송신원으로 이용하여 지하의 전기전도도 분포를 규명하는 일이다. 이렇게 설명해 봐도 어렵다. 까짓, 제대로 이해하지 않아도 좋다. 다만, 포항시민에게는 매우 중요한 점이 있다. 포항지열발전소 프로젝트가 눈여겨 볼 수밖에 없었던 이들 학자의 논문에는 포항시민이 주목하지 않을 수 없는 진술이 담겨 있었다는 것이다.

우선, 연구의 목적은 이렇다.

본 연구에서는 심부 지열수의 이동 통로가 될 수 있는 심부 파쇄대 탐지를 목적으로 경상북도 포항시 북구 흥해읍 일원에서 원거리 기준점 MT 탐사를 수행하였다.

또한, 다음과 같은 사사謝詞가 붙어 있다.

본 연구는 한국지질자원연구원의 기본사업인 '**심부 지열에너지 개발 사업**' 일부이며, 현장 자료획득과 해석에 앉어 조언해 준 한국지질자원연구원의 이성곤 박사, 일본 AIST의 Yuii Mitsuhata 박사, 그리고 현장 탐사자료 획득에 힘써 준 한국지질자원연구원의 박인화, 임성근 연구원께 감사드린다.

심부 지열에너지 개발, 즉 지열발전소 건설 사업을 위한 목적으로 2002년과 2003년에 걸쳐 흥해 일원에서 연구조사를 수행한 두 연구자는 흥해 일원이 단층대일 가능성이 높다고 진술하고 있다.

네 개의 동–서 방향 측선에서 공통적으로 나타나는 가장 특징적인 사실은 측점 206(Fig. 4), 112(Fig. 5), 그리고 414(Fig. 6)를 중심으로 한 L-2와 H-2의 경계이다. 이 경계는 네 측선 모두에서 약 1.5km 심도까지 연장되어 나타나며 그 하부의 심도에서는 다시 L-3와 H-2의 경계로 이어져 나타난다. 이 경계를 이루는 측점들을 연결하면 Fig. 1에서 보인 선구조와 매우 유사하게 나타나 이 경계면은 하나의 **단층면**일 가능성이 매우 높다

동–서 방향 측선의 역산단면에서 공통적으로 나타니는 심도 500~1,500m의 저비저항(L-2)과 고비저항(H-2)의 경계면은 이들을 잇는 직선과 선구조 분석 결과와 매우 유사하게 나 타나 **단층면**으로 해석되며 이 직선상에 위치한 BH-2에서도 **단층각력**을 포함

포항지열발전소에 제안된 2015년 보고서의 표지

포항 EGS 프로젝트
미소진동 관리 방안

서울대학교 건설기술연구원 지질자원연구원
넥스지오 이노지오테크놀로지

한 파쇄대가 디수 발견되었고 암석은 1.5km 심도까지 전반적으로 심하게 파쇄된 상태를 보였다.

그런데 2015년에는 어떻게 말하고 있을까? 서울대학교, 건설기술연구원, 지질자원연구원, 넥스지오, 이노지오테크놀리지 등이 공동 명의로 발표한 「포항 EGS 프로젝트 미소진동 관리 방안」이란 보고서(논문)를 보자. 이 보고서 표지에 나오는 '서울대학교'는 서울대 지질학과와 관련됐을 듯한데, 어쨌든 포항지열발전소와 깊은 관계를 맺은 '지질학 먹물들'이 총출동한 것으로 비쳐지는 그 보고서는 뭐라고 말하고 있을까? 아, 놓치지 말아야 하는 것은, 그 보고서는 "부지선정 작업과 하나의 시추공을 4.127km까지 시추한 상태"에서 지열발전소 시험가동(초고압 물주입 등 수리자극)을 준비하는 시점에서 그야말로 '미소진동 관리 방안'을 위해 만들어졌다는 점인데, 표현이 듣기 좋게 '미소진동'이지 그게 다 '유발지진'에 포함되는 것이다. 지열발전소가 유발시킨 규모 1.7 지진이나 규모 1.9 지진을 듣기에 나쁘지 않게 '미소진동'이라고 불러봤자 그것들도 지열발전소가 유발시킨 규모 2.0 지진이나 규모 3.1지진과 마찬가지로 '유발지진'에 포함될 수밖에 없는 것이다.

양산단층과 포항 EGS 프로젝트의 부지는 지표상에서 10㎞ 이상 떨어져 있어 양산단층이 EGS 수리자극에 의해 발생하는 미소진동에는 영향을 주지 않을 것으로 판단된다.

이런 식으로 그 보고서는 흥해 일원에 존재하는 것으로 조사된 소규모 단층대인 곡강단층, 흥해단층, 형산단층 등은 무시해 버렸다. 오직 널리 알려져 있는 양산단층과 포항지열발전소 현장이 10킬로미터 떨어져 있다는 것만 주목했다. 다시 말해 '사업 실행에서 단층대는 문제로 삼지 않아도 된다'라는 자의적, 고의적 관점에서만 진술한 것이었다.

왜 그랬을까? EGS 지열발전, 그러니까 화산지역이나 온천지역이 아닌 포항시 흥해읍 한동대학교 인근에다 지열발전소를 건설하면서 코스닥에 상장해 '대박'을 터트리겠다는, 일약 엄청난 돈을 거머쥐겠다는 욕망에 사로잡힌 '먹물들'의 눈에는 무엇보다도 다음과 같은 논문이 선명한 한 줄기 빛으로 들어왔을 것이다. 물론 그 빛은 흥해 일원에 존재한다는 단층대들을 가려버리는 시커먼 수면 안대로 돌변하기도 했을 것이다.

포항지역의 지온 경사는 38도/km이며 심부 4.5km의 온도는 약 180도C가 될 것으로 예상한다. 포항지역의 지온 경사는 국내 평균 25.1도C/km보다 약 10-15도C/km 높다.

이것은 포항시 북구 흥해읍의 단층대 위에 지열발전소를 건설하면 다른 어느 지역에 비해서도 공사비가 크게 줄어들게 된다는 안내문과 마찬가지이다. 바로 이러한 '돈 계산'이 그들의 양심을 덮어버렸던 것이라고 하지 않을 수 없다.

셋째, 지역 주민과의 소통을 완전히 무시했다

서울대학교, 건설기술연구원, 지질자원연구원, 넥스지오, 이노지오테크놀리지 등이 공동 명의로 2015년에 발표한 「포항 EGS 프로젝트 미소진동 관리 방안」이란 보고서(83쪽 표지 참조)에는 지열발전소 인근 주민과 소통해야 한다고 명기하고 있으며, 그 근거로서 스위스 바젤의 EGS 지열발전 프로젝트의 주민 소통 사례를 비롯해 '지열발전소 건설과 주민 소통'의 실패사례와 성공사례를 제시하고 있을 뿐만 아니라, 미국 에너지부가 마련한 미소진동 관리 7단계 프로토콜도 소개하고 있다.

〈미국 에너지부 미소진동 관리 프로토콜에 제시된 7단계의 프로토콜〉

1단계: 사전 조사 실시

2단계: 지역주민들과의 대화 프로그램 실행

3단계: 지반진동 및 소음에 대한 사전 검토 및 허용한계 설정

4단계: 미소진동 모니터링 시스템 구축

5단계: 자연지진 및 미소진동에 따른 영향 정량화

6단계: 미소진동에 따른 영향 확률 선정

7단계: 피해 확률에 기반한 예방계획 수립

다른 것들은 다 덮어두고 1단계, 2단계만 보자.

먼저, 1단계는 사전 조사다. 물론 사전조사의 핵심은 지열발전소가 위치할 곳에 대한 지질조사다. 이미 전문가들의 사전 조사에 의해 흥해 일원에는 단층대들이 존재하는 사실이 밝혀져 있었다. 그러나 그러한 사전 자료들을 무시했다. 왜 그랬을까? 사전 자료들을 무시하게 만들었을 강렬한 유혹의 근거가 그 보고서에는 다음과 같이 담겨 있다. 앞에서 인용했지만 한 번 더 보자.

포항지역의 지온 경사는 38도/km이며 심부 4.5km의 온도는 약 180도C가 될 것으로 예상한다. 포항지역의 지온 경사는 국내 평균 25.1도C/km보다 약 10-15도C/km 높다.

이것은 「포항EGS 프로젝트 미소진동 관리 방안」이란 보고서가 2007년에 발표된 어떤 논문을 인용한 것인데, 쉽게 말해 포항지역의 깊은 땅속 온도가 국내 평균의 그것보다 월등히 높기 때문에 그만큼 땅속으로 파고들어야 하는 시추공의 깊이를 낮출 수 있다는 뜻이다. 다른 지역에 가면 6km를 뚫어야 하는데 흥해에서는 4.2km만 뚫어도 되니 얼마나 경제적으로 이득이 되고 공사는 또 얼마나 더 쉬워지겠는가? 바로 이 유혹이, 흥해 일원에는 단층대들이 존재한다는 기존 연구·조사자료들을 외면하게 만들었을 것이다.

2단계는 또 어떤가? 그 보고서에는 "2단계 지역주민들과의 대화 프로그램 실행에서는 주관기관인 넥스지오에서 주최하여 진행된 착공식, 협의회를 소개하고"라는 문장이 등장한다. 넥스지오는 포항지열발전소 착공식에 포항지역의 누군가를 초대했을 것이다. 그런데 지역주민과 어떤 협의회를 만들었다는 것인가? 포항시나 포항시의회와 협의회를 만들었다는 것인가? 포항지열발전소가 위치한 포항시 흥해읍에서 넥스지오가 만든 '협의회'에 초대된 사람은 존재하지 않는다. 흥해읍은 가을에 포항시의 예산을 받아 '허수아비 축제'를 개최하는데 넥스지오는 혹시 그 허수아비들을 초대해 '협의회'를 만들고 '유발지진에 대한 협의'도 했다는 것인가?

그 보고서에는 '포항EGS프로젝트(포항지열발전소) 프로젝트 관련 지역주민 대화 프로그램 방안'들이 구체적으로 제시돼 있다.

> 1) 인터넷 매체 활용하기—포항지역 정보 매체를 통해 알리는 방법으로 지역 주민들의 포항EGS프로젝트들에 대한 관심과 인식을 확보한다. 정기적으로 종합적인 정보를 제공하는 방법을 통해 지역 주민들의 신뢰를 확보한다.
> 2) 지역 일간지를 통해 지역 사회적 특성 파악 및 관심사 등을 이해한다.
> 3) 공청회, 설명회(토론의 장)를 개최한다.

위에 열거된 여러 가지 방안들 중에 실현된 것이 과연 하나라도 있는가? '무식한 사람들'이라고 판단했을 지역주민과의 소통은 완전히 무시했다고 치더라도, 그 보고서에 나와 있는 "한동대학교와

협력 사항 논의"는 실행했는가? 똑똑한 교수들과 대학생들의 집단인 한동대학교와는 어떤 소통이라도 했는가? (사)포항지역사회연구소에 의해 단 한 건의 '지역 주민과의 대화'는 조사돼 있다. 포항 지열발전소 인근에서 과수원 농사를 하고 있는 박래근(62세) 씨가 지열발전소 생산공에 초고압 물주입을 시행하는 심야 시간대의 너무 격심한 소음을 견디지 못해 현장을 찾아가 항의했더니 다음 날 넥스지오 측에서 음료수 한 박스를 들고 집으로 찾아와 사과하며 이해를 구하더라는 것이다.

지역 주민과의 소통을 완전히 무시한 것은 규모 5.4 포항지진을 초래하는 핵심 요인이 되었다. 왜냐하면, 그것은 지역 주민들이 '유발지진 발생'이라는 심각한 문제점을 사전에 인지하고 그에 대응할 수 있는 기회를 원천적으로 봉쇄함으로써 "스톱"시킬 수 있었던 기회를 원천적으로 봉쇄해버린 것이기 때문이다.

그렇다면 왜 지역 주민과의 소통을 철저히 회피했던 것일까?

넷째, 넥스지오의 코스닥 상장이라는 '대박 욕망'을 의심할 수밖에 없다

2016년 하반기에 넥스지오는 '보유하고 있는 지열발전 기술'을 바탕으로 코스닥에 기술특례상장을 추진하기로 하고 9월 중에 상장 예비심사를 청구하여 연내에 거래를 개시한다는 계획을 세웠다.

이 계획은 실천되었다. 2016년 10월 17일 인터넷매체 《이데일리》에 다음과 같은 기사가 보도되었다.

한국거래소 코스닥상장본부는 넥스지오 등 4개사의 상장예비심사 청구서를 접수했다고 17일 밝혔다. 상장예비심사 청구기업은 하나금융8호기업인수목적(합병대상 모비스), 이베스트기업인수목적2호(합병대상 쳄온), 넥스지오, AP시스템(분할재상장)이다. 넥스지오는 엔지니어링 및 자원탐사개발 용역을 주로 영위하며 지난해 매출액 105억 원, 영업이익 9000만 원을 기록했다. 한편, 거래소에 따르면 현재 상장예비심사가 진행 중인 회사는 총 34사이며 모두 국내기업이다. 올해 상장예비심사 청구서를 제출한 회사는 총 94사이다.

그런데 넥스지오는 2016년 1월부터 포항지열발전소 초고압 물 주입 등의 시험가동에 들어가 있었다. 여기서 빼놓을 수 없는 핵심적 문제는 지질학 '먹물들'이 '미소진동'이라고 예쁘게 부르는 '유발지진'들이 그 현장에서 발발했다는 사실이다. 2016년 2월의 유발지진(미소진동) 9회 발발을 포함해 넥스지오가 코스닥 예비상장에 등재한 다음인 2016년 12월에만 유발지진(미소진동)이 29회나 발발했다.

만약 코스닥 예비상장까지 해놓은 넥스지오가 '유발지진' 발생 사실을 지역 주민에게 알렸더라면, 어떤 일이 일어났겠는가? 보나마나 흥해 주민들이 왕창 몰려가서 즉각 지열발전소 건설을 중단시켰을 것이다. 그러니 코스닥 상장의 '대박 욕망'에 사로잡힌 넥스지오의 인간들로서는 유발지진들의 발생사실을 철저히 숨겨야 했다. 대박이냐 쪽박이냐─이것은 유발지진을 숨기느냐 알리느냐에 달려 있었다.

넥스지오는 2017년 3월 31일 코스닥 상장예비심사를 스스로 철회했다. 지역주민이 전혀 모르는 가운데 지역주민에게는 기도비닉의 작전처럼 실시했던 그 원대한 '대박의 꿈'을 스스로 철회한 이유는 무엇이었을까? 인터넷매체 《벨 뉴스》는 2017년 4월 5일 다음과 같이 보도했다.

지열에너지 자원 전문기업인 넥스지오가 코스닥 상장예비심사를 자진철회했다. 심사철회 사유는 공개하지 않았지만 거래소 심사 기준을 통과할 만하지 못하다고 자체 판단한 것으로 보인다. 넥스지오 측은 "거래소 심사과정에서 복합적인 이유로 인해 철회하게 됐다"며 "재추진할 계획으로 알고 있다"고 말했다. 이어 "기술평가(TCB) 유효기간이 지난 1월 11일 만료됐다"며 "지난 3월말까지 제3자 기술실사보고서 제출이 불가할 시에는 상장철회 후 기술평가(TCB)를 다시 받고 기술실사보고서를 포함해 재청구하라는 거래소의 요청을 받았다"고 말했다.

참으로 궁금하다. 도대체 넥스지오가 보유하고 있다고 자랑스레 내세웠던 자신만의 특화된 기술의 목록과 내용이 무엇이었을까? EGS 지열발전소 기술은 넥스지오가 세계 최초로 개발한 것은 틀림 없이 아니다. 넥스지오가 포항시 흥해읍 한동대학교 인근에다 포항 지열발전소를 건설하겠다고 나선 것보다 훨씬 이전에 프랑스, 스위스 등 세계 여러 곳에 이미 EGS 지열발전소 개발 선례들이 있었기 때문이다. 어쨌든 넥스지오는 2017년 3월 31일 유효기간이 지난 기술실사보고서 등을 다시 갖춰서 코스닥 상장에 재도전하겠다는 의사와 의지를 보여주고는 '대박 욕망'에서 한 발 물러서게 되었다.

넥스지오가 실력 부족으로 코스닥 상장의 대박 욕망에서 한 발 물러선 직후, 2017년 4월 15일과 16일, 포항지열발전소에서는 규모 3.1 유발지진을 비롯해 지질학 '먹물들'의 표현을 따르자면 무려 13회의 '미소진동'이 발발했다. 기술실사 계획은 무너져야 했다.

넥스지오가 지역 주민과의 소통을 철저히 회피해왔다고 할지라도 규모 3.1 유발지진이 발생했을 때는 지역 주민과의 대화에 나서야 했다. 왜 그때도 침묵했던 것일까? 한국에너지기술평가원에 유발지진 발생과 그에 따른 현장 대처 실적을 이메일로 보고했으니 (79쪽 참조) '해야 할 의무는 다 했다'는 것일까?

마지막 한 가지 더 잊지 말아야 할 주요 요인이 있다. 이것을 '플러스 알파'라 하여 여기에다 다섯 번째로 꼽아두지만, 포항의 미래를 생각할 때는 정말 중요한 반면교사적 교훈으로 삼아야 하는 것이다. 무엇일까?

다섯째, 포항의 2무無를 반드시 지적하지 않을 수 없다

2무란 무엇인가? 두 가지가 없었다는 뜻이다. 포항의 그 2무는 무엇이었는가? 포항시민의 무관심, 포항시의 무능이었다.

포항의 포스텍, 한동대학교에서 가르치고 배우고 일하는 모든 구성원들도 포항시민이고 포항의 언론 종사자들도 포항시민이고 포스코에 근무하는 사람들도 포항시민이고 학교 교사들도 포항시민이고 포항의 주부들도 다 포항시민이다. 물론 지역 국회의원이나 포항시장이나 포항시의회 의원도 포항시민이고, 포항의 환경단체 시민단체 문화단체 노동단체 회원들도 다 포항시민이다. 그러나 어느 시민도 지열발전소가 유발지진(미소진동)을 촉발시킨다는 사실에 일말의 관심도 두지 않았다. 지열발전소를 '지열발전을 위한 연구시설' 정도로만 알았던 시민도 적지는 않다. 지열발전 연구시설이 아니라 지열발전소 건설 현장이었다는 사실을 미리 알았더라면 지열발전과 유발지진의 상관성에 관심을 기울였을 것이라며 뒤늦게 가슴을 치는 시민도 있다.

포항시는 한마디로 무능했다. 포항지열발전소 프로젝트가 진행된 지난 십여 년 동안에 지열발전소가 유발지진을 촉발시킨다는 해외 사례나 정보에 대해 포항시는 전혀 몰랐다고 하는데, 이게 말이나 되는 변명인가? 포항시장과 포항시의회 의장과 시의원들이 포항지열발전소 현장을 방문해 격려·응원하고 포항시가 지열발전을 희망찬 포항 비전의 하나라고 홍보하는 가운데도 거기서 규모 3.1

지진을 포함해 63회나 발생했던 유발지진을 전혀 알지도 못했고 다른 기관으로부터 한 번 통지 받은 적도 없었다고 포항시는 밝혔다. 이것이 사실이라면, 포항시는 지열발전과 유발지진 관리에 대한 '무능 행정'과 '직무 태만'의 전형적 사례를 남겨두었다.

무관심은 무지나 무능으로 직결된다. 포항시민의 철저한 무관심이 포항시의 완전한 무능으로 연결된 경우였다고 지적해도 둘러댈 말이 떠오르지 않을 듯하다. 포항시민의 무관심과 포항시의 무능, 포항의 그 2무가 피할 수 있었던, 발발하지 않게 할 수 있었던, 정말 막을 수 있었던 규모 5.4 포항지진을 촉발하는 요인의 하나였다는 사실을 포항에 사는 모든 교수들을 포함한 포항시민, 포항시장을 비롯한 모든 포항시 공무원, 지역 국회의원을 비롯한 지역의 모든 정치세력은 겸허하게 인정하고 가슴 아프게 새겨둬야 한다.

이 글은 2018년 11월 12일 감사원에 보낸 '포항지열발전소 63회 유발지진 은폐에 대한 국민감사청구 청원서'에 이어서 추신으로 보냈던 내용과 거의 같은 것임을 밝혀둔다. [편집부]

63회 유발지진 은폐에 대한
국민감사청구 청원서

(사)포항지역사회연구소

감사청구이유의 요지

1) 산업통상자원부가 외국에서 개발한 EGS 지열발전 기술을 한국에 처음 적용할 때는 외국 선례들의 유용성뿐만 아니라 수반될 문제와 위험성 및 그 대처방안에 대한 사전조사를 자체 또는 용역으로 반드시 실시했을 것이지만, 포항지열발전소의 경우에 유발지진이 63회나 발생했음에도 불구하고 사전에 인지했던 유발지진 발생의 '문제와 위험성'에 대한 대처방안을 전혀 실행하지 않았으며 오히려 유발지진들의 발생 사실을 철저히 은폐하고 방치함.

이 글은 2018년 11월 12일 포항시민 1821명이 연대 서명하여 청구한 감사원 국민감사청구 청원서의 전문이다. 그때 증거자료로 첨부했던 서류는 여기에 싣지 않는다. [편집부]

2) 2017년 11월 15일 규모 5.4 포항 지진이 발생한 직후에도 유발지진들의 발생 사실을 전혀 모르고 있었던 포항시민은 민주평화당 윤영일 국회의원이 산업부와 기상청에 관련 자료를 요청해 공지함으로써 최초로 알게 되었으며, 이후 산업부는 포항시민의 관련 자료 공개 요청을 현재까지도 묵살하고 있음.

3) 지방정부는 중앙정부의 위임을 받아 행정한다는 원칙에 따라 산업부는 마땅히 포항지열발전소 관할 지방정부인 포항시에게 유발지진 발생 사실들을 통지해야 했음에도 불구하고 왜 한 번도 통지하지 않았는가에 대해 포항시민은 도저히 이해할 수 없고 묵과할 수 없음.

4) 2017년 4월 15일에는 5.4 포항 지진의 진앙지인 포항지열발전소의 바로 그 지점에서 규모 3.1 유발지진이 발생하여 모든 포항시민이 깜짝 놀란 일이 발생했으나 어느 기관에서도 포항지열발전소의 유발지진임을 공지하지 않았으며, 모든 시민이 2016년 9월 12일에 발생했던 규모 5.6 경주 지진의 '여진'(1년 넘도록 500회 이상 발생)이라고 생각하도록 완전히 기망함.

5) 학력고사까지 긴급 연기시킨 규모 5.4 포항 지진 발생 후 언론은 포항지열발전소에서 용역을 맡긴 중국 업체 유니온 페트로의 지하 생산구 물주입 수압이 규정을 엄청나게 초월한 것으로, 세계 지열발전소들 중 초유의 초고압(프랑스 솔츠 지열발전소의 6배)이었다는 사실을 보도했는데, EGS 지열발전의 유발지진은 물주입 수압과 주입 수량의 수리자극에 의해 촉발되는 것으로 알려져 있음.

이상 5가지 의혹만 통찰해도 포항시민이 짊어진 지진 피해와 고통은 헌법 제7조의 '공무원은 국민 전체에 대한 봉사자이며, 국민에 대하여 책임을 진다'를 위배한 관련 공무원들의 관료우월주의적, 관료편의주의적 직무유기와 직무태만이 초래한 인재人災에 해당할 것임.

감사청구 이유

안녕하십니까?

상기한 요지의 본건은 관료우월주의적, 관료편의주의적인 직무유기나 직무태만에 의해 국민이 형언하기 어려운 재앙을 당하고 그 극복을 위해 일 년이 넘어도 끝이 보이지 않는 고통을 감당해내고 있는 중대의혹사안에 대한 국민감사청구로서, 그 이유를 상술하겠습니다.

첫째, 산업통상자원부가 국가에너지정책의 일환으로 외국에서 개발한 EGS 지열발전소를 국내 최초로 포항에 개발하기로 결정한 과정에는 행정의 일반적인 절차를 미뤄볼 때 자체 또는 전문용역을 통해 당연히 외국 선례들(스위스 바젤, 2012년 미국 에너지부)에 대한 조사를 실시했을 것입니다. 그 결과로, EGS 지열발전은 초고압의 물주입과 지하생성 고압증기로 인해 필연적으로 유발지진을 초래할 수밖에 없다는 점, 그 문제와 위험성에 대한 대처방안을 마련해야 하며 그중에는 지역사회와 정보를 공유하고 소통하는 책무가 포함된다는 점을 반드시 인지하게 돼 있었습니다(참고자료 1, 자료집 22-27쪽, 단행본 134-139쪽). 그러나 포항시민은 유발지진들 발생에 대한 어떤 정보도 받거나 듣지 못했습니다. 포항지열발전소에는 2016년 1월부터 2017년 11월 15일까지 미소지진들과 규모 3.1을 포함해 63회의 유발지진이 발생했고, 산업부 등 모든 기관들이 그 사실을 철저히 은폐했습니다. 포항지열발전소 개발업체인 넥스지오에는 지질 전문가들이 있지만 그 회사는 유발지진 발생 사실들을 한국에너지평가연구원에 보고했던 것으로 알려져 있습니다. 넥스지오 → 한국에너지평강연구원 → 산업통상자원부의 계통과 거기에 기상청도 끼어든 그들만의 정보공유가 계속되었다고 볼 수 있을 것입니다. 포항시 공무원은 한 번도 통보받은 적이 없었다고 하니 포항시도 소외됐던 것으로 추정해볼 따름입니다. 그리고 규모 5.4 강진 후 포항시민이 대통령께 보내는 공개서한, 집회, 성명, 공문을 통해 산업부에 은폐 이유와 유발지진 전모에 대한 정보를 공개하라고 촉구했지만(참고자료 2, 자료집 40쪽과 53쪽) 현재까지도 묵살하고 있습니다. 여기서 주목해야 하는 것은 민주평화당 윤영일 국회의원이 공지한 포항지열발전소 63회 유발지진 발생 지점이 규모 5.4 강진의 진앙지와 완전히 일치하거나 거의 일치한다는 사실입니다.(참고자료 3, 자료집 5쪽)

둘째, 산업통상자원부나 포항지열발전소 업체 넥스지오가 포항지열발전소 개발에서 필히 사전조사와 선례참고로 삼았을 스위스 바젤 지열발전소의 유발지진 대응사례와 한국 포항의 유발지진 대응사례가 극명히 대조된다는 점을 지적하지 않을 수 없습니다. 바젤지열발전소의 경우 2006년 12월 8일 시험가동의 고압 물주입 과정에서 규모 2.6 유발지진에 이어 규모 3.4 유발지진이 발생하자 15분 만에 검찰이 현장에 출동해 압수수색을 단행하고 입건했으며 지열발전 시험가동도 중단됐습니다. 이때 유발지진 발생 사실은 대처방안에 따라 정부기관과 언론 등을 통해 즉시 주민에게 공개됐습니다. 검찰의 수사 결과는 지열발전 개발업체가 물주입 압력, 유발지진 대응 등에 대해 규정을 준수했기 때문에 무혐의로 처리되었고, 유발지진에 의한 주민 재산피해는 업체가 미리 가입해 놓은 손해배상보험에 따라 원만히 해결되었습니다.(참고자료 4, 자료집 11-15쪽) 그러나 포항지열발전소는 전혀 달랐습니다. 달라도 너무 달랐습니다. 63회나 유발지진이 발생했고 더구나 3.1이 발생하기도 했지만 산업부, 기상청, 포항시 등 어느 관계기관도 그 사실을 시민에게 공지한 사실이 없었습니다. 단 한 번도 없었습니다. 언론에도 전혀 보도되지 않았습니다. 앞서 지적했지만, 학력고사를 연기시켰던 5.4 강진 발생 후에도 산업부나 관계기관은 자발적으로 63회 유발지진을 공개하지 않았습니다.

왜 산업부는 외국 지열발전 개발 과정의 유발지진 발생 선례를 잘 알고 있었음에도 불구하고 포항지열발전소의 63회 유발지진을 철저히 은폐했습니까? 왜 바젤의 경우처럼 유발지진 대처방안을 사전에 만들어 주민과 정보를 공유하고 소통해야 한다는 의무규정을 두지 않았단 말입니까? 아니면, 유발지진 발생의 '문제와 위험성'에 대한 대처방안을 준비해놓고선 주민의 반대를 예상하면서 '별 문제 없겠지' 하고 그냥 덮어두었다는 것입니까? 또한 우리나라 사법당국은 포항시민처럼 사전 정보가 없어서 포항지열발전소 유발지진들에 대하여 모르고 있었다 할지라도 5.4 강진 발생 후 규정 위반의 초고압 물주입 사실 등이 언론에 보도됐던 시점에서는 인지수사에 나서서 개발업체를 비롯해 산업부 등 관계기관에 대한 압수수색을 단행하는 등 사법적 조치에 나서는 것이 바람직하지 않았겠습니까?

5.4 강진이 발발하고 윤영일 의원의 관련자료 공개 후에나 포항시민의 극소수도 알게 되었지만, 포항지열발전소 업체 넥스지오가 유발지진들의 발생 사실을 은폐했던 속셈에 대해서는 어느 정도 짐작합니다. 2016년 1월부터 물주입 시험가동을 시작했던 넥스지오는 코스닥 상장의 예비 절차도 밟았으니(결국은 자진 철회한 것으로 알려짐), 유발지진들의 발생 사실이 공개되면 인근 주민들의 강한 반대에 부닥칠 것이 명약관화한데 먼저 나서서 자백할 수야 없었을 것입니다.

사정들이 이러하니, 피해 주민들과 포항시민이 우선에 그 진상부터 알고 싶어서 감사원을 신뢰하며 국민감사청구에 나설 수밖에 없는 것입니다.

셋째, 한국 정부의 행정체계는 일반적으로 중앙정부가 행정 업무를 지방정부에 위임하고 이를 지방정부가 수행하는 것으로 알려져 있습니다. 이를 증명해주듯, 2017년 2월 14일 포항시장은 포항지열발전소 현장을 방문해 넥스지오 등 관련자들에게 지원을 공언했으며, 3월 8일에는 포항시의회 의장단이 같은 일을 했습니다. 포항시 홈페이지에는 '지열발전'이 포항의 미래비전이라는 홍보선전도 탑재돼(5.4 강진 발발 후 즉시 소멸) 있었습니다. 물론 포항시민은 그것을 믿었습니다. 그렇다면 산업통상자원부는 포항에 위치한 지열발전소의 63회 유발지진들, 최소한 2017년 4월 15일 규모 3.1 유발지진만이라도 포항시에 통지했어야 마땅한 일이 아니었겠습니까? 포항시민의 집회나 토론회에 참석한 포항시 관련 공무원은 다른 기관으로부터 한 번도 포항지열발전소의 유발지진 발생 사실을 통지받은 적이 없었다고 밝혔습니다. 만약 이것이 사실이라면, 포항시의 '무능'에 대해서는 '무지에 의한 비고의성 직무태만'의 소치라고 할지라도, 산업통상자원부가 포항시민의 권리를 대리하는 '선거로 뽑힌 포항시장과 포항시의회 의장단'도 완전히 기망했던 것이라 하지 않을 수 없으며, 이거야말로 또 하나의 엄중한 직무유기나 직무태만에 해당할 것입니다. 2017년 4월 15일 규모 3.1 유발지진 발생 당시에 넥스지오와 한국에너지평가연구원은 정보를 공유하고 대책을 논의했던 것으로 알려져 있습니다. 그러나 기상청도 산업부도 포항시도 그 어느 기관도 그것이 포항지열발전소의 유발지진이란 사실을 주민들에게 알리지 않았습니다. 왜 그랬을까요? 다음의

'넷째'에서 말씀드리지만 2016년 9월 12일 발발했던 규모 5.6 경주 지진을 빼놓고는 설명하기 어려워 보입니다. 그 모든 은폐의 진실이 감사원 감사를 통해 분명히 밝혀지기를 기다리겠습니다.

넷째, 산업통상자원부 등 관계기관의 63회 유발지진 은폐에는 2016년 9월 12일 경주에서 규모 5.6 강진이 발생하여 일 년이 경과한 다음에도 계속 이어진 500회 이상의 여진을 악용했을 것이라는 의혹을 지울 수 없습니다. 2016년 1월~ 2017년 11월 기간에 발생한 포항지열발전소 63회 유발지진들의 진앙 위치는 '참고자료 2'와 같이 5.4지진이 일어난 진앙 위치(북위 36.12, 동경 129.36)와 동일하거나 거의 똑같습니다. 더구나 2017년 4월 15일 11시 31분에 발생했던 규모 3.1의 포항지열발전소 유발지진 진앙 위치는 북위 36.11, 동경 129.36이었습니다. 그때 모든 포항시민이 큰 진동을 느꼈는데, 누구 하나 예외 없이 모두가 이구동성으로 "경주 여진이 왔다"고 말했습니다. 여기에 함정이 있었다는 것을 포항시민은 윤영일 의원에 의해 63회 유발지진 발생 사실을 알게 된 다음에야 깨닫게 되었으니, 그 함정이란 산업부 기상청 한국에너지평가연구원 등 관계기관이 경주 여진을 악용해 포항지열발전소 유발지진들을 은폐했을 것이라는 의혹입니다. 아무리 늦었더라도 산업부는 그 3.1 유발지진 발생 당시에는 그것을 공지하고 포항시에 통지하여 포항시, 넥스지오, 포항시민 등이 유발지진 정보들을 공유한 가운데 바젤지열발전소의 선례처럼 향후 대책을 수립할 수 있도록 해쥐야 했습니다. 그러나 철저히 은폐하고, 더 나아가 경주 지진의 여진으로 인식하게 돼 있다는 점을 악용해 포항시민을 기망했습니다. 특히, 이 점에 대하여 청구인들은 분노를 참기 어렵습니다.

 다섯째, 2018년 4월 국제적 권위의 과학저널《사이언스》에 게재된 규모 5.4 포항지진과 포항지열발전소 유발지진들의 상관성을 규명한 두 편의 논문에도 그 진앙 위치에서 반복적으로 진행되었던 수리 자극(주입공 물주입과 생산공의 증기)에 의해 5.4강진이 발생했다는 과학적 근거들이 제시돼 있습니다(참고자료 5, 자료집 90쪽-130쪽 중 특히 108쪽-113쪽의 논문 번역). 그 논문의 부록에서는 2016년 1월부터 발생했던 포항지열발전에 의한 유발지진들이 2016년 9월 12일의 규모 5.6 경주 지진을 자극했을 가능성도 언급했습니다. 그리고 그 논문은, 경주의 규모 5.6 지진을 비롯해 한반도에서 발생했던 대다수 지진들의 진원 깊이가 10~20킬로미터임에 반해 포항지열발전소 유발지진들의 진원 깊이가 4~6킬로미터였고, 규모 5.4 포항 지진의 진원 깊이는 4.5킬로미터였으며, 이것이 포항지열발전소가 시추한 주입공(지하 4,382미터)과 생산공(지하 4.348미터)의 깊이와 일치한다는 사실을 규명해주고 있습니다(참고자료 6, 자료집 95쪽-98쪽). 이렇게 포항지열발전소 유발지진들과 5.4 포항 지진의 진앙 지점이 일치하고 있음에도 왜 산업부는 현재까지 과오를 시인하는 한마디 사과 발언도 없는 가운데 피해주민들이 소송을 걸어올 것에만 대비하고 있으니(참고자료 7, 관련 기사), 이 어찌 관료우월주의적이고 관료편의주의적인 적반하장에 가까운, 책임회피를 위한 선제적 공무公務라고 개탄하지 않을 수 있겠습니까?

여섯째, 지열발전소에서 생산구로 집어넣은 물주입의 수압이 불안한 지층을 크게 자극했을 가능성을 지적하지 않을 수 없습니다. 넥스지오는 시추 과정에서 파이프가 절단돼 작업을 중단해야 했습니다. 절단된 상태로 지하에 박힌 파이프를 빼내기 위해 약 200톤에 가까운 압력을 가했지만 성공하지 못했습니다. 그래서 중국 전문업체인 유니온 페트로에게 남은 시추작업과 수리자극 작업을 맡기게 되었습니다. 유니온 페트로가 포항지열발전소 물주입 작업에서 가한 수압 세기는 그 회사의 홈페이지에도 나와 있었습니다. 포항과 마찬가지로 비화산 지대 지열발전소인 프랑스 솔츠 지열발전소의 경우는 평균적으로 15MPa 전후의 수압을 사용했지만, 포항지열발전소에서는 89MPa의 수압이 가해져 솔츠의 6배 수준이었습니다. 89MPa라고 하면 880기압 정도로, TNT 폭약 1,000톤 수준의 파괴력을 가집니다. 일반적으로 지열발전소의 유발지진 촉발 요인은 두 가지인데, 하나는 주입 수량이고, 또 하나는 물주입 압력입니다(참고자료 8, 관련 기사). 이러한 보도와 지열발전소의 두 가지 유발지진 촉발 요인을 감안할 때, 포항지열발소에서는 해외 선험사례나 관련 규정을 무시한 채 얼마나 강력한 수압이 시험적으로 무모하게 사용됐는가(특히 절단된 파이프를 제거하기 위해)에 대한 감사가 이뤄져야 하며, 이에 대한 감독관청의 관리소홀 문제도 명백히 밝혀져야 합니다. 청구인들은 이미 관련 서류들이 어디론가 사라졌을지도 모른다는 우려마저 해보지 않을 수 없습니다.

상기한 감사청구 이유들에 대한 감사원 감사는 포항지열발전 63회 유발지진의 철저한 은폐와 그 전모를 밝혀내는 동시에 우리나라의 오랜 폐단인 관료우월주의와 관료편의주의의 직무유기와 직무태만을 바로잡는 중요한 사례가 될 것으로 생각합니다. '참고자료 2'와 같이 포항시민은 2018년 2월 6일 문재인 대통령께 드리는 공개서한에서도 이 감사청구와 유사한 청원을 담았으며, 성명 집회 공문 등을 통해 산업통상자원부에 관련 자료들을 공개하라고 촉구했습니다. 그러나 아무런 답변이 없습니다. 이렇게 무심한 가운데 주민소송 대응 준비에만 몰두한 산업부의 한심한 고압적 태도는 포항시민을 무시한다는 느낌을 주기에 충분합니다. 포항지열발전소 63회 유발지진 철저 은폐에 대한 산업통상자원부 등 모든 관계 기관들의 책임소재 기간은 유발지진이 발생한 2016년 1월부터 2017년 11월이지만, 감사원 감사는 지열발전소 개발의 기획 단계로까지 거슬러 올라가야 '문제와 위험성에 대한 대응방안'의 유무도 확인이 가능해질 것입니다. 다만, 가장 중요한 사실의 하나는 2017년 4월 15일에 발생했던, 2017년 11월 15일의 5.4 강진과 동일한 진앙 지점인 규모 3.1 유발지진입니다. 한반도에선 제법 큰 규모로 분리되는 그 3.1 유발지진까지 은폐하여 경주 여진으로 생각하게 만들었던 기망에 대하여 무엇보다도 분노한다는 점을 거듭 밝혀두겠습니다.

　규모 5.4 지진의 거대하고 강력한 폭격을 얻어맞은 포항시민은 지난 일 년 동안 다른 지역으로부터 '바보'라는 핀잔을 들어가면서 참을 만큼 참았습니다. 이제 더 이상은 인내하며 기다리고만 있을 수는 없습니다. 그래서 지난 9월 5일에는 포항시민 500여 명이 옥내집회를 통해 '63회 유발지진 은폐, 그 이유, 그 전모, 시험가동 과정의 규정위반 등과 관련해 국책사업 준비와 시행 과정의 직무유기 및 직무태만, 업무상 중과실에 의한 치상 혐의' 등에 대해 사법당국이 책임 추궁에 나서게 할 것을 결의했습니다만(참고자료 9. 관련 기사와 자료집 4쪽), 선후관계로 따져봐서는 가장 급선무가 감사원 국민감사청구를 통해 진상부터 규명하는 것이라는 중론을 모았습니다. 물론 이것은 감사원에 대한 청구인들의 신뢰를 담보한 결정이었습니다.

　포항지열발전소 유발지진들이 촉발한 규모 5.4 포항 지진과 여진의 중경상 시민은 160여명, 정부의 중앙재난대책본부가 발표한 재산피해는 약 510억원입니다. 포항시는 약 850억원이라 하고, 3000억원으로 추산한 통계도 있습니다. 트라우마를 호소하고 상담한 정신적 피해자만 해도 1만 명에 이릅니다.(참고자료 10, 자료집 10쪽)

덧붙이자면,『삼국사기』『삼국유사』에도 경주지역의 지진 발생 사실이 기록돼 있습니다만, 63회 유발지진과 2018년 11월 15일 규모 5.4 지진이 발생한 포항시 북구 흥해읍에는 포항지열발전소 공사 이전에는 단 한 번의 어떤 미소지진 사례도 기록된 적이 없었다는 사실을 밝혀둡니다.

포항시민은 지열발전소의 녹색에너지가 미래비전이라는 중앙정부와 포항시 당국의 홍보만 믿고 63회 유발지진 발생 사실들을 전혀 모르는 상태에서 집이 흔들려도 5.6 경주 지진의 여진인가 하며 태무심하게 지내는 가운데 그렇게 엄청난 재앙을 덮어쓰게 되었습니다. 시민의 잘못이 있다면 당국의 홍보에 어떤 의혹도 보내지 않았던 '무지의 믿음'이라고 할 수 있겠습니다. 시민정신이 부족했거나 지열발전에 무식했다는 따가운 질책을 받아도 할 말이 없는 포항시민의 그 과오를 백 번 시인합니다. 그러나 63회 유발지진 은폐에 대해 어찌 정부 기관과 공공기관으로부터 국민이 기망 당한 사례라고 하지 않을 수 있겠습니까? 어찌 헌법 철학을 위배한 관련 공무원들의 직무유기나 직무태만이 초래한 인재人災라고 하지 않을 수 있겠습니까? 국민감사청구 청원을 받은 감사원이 그 진상을 철저히 밝혀서 알려주시기를 기다리겠습니다.

2018년 11월 12일

문재인 대통령께 드리는
지진피해 포항시민의 공개서한과 청원

(사)포항지역사회연구소

존경하는 문재인 대통령님께.

안녕하십니까?

영하 10도의 강추위 저녁에 '지진피해 포항시민' 300여 명이 포항 강진의 현장인 '흥해'복지문화센터에 모였습니다. 먼저, 포항 수험생과 학부모를 위해 수능시험을 연기해주셨던 결단에 대하여 깊은 감사를 드리며, 평창겨울올림픽이 인류의 평화 스포츠 제전으로 빛나게 되기를 응원합니다.

오늘의 집회를 준비하는 과정에서 저희는 두 가지 의견을 모았습니다. 하나는 이번 기회에 지진피해의 충격과 고통에 시달리는 포항의 수험생과 학부모를 위해 전격적으로 수능시험을 연기해주셨던 대통령님께 심심한 감사의 말씀을 올려야 한다는 것이었고, 또 하나는 "우리의 집회가 전국적인 시각으로 보면 작지만 평창올림픽 기간에는 열지 않아야 국민의 기본예의에 맞다"는 것이었습니다. 이런 마음을 바탕으로 이 편지를 씁니다.

현재 '문재인 정부'가 꾸리고 있는 "포항지열발전소와 포항 강진의 연관성"에 대한 조사단이 2월말에는 활동을 시작할 것이라고 들었습니다. 그 조사단은 학문적 양심을 지키는 전문가들이 중심을 이룰 것이며 피해주민과의 원만한 소통 방안도 마련할 것으로 기대합니다.

그런데 저희는 '문재인 정부'가 포항 강진 직후에 긴급히 취해야 했던 하나의 '중대사'를 여전히 외면하고 있음을 대통령님께 직접 말씀드리지 않을 수 없습니다. 이는 2017년 11월 15일 규모 5.4 강진 이전에 발생했던 '포항지열발전소의 63회 유발지진'을 관계 당국이 무려 2년 가까이 은폐해왔던 사실에 대해 정부가 오늘 이 시간까지도 아무런 조치를 취하지 않고 있다는 것입니다.

포항지열발전소가 2016년 1월부터 2017년 9월까지 시험한 지하 시추공 물 주입과 배출의 과정에서 무려 63회의 유발지진이 발생했다는 그 엄청난 사실들은 규모 5.4 강진이 터져 건국 이래 최대 지진피해를 일으킨 2017년 11월 15일 그날까지 포항시민 어느 누구도 모르게 철저히 은폐돼 왔습니다. 그중에는 규모 3.1도 있었고 규모 2.0 이상만 해도 10회였습니다. 규모 1.0 이하의 진동은 통계에 포함되지 않았음을 감안하면 포항지열발전소 근처(포항시 흥해읍)에서 얼마나 많은 미소진동이 발생했던가를 상상하기란 어렵지 않습니다. 여러 차례 유발지진이 이어진 그때는 나라가 격동의 시기도 아니었습니다. 박근혜 대통령 탄핵 1차 촛불집회는 2016년 10월 29일에 열렸던 것입니다.

그리고 63회 유발지진들에 대한 흥해 주민들의 침묵을 탓할 수도 없는 문제입니다. 미소진동들을 지진으로 체감하기도 어려웠거니와 2016년 9월 12일 경주 강진이 발생한 뒤부터는 지진의 느낌을 받아도 '경주 여진'이라 여겼기 때문입니다. 이는 오늘 저녁 저희 집회의 유발지진 체험 사례 발표를 통해서도 확인할 수 있었습니다. 특히 포항지열발전소와 600미터 떨어진 곳에서 과수농사를 지으며 기거하는 박래근 씨(61세)의 체험기는 생생하고 놀라운 이야기였습니다. 지열발전 착공 때부터 강진 발생 그날까지 3년에 걸쳐 각종 굉음과 물소리와 진동에 시달리면서도 "국가기간산업의 하나라기에 참아냈는데 강진이 터진 뒤에야 그것들이 경고였다는 것을 깨닫게 되었다"며 "강진 발생 앞에는 13일과 14일 심야에 마치 지붕에서 마당으로 거대한 바위가 떨어지는 것 같은 굉음들이 들려오더니, 수확한 대봉 감을 크기별로 구분하고 있다가 강진을 만났을 때는 너무 두려워서 감나무 가지를 붙잡은 채로 30말 들어가는 큰

물통들이 강시처럼 위아래로 급하게 쿵쿵 뛰는 것을 목격했다"고 털어놓았습니다. 이분의 체험기는 유발지진들, 강진 전조, '포항 강진이 직하형 지진이어서 훨씬 더 피해가 심해졌다'는 진단 등에 대한 현장 증언이 아닐 수 없습니다.

포항 강진이 터지고 나서도 포항지열발전소의 63회 유발지진 발생 사실을 까맣게 몰랐던 포항시민이 그것을 알게 된 계기는, 포항과 인연이 없는 국민의당 윤영일 의원이 2017년 11월 28일 산업통상자원부로부터 관련 자료를 받아내 공개했을 때였습니다. 저희는 그 충격을 잊을 수 없습니다. 공무원이 어떻게 그 엄청난 사실들을 철저히 은폐해왔단 말인가? 도저히 이해할 수 없었습니다. 2017년 4월 15일 발생한 규모 3.1지진도 '포항지열발전소 유발지진'이라 공지되지 않았습니다.

산업통상자원부와 포항지열발전 업체 넥스지오는 처음에 유발지진이 몇 차례 발생한 시점에서 당연히 그것을 포항시민에게 공개하고 올바른 대책을 세우는 일에 돌입했어야 했습니다. 더구나 그들은 포항시민이 몰랐던 '스위스의 지열발전과 유발지진 및 주민피해 발생, 공사중단과 원상복구'를 비롯해 해외 사례들을 다 꿰차고 있었습니다. 그럼에도 불구하고 유발지진 발생을 철저히 숨기는 가운데 시험가동을 계속했고 유발지진은 계속 발생했습니다. 이 어찌 대형 참사를 불러들이기로 작정한 사람들이라고 비난하지 않을 수 있겠습니까?

제천과 밀양의 화재참사가 우리 국민과 정부를 비통하게 만들었습니다만, '포항지열발전소 63회 유발지진 은폐'에 대해 대통령님께서는 경악과 분노를 금할 수 있으십니까? 업체는 장사꾼이라 치더라도, 산업부 등 관계당국은 왜 그랬단 말입니까? 포항 강진 발생 후에도 천연덕스레 은폐해오다 국회의원의 요청에 그제야 마지못해 관련 자료를 내놓았으니, 이것은 직무유기를 넘어 국민기망欺罔이라 해야지 않겠습니까? 설령 그 과오를 약하게 다뤄서 '행정편의주의'와 '관료주의'라 규정하더라도, 이거야말로 우리나라의 밝은 미래를 위해 반드시 청산해야하는 '적폐'가 아니겠습니까?

대한민국 헌법 제7조 1항은 "공무원은 국민 전체에 대한 봉사자이며 국민에 대하여 책임을 진다"고 천명하고, 이에 근거해 관계당국은 태풍이나 산불 같은 공공적 위험에 대한 예방 공지에도 적극 나서고 있습니다. 그렇다면 국가정책으로 건설해온 포항지열발전소의 유발지진 발생에 대한 위험공지와 대책협의는 관계당국의 책무에서 제외될 수 있는 것입니까? 산업부의 은폐책임에 대한 경중을 재자면 '박근혜 정부'의 산업부 장관에게 훨씬 더 무거운 책임이 돌아가지만, 2017년 7월 21일 임명된 '문재인 정부'의 산업부 장관에게도 책임은 없지 않습니다.

이 편지를 드리는 저희도 포항시민으로서 책임을 통감하고 있습니다. 그것은 '지열발전과 유발지진'에 대해 제때 공부하지 않았던 '무지'에 대한 책임이며, 그 무지의 상태에서 지열발전소는 포항의 미래를 위해 '아주 좋은 산업'이라는 포항시의 홍보만 믿었던 '무관심'에 대한 책임입니다.

포항시는 포항지열발전소 현장관리 관청으로서 어떤 책임이 있을 것입니다. 포항시가 "포항지진과 포항지열발전소의 연관성 조사 결과에 문제가 나온다면, 강력한 법적 대응을 하겠다"고 밝혀놓았습니다만, 저희는 63회 유발지진 발생에 대해 포항시가 일반시민처럼 몰랐다고 한다면 그 '무능'에 대해 비판하고 진작부터 알았음에도 공지하지 않았다면 그 '직무유기'에 대해 책임을 묻겠습니다. 다만, 산업부가 관련 자료들을 남김없이 공개할 때까지는 정확한 판단을 유보할 수밖에 없습니다.

포항지열발전소는 청정에너지 생산이라는 좋은 뜻으로 출발했습니다. 그러나 좋은 뜻이 나쁜 결과를 낳을 수도 있습니다. 문제의 핵심은 그 과정 아니겠습니까? 포항지열발전소의 경우는, 해외 유사 사례들을 알고 있었음에도 '아주 나쁜 결과'에 대한 63회의 경종을 관계당국이 철저히 은폐했다는 그 과정의 불의不義를 묵과할 수 없습니다. 그 불의가 좋은 뜻을 비극적 파국으로 몰아갔습니다. 이제 좋은 뜻은 흔적도 없이 사라졌습니다. '이명박 정부'에서 "불행의 씨앗"이 뿌려졌고 '박근혜 정부'에서 "불행의 나무"로 자라났는데 '문재인 정부'도 그것을 "불행의 경고"로 보지 못했다는 원망만 남았습니다. 백운규 산업부 장관은 비록 늦게 알았더라도 2017년 8월에는 '유발지진' 자료들을 공개하고 주민참여의 숙의민주주의 마당을 마련했어야 옳지 않았겠습니까? 그리고 산업부가 보유한 관련 자료들은 더 이상 비밀의 비공개 문서로 존재해서는 안 된다고 생각합니다. 저희가 국회에 국정조사를 청원해야 하는 일은 아니지 않겠습니까?

존경하는 문재인 대통령님.

포항 강진은 아주 짧은 치열한 전쟁처럼 지나갔습니다. 그러나 고통과 피해는 전쟁과 마찬가지로 사회적인 동시에 개인적이고 가족적인 것으로 남아 있습니다. 삶이 파괴된 이웃들도 많습니다. 재산이나 신체의 피해를 당하지 않은 시민들도 침대만 조금 흔들려도 지진인가 하고 가슴을 쓸어내리는 트라우마에 시달리고 있습니다.

오늘 저희는 청원 여섯 가지로 편지를 마무리하겠습니다. 부디 대통령님께서 행정명령으로 이뤄주시기를 청원합니다.

첫째, 산업통상자원부가 포항지열발전소의 '63회 유발지진들'에 대한 모든 관련 자료들을 남김없이 즉각 포항시민들에게 공개하도록 해주십시오.

둘째, 스위스 등 해외 유사 사례들을 알았음에도 불구하고 포항지열발전소의 '63회 유발지진들'을 철저히 은폐해온 책임자와 관련자를 엄중히 문책해주시고, 그들이 이제라도 지진피해 주민들에게 진심으로 사과하도록 해주십시오.

셋째, 이러한 은폐와 기망이 다시는 우리나라 관청에서 일어나지 않도록 제도를 혁신해주십시오.

넷째, '포항 강진과 포항지열발전소의 연관성'에 대한 조사단의 활동은 한국 지질학의 발전을 위해서라도 정직하고 투명하게 실시해야 하겠습니다만. 그 결과는 '아주 높다'에서부터 '거의 없다'까지의 어느 지점에 머물 것으로 예단할 수 있고, 포항시민은 이미 지열발전을 재앙의 근원으로 믿고 있으니 포항지열발전소 공사를 영구 중단하고 하루빨리 시추공을 원상 복구하도록 해주십시오.

다섯째, 대통령님을 비롯해 국무총리님, 행안부 장관님께서 포항지진피해 현장을 방문하셨을 때의 그 마음과 그 약속을 실천하시는 뜻에서도 피해복구 현황에 깊은 관심을 기울여주시고 더 적극적인 지원이 이뤄질 수 있도록 독려해주십시오.

여섯째, '63회 유발지진 은폐 실상과 포항 강진의 연관성'에 대한 조사를 기다릴 여유도 없이 공포심과 절망감에 휩싸여 흥해읍을 떠나가는 주민이 많다는 상황을 직시하셔서 국가정책으로 추진된 '지열발전소 프로젝트'를 대체할 21세기형 유망산업을 통치 차원에서 흥해읍에 우선적으로 보내주십시오.

수능연기 결정에 거듭 진심으로 감사를 드립니다. 그리고 평창겨울올림픽의 빛나는 성공과 함께, 수령 유일체제로 생존해나가는 평양 권력자가 북한 참여를 우리 정부에 엄청난 부담으로 되돌려주는 사단을 일으키지 않음으로써 부디 그것이 남북경색을 풀어나갈 실마리가 되고 더 나아가 '북한의 개방체제 연착륙'을 위한 첫 걸음이 되기를, 삼가 우리의 유장한 역사 앞에서 기원합니다.

늘 건강하십시오.

감사합니다.

2018년 2월 6일

'포항지진과 지열발전' 포항시민대회에 참여한
포항시민 일동 드림

An Open Letter and Petition to President Moon Jae-in: Presented by the 'Victims of the Earthquake in Pohang City'

Dear Mr. President,

On this cold evening with temperature running 10 degrees below, about 300 of us earthquake victims of Pohang City have gathered here in 'Heunghae' Community Welfare Center located in the area hit by the severe earthquake. First of all, we would like to express our sincere gratitude for postponing the college scholastic ability test (su'neung), a decision made for the students and their parents living in Pohang. In addition, we wish from the bottom of our hearts that PyeongChang Winter Olympics will be the most successful sports festival celebrating the world peace.

While preparing for today's meeting, we have reached agreement on two points: one, we should take this opportunity to convey to Mr. President our heart-felt appreciation of the decision to postpone the date of su'neung test for the sake of the student testees and their parents who were in serious shock and pain after the earthquake; the other, "although our meeting is local and relatively small in scale, it is our moral duty as Korean nationals not to convene the meeting during the period of PyeongChang Olympics." The present letter is written based on these two agreements.

We have heard that towards the end of February 2018, the task force currently being formed by 'Moon Administration' will begin its investigation into the "correlations between Pohang Geothermal Power Plant and the powerful earthquake that struck Pohang." We believe that the task force is mainly composed of the experts of scholastic and scientific integrity, who are also capable of running efficient communication channels with the earthquake victims.

Nevertheless, we are now compelled to express our concern about 'one crucial problem' that 'Moon Administration' should have dealt with right after the severe earthquake in November, and yet has been neglecting: the authorities concerned had covered up for as long as 2 years the '63 earthquakes presumed to be induced by Pohang Geothermal Power Plant' that had occurred even before the earthquake of magnitude 5.4 hit Pohang on November 15th 2017. Moreover, the present government has not taken any measures to investigate the cover-up.

There were as many as 63 earthquakes between January 2016 and September 2017, during which time Pohang Geothermal Power Plant experimented on pumping in and draining water through the underground boreholes. However, until the earthquake of magnitude 5.4 devastated Pohang on November 15th 2017, causing the worst earthquake damage throughout the history of the nation, the fact had been completely hidden from the citizens of Pohang. Among the 63 earthquakes were one of magnitude 3.1 and ten of magnitude over 2.0. Considering the fact that those of magnitude below 1.0 were not even included in the statistics, it is not hard to imagine just how many microseismic activities had occurred in the areas near Pohang Geothermal Power Plant, including Heunghae Town, Pohang City. The period of the series of earthquakes, presumed to be induced by the Plant construction and experimental operations, did not even coincide with the time of national turbulence in 2016, since the first Candlelight Vigil in support of the impeachment of then incumbent President Park Geun-hye was held on the 29th of October 2016.

The residents of Heunghae are not to blame for their silence as to the 63 induced earthquakes. The microseismic tremors were hard for them to experience as earthquakes. Furthermore, those tremors occurring after the severe earthquake in Kyong'ju on September 12th 2016 were considered by Heunghae residents as the 'aftershocks of Kyong'ju earthquake,' which has also been confirmed in today's meeting through the testimonies given by those who have experienced the induced earthquakes firsthand. Most vivid and alarming was the testimony given by Mr. Park Rae-geun, a 61-year-old fruit farmer whose orchard was located about 600 meters away from Pohang Geothermal Power Plant. Throughout the period of 3 years, starting from the groundbreaking of the construction of Geothermal Power Plant to the November earthquake, he had to endure all kinds of loud noises including those of water and earth tremors, but he "didn't complain because [he] had been told that it was one of the national key industries. Only after the severe earthquake, [he] realized that those noises and tremors were the warning signs." He went on to say: "Just before the severe earthquake, that is, on the nights of the 13th and 14th of November, [he] heard thundering noises as if gigantic rocks were falling off the roof onto the yard. On the 15th, [he] was sorting the persimmons by size when the severe earthquake hit the place. [He] was so scared that [he] grabbed onto the branches of a persimmon tree, while witnessing the large 30-mal-size (1 mal is about 18 liters) water containers on the ground were rapidly jumping up and down like jiangshi (meaning a 'frozen corpse in Chinese legend that jumps up and down on its feet')." This testimony strongly supports such diagnoses as: "they were induced earthquakes," "they were the signs of upcoming severe earthquakes," and "the November earthquake in Pohang was vertical wave, therefore aggravating the devastation."

Even after the November earthquake, the citizens of Pohang were kept in the dark about the 63 earthquakes very likely induced by Pohang Geothermal Power Plant, until Congressman Yun Yong-il, a member of People's Party (Kuk'min-dang) who has no ties with Pohang City, released on November 28th 2017 the relevant material he had obtained from the Ministry of Trade, Industry and Energy. We will never be able to forget the shock we suffered at the time: How is it possible that public servants have completely covered up such formidable facts? It was simply beyond our comprehension. Even the earthquake of magnitude 3.1 that occurred on April 15th 2017 was not publicly announced as one induced by Pohang Geothermal Power Plant.

Both the Ministry of Trade, Industry and Energy (MTIE) and Nexgeo Inc., the enterprise providing engineering services for Pohang Geothermal Power Generation, should have informed the citizens of Pohang of the situation early on after a few induced earthquakes and immediately begun to take appropriate measures to solve the problems. Worst of all, they were well aware of the overseas precedents of the induced earthquake, including the 'geothermal power generation in Switzerland and the consequential earthquakes and damage suffered by the residents; the stoppage of the construction and efforts made to restore the site to its previous state.' Nevertheless, the MTIE and Nexgeo kept the problems secret and continued their experimental operations, even while the induced earthquakes kept occurring one after another. It is only natural to think of them as having been determined to let large-scale disasters happen.

The tragic fires in Je'chon and Mil'yang have filled the hearts of the people and the government with profound sadness. Then, is it not only natural that President Moon should be shocked and infuriated at 'Pohang Geothermal Power Plant's cover-up of the 63 induced earthquakes'? Putting aside Nexgeo as only a profit-seeking business, how can the decisions made by the MTIE and the other authorities concerned be possibly justified? Even after the severe earthquake in Pohang, they shamelessly kept their silence until they reluctantly released the relevant data at the congressman's request. Is this not a deliberate act of deceiving the people, certainly far beyond a case of neglect of duty? Some might say that things of the kind have always been part of the administrative or bureaucratic expediency; nonetheless, is this not one of the deep-rooted evils that must be cleared away in order to make our nation a better place to live?

The Article 7, Paragraph 1 of the Constitution of the Republic of Korea stipulates that "public officials shall be servants of the people and shall be responsible to the people." Based on this, we believe, authorities concerned are actively making precautionary announcements informing the public of such dangers as typhoons, forest fires, etc. If so, the authorities concerned in the construction of Pohang Geothermal Power Plant which is part of the national policies cannot possibly be free from their duty to make precautionary public announcements and deliberations for problem-solving regarding the induced earthquakes. It is true that the better part of the responsibility for the cover-up by the MTIE should go to the Minister in Park Geun-hye Administration; however, it is also true that the Minister in Moon Administration is not free of liability.

We as citizens of Pohang also feel responsible for failing to study in time the subject of 'geothermal power generation and induced earthquakes' as well as for blindly trusting Pohang City's advertisement of the geothermal power plant as a 'very promising industry' that would greatly benefit the city, without giving it a critical consideration.

Pohang City as a government office in charge of the construction site management must accept its share of liability. The City has made it clear that "according to the outcome of the investigation into the correlations between Pohang earthquake and Pohang Geothermal Power Plant, it will respond with strong legal measures." However, we will criticize the City's incompetency if it did not know, like the ordinary citizens, of the 63 induced earthquakes; and we will bring a charge of 'neglect of duty' against the City if it already knew but failed to announce it to the public. For now, however, we have no choice but to reserve our final decisions until the Ministry releases all of the relevant material to the public.

We know that Pohang Geothermal Power Plant set out with the good intention of creating clean energy. Nevertheless, we also know that good intentions may produce bad results. At the heart of the matter is the steps taken and decisions made in the course of carrying out the project and construction. In the case of Pohang Geothermal Power Plant, the authorities concerned already knew about the similar examples in other countries, and yet decided to completely cover up the 63 warnings against the "very bad results." It is this injustice that must not be overlooked; and this injustice is exactly what had led the good intention to the tragic end. Now, there are no traces of the good intention to be found. A seed of tragedy was sown during Yi Myong-bak Administration and it grew up to be a tree of tragedy in Park Geun-hye Administration. And now we resent Moon Administration's failure to see it as "a warning against a catastrophe." Even if Minister Baek Un-gyu (MTIE) was not informed of it immediately after assuming the office, he should have, at least by August 2017, released the material dealing with the 'induced earthquakes' to the public and provided a democratic forum for the residents to participate in. Further, we believe that the relevant material currently held by the Ministry must not remain classified any longer. We need help since we are not in a position to petition the Congress for an investigation of the national affairs.

Dear President Moon,

Pohang earthquake struck us like a brief yet fierce battle. However, the pain and damage left by the disaster are still with us, as in the aftermath of a war, affecting our social, familial, and personal lives. Many residents find their lives destroyed. Even those without financial or physical damage are suffering from traumatic symptoms, being startled out of sleep at the slightest shaking of their beds.

Today, we would like to conclude this letter with the following 6 items of petition. And we sincerely hope that President Moon grant our requests through administrative orders.

First, the Ministry of Trade, Industry and Energy should immediately release to the citizens of Pohang the entirety of the material related to the '63 earthquakes induced' by Pohang Geothermal Power Plant.

Second, those responsible for covering up the '63 earthquakes induced' by Pohang Geothermal Power Plant, despite their knowledge of the similar cases overseas, and the other interested parties should be sternly reprimanded and should sincerely apologize to the earthquake victims, belated as it may be.

Third, the present system must be reformed so that cover-ups and deceptions will never be repeated in the government offices of our nation.

Fourth, the investigation into the "correlations between the severe earthquake in Pohang and Pohang Geothermal Power Plant" should be conducted honestly and transparently, in fact, for the further development of the field of geology in Korea as well. The findings of the investigation are expected to be somewhere between 'highly likely' and 'almost no likelihood.' The citizens of Pohang firmly believe that geothermal power generation is a cause for disasters, and request that the construction of Pohang Geothermal Power Plant should be stopped for good and the boreholes should be restored to their original state.

Fifth, we understand that President Moon, Prime Minister, and Minster of the Interior and Safety, who visited the earthquake-damaged sites in Pohang, still remember the shock and pain suffered by the victims and the promises they made to help the victims. One way of keeping those promises is to pay close attention to the state of damage restoration and encourage those in charge to provide more active support.

Sixth, without waiting for the outcome of the investigation into the "correlations between the cover-up of the 63 induced earthquakes and the severe earthquake in Pohang," many residents are leaving Heunghae Town, overwhelmed by a sense of despair and fear. Faced with this situation, we earnestly hope that Heunghae Town will be chosen as the primary site for a promising industry of the 21st century that replaces 'the project of geothermal power plant' carried out as part of the national policies.

Once more, we would like to express our sincere gratitude for the decision to delay the su'neung test. We would also like to convey our earnest wish that PyeongChang Winter Olympics will be a great success. Further, standing before the long history of our nation, we pray that the leadership in Pyongyang, which maintains its power through totalitarian despotism and personality cult, will not use the North Korean participation in the Olympics to place a great burden on our government and instead, will use it as an opportunity to resolve the deadlock between the South and the North, and simultaneously as a chance to take the first step towards 'North Korea's soft landing on an open system.'

We wish you good health.

Thank you.

포항지진을 직시하는 눈

때 2019년 2월 10일
곳 이동철내과의원 원장실
좌담 임해도(언론인, 전 포항문화방송 보도국장), 박성진(교육자, 사회학)
　　　장태원(시인), 임재현(폴리뉴스 편집국장)

국민감사청구가 정부조사단의 발표에 맞물리다

임해도 　오늘 우리 네 사람의 대화 앞에 놓아둔 글들에는 포항지역사회연구소가 주도한 '감사원 국민청구감사'에 들어갔던 내용들이 빠짐없이 다 나와 있습니다. 5.4포항유발지진이 일어났던 때가 2017년 11월 15일이었고 그 1주년이 되는 날에 검찰 고발보다 먼저 감사원에 국민감사청구를 해보자고 했던 겁니다. 물론 그 결과에 따라 검찰 고발을 하는 것이 일의 순서에 더 맞겠다는 중론을 모았던 겁니다. 그 감사청구에 대한 이야기부터 나눠보도록 합시다.

장태원 　흥해읍의 피해주민들로부터 국민감사청구 서명을 많이 받았습니다. 지진피해대책 단체 대표들의 협조도 컸습니다. 아직도 흥해실내체육관에서 지내는 피해주민들은 감사원 감사라도 제대로 이뤄져서 63회 유발지진을 왜 숨겨왔는가에 대한 실상과 진실이 밝혀지기를 바라는 마음이 간절하다는 것을 확인할 수 있었습니다. 정말로 포항시나 포항시장도 포항지열발전소의 물주입 과정에서 발생했던 63회 유발지진을 몰랐던가, 이걸 의아하게 묻는 사람들도 만났습니다.

박성진　　감사청구 요구사항에는 '산업통상자원부가 포항시에 63회 유발지진을 한 번도 통보하지 않았다면 그것은 직무유기가 아닌가?'라는 의혹제기도 들어가 있었으니 감사청구가 인용된다면 정말 포항시가 통보받지 못했거나 제때 알지도 못했던가에 대한 그 의혹도 밝혀질 거라고 기대해봅니다.

임재현　　1천800명 이상의 포항시민이 서명을 했고, 임해도 선배님을 청구인 대표로 기명하고 이대환 선배님, 신성환 목사님, 그리고 제가 청구인단 대표로 기명을 했습니다. 문제는 감사청구 인용이냐 기각이냐, 이게 아직도 결정되고 있지 않다는 사실입니다. 국민감사청구는 보통 접수일로부터 1개월 이내에 감사청구심사위원회에 회부되어 인용 또는 기각을 결정하게 돼 있는데, 벌써 3개월을 넘겼지만 아직 그 결정을 기다려야 하는 상황입니다. 저도 담당부서에 전화를 해본 적이 있었는데, 우리의 청구 사건은 관련 기관도 다수

"지진의 원인이 지열발전소 때문이란 사실이 99% 이상 확실시 되고 있는 상황 아닙니까? 그런데도 지역민들의 분노나 항의를 많이 보질 못했습니다. 정부조사단의 공식적인 원인조사 발표가 나오길 기다리고 있는 건지, 너무나 태연한 시민들의 태도를 '성숙한 시민의식'으로 봐야 할지, 아니면 무관심으로 봐야 할지, 몹시 안타깝습니다."

임해도

고 자료도 많아서 통상적인 경우보다는 길어지게 된다고 하더군요.

임해도 접수되고 한 달이 지났을 무렵에 감사원장 명의로 보내온 공문을 받았습니다. 임재현 후배가 말한 것과 유사한 내용이었지요. 그래서 그때, 그렇다면 우리도, 이런 마음으로 증거자료와 참고자료를 추가로 더 보냈는데, 3개월을 채워가는 2월 중순에 감사원 담당자의 전화를 받게 됐습니다. 그때 우리의 단톡방에도 그 통화 내용을 올렸습니다만, 인용이냐 기각이냐, 그 심판 회의에 올리지 못하는 이유는 한마디로 '정부조사단의 결과 발표를 기다려야 한다'는 것이었습니다. 63회 유발지진과 5.4지진이 어떤 인과관계가 있었느냐, 이에 대한 정부조사단의 발표가 나와야 한다는 것이

"감사청구 요구사항에는 '산업통상자원부가 포항시에 63회 유발지진을 한 번도 통보하지 않았다면 그것은 직무유기가 아닌가?'라는 의혹제기도 들어가 있었으니 감사청구가 인용된다면 정말 포항시가 통보받지 못했거나 제때 알지도 못했던가에 대한 그 의혹도 밝혀질 거라고 기대해봅니다."

박성진

었습니다.

장태원　'63회 유발지진이 촉발한 5.4포항강진'이라는 말이 들어가 있으니까 포항지열발전소에서 발생했던 63회 유발지진과 5.4지진 사이의 인과관계에 대한 정부조사단의 결과발표까지 기다려야 한다는 것이었다는데 꺼림칙한 느낌이 들었습니다.

박성진　좀 이상하잖아요? 그 말을 쓰지 않고서는 감사청구의 이유를 완성할 수 없는 것이지만 우리의 감사청구 사유는 분명히 '63회 유발지진의 은폐에 대한 행정적 부당성, 그 직무유기, 그 직무태만, 그 국민기망에 대한 실상을 감사해 달라'는 것이지 않습니

"만약 지열발전소 유발지진 사건이 호남지역에서 이렇게 발생했다면 벌써 정부의 사과를 받아냈을 거라는 자조적인 반응을 보이는 포항시민도 있습니다. 정치적인 보수와 정부 기관이 초래한 재난에 대한 책임 추궁은 근본적으로 다른 사안이잖아요? 사회적 불의나 부정에 대해서 공분하는 시민의식이 많이 부족합니다."

장태원

까? 우리가 감사원에다 63회 유발지진과 5.4지진의 인과관계를 과학적으로 조사하거나 감사해 달라고 청구한 일은 전혀 아닌데…….

임해도　　감사원 담당자도 박성진 선배님이 염려하는 그런 점을 인식하고는 있었습니다. 정부조사단의 발표를 기다리는 동안에 관련 기관들로부터 관련 자료를 받아내고 있었고 우리가 보낸 자료들도 자세히 챙기고 있었습니다. 또, 그런 자료들을 잘 정돈해서 정부조사단의 발표 내용과 함께 심사회의에 올린다는 것도 알려줬습니다. 산자부가 포항시에 유발지진들을 통보해줬느냐 아니냐. 이걸 물었더니 아직은 대납할 수 없다고 하더군요. 이것도 감사청구 인용이 되면 어떻게든 밝혀질 겁니다.

"지진피해 복구와 관련한 실질적이고 현실적인 지원을 할 수 있는 포항지진 관련 지원법은 지난해 국회에서 통과된 게 한 건도 없었습니다. 이게 우리 지역의 정치력 부재를 보여주는 겁니다. 5.4포항유발강진이 그야말로 포항의 불행으로만 간주되고 국한되어 중앙정부나 국회에서는 철저히 외면 받고 있다는 거지요."

임재현

임재현　우리가 염려하는 또 하나는 정부조사단의 발표 아닙니까? 산자부의 예산을 받아 활동한 학자들이 어떤 결과를 들고 나올 것인가? 그분들이 처음 포항에 나타나서 했던 약속대로 '과학자의 양심'을 지켜주기만을 바라는 심정입니다.

임해도　이진한, 김광두 교수팀은 《사이언스》에 포항지열발전소의 유발지진들이 5.4강진을 촉발시키는 방아쇠 역할을 했던 것이라고 밝혀뒀는데, 지질학계에 상반된 주장이 존재하지만 '실측자료'에 의존한 게 아닙니다. 홍 아무개 교수는 포항지진이 자연지진이었다고 주장했는데 그 사람은 포항지열발전소 주변에서 직접 측정한 유발지진 '실측 자료들'을 갖고 있지는 않아요. 일반적인 이론만으로 떠들고 들이대는 거지요.

박성진　　그 사람은 이론으로만 떠들어대는 학자인 반면에, 《사이언스》에 논문을 게재한 학자들은 그 이론을 뒤집어버리는 '실측 자료들과 이론'을 겸비하고 있지요.

장태원　　아마도 홍 아무개 교수는 흥해장터엔 나타나지 못할 겁니다.(같이 웃음) 문제는 정부조사단의 발표에 어느 정도 수준의 상관성이 담기게 되느냐 하는 그 표현의 문제가 아닐까 합니다.

임재현　　설령 정부조사단의 표현이 사실과는 상당히 멀어진 것이라고 하더라도 그것이 현실의 척도, 현실의 힘으로 둔갑하는 것을 막기란 여간 어려운 일이 아닐 겁니다.

5.4포항지진의 상처들-이재민, 주택가격 하락

임해도　　정부조사단의 발표에는 '시일이 더 필요하다'라는 표현이 등장할지도 모르지요. 스위스 바젤의 지열발전소 유발지진 조사엔 3년이 걸렸다, 이런 소리들도 새어나오는 걸 보면 시일부족, 시일연장 타령이 나올지노 모르지요. 3월 20일쯤에는 발표한다니……. 그건 그렇고, 5.4포항지진이 포항사회에 어떤 영향을 미쳤는가, 그게 요새는 어떻게 나타나고 있는가, 이런 주제를 다뤄보도록 합시다.

박성진　　규모 5.4 지진이 발생한 지 1년이 더 흘렀지만 여전히 많은 이재민들이 집으로 돌아가지 못하고 있습니다. 2019년 새해 1월 하순에도 흥해실내체육관에서 지내고 있는 91가구 200여명을 포함해 884가구 2천190여 명이 임시 거주지에서 살아가고 있는 실정입니다. 흥해초등학교 인근 공터에 마련된 임시 이주단지에만 32가구가 입주해 있습니다. 이러한 와중에 여러 시민단체에서 지진의 원인규명과 그 후속대책을 위해 다양한 방면으로 활동을 하고 있지만 해결책은 지지부진한 형편입니다. "사람이 얼이 들듯이 건물도 얼이 드는데, 한 번 얼이 든 건물은 원상 복구되기 어렵다. 장기적으로 얼마나 많은 피해가 일어날지 아무도 알 수 없다"고 했던 어느 건축전문가의 말이 생각납니다. '얼 들다'의 사전적 의미를 찾아보니 '고달프다(몸이나 처지가 몹시 고단하다)의 방언(제주)'이라고 나와 있더군요. 900여 세대 규모의 어느 아파트는 비가 조금만 와도 누수가 되고 있다고 수십 건이나 관리사무실로 신고접수가 들어오고 있다는데, 큰비나 태풍이라도 올 경우에는 어떻게 되겠습니까?

장태원　　제가 살고 있는 흥해 읍내 피해주민들의 심정은 대체로 이런 겁니다. 처음에는 하필이면 왜 포항에, 내가 거주하는 이곳에 천형의 지진이 일어나야 했는가, 이런 허탈감에 사로잡혔습니다.

나중에는 포항지진의 원인이 포항시가 황금 알을 낳는다고 자랑해온 지열발전소 때문이라는 것을 알고는 분노감을 억누르기 어려웠습니다. 아직도 대다수 주민들이 지진 트라우마 때문에 고통을 받고 있습니다. 출입문을 여닫을 때의 소리에도, 큰 차량이 지나갈 때의 진동에도, 물건이 떨어지는 소리에도 여진이 아닌가 하고 깜짝깜짝 놀라게 됩니다. 심지어는 휴대전화 진동에도 소스라치는 사람들도 있습니다. 남자보다는 여자가, 청년보다는 노약자가 더 심하게 트라우마를 앓고 있는데, 그분들은 심리적으로 우울하고 불안합니다. 심하게 위축돼 있습니다. 제 주위의 한 분은 갑자기 찾아온 가슴 통증 때문에 결국 병원에 실려가 공황장애 판정을 받고 지금까지 약을 먹고 있습니다.

박성진　　피해가 큰 북구 지역 주민의 현실적인 걱정 중에 가장 큰 것은 자신의 주택 가격이 떨어지고 있다는 것이지요. 하지만 집값이 어느 정도 떨어지고 있는지에 대해 서로 쉬쉬하고 있습니다. 떨어지는 폭이 심하다는 이야기가 다른 지역에 알려질 경우 집값이 더 떨어질 것을 우려하기 때문이지요. 경제적 사정만 된다면 다른 지역으로 떠나거나 새로 안전하게 짓는, 내진설계가 잘 되었을 아파트 단지로 이사하려고도 합니다. 하지만 피해지역의 아파트를 팔아서는 새로운 아파트를 구할 수 없으니 불편하지만 어쩔 방도 없이 그대로 눌러 앉아 살아가야 합니다. 하기야 오랜 세월을 정붙이고 살아온 곳을 떠나 어디로 그렇게 쉽게 떠날 수 있겠어요? 이러한

주민들의 정신적, 경제적인 손실까지 보상하려면 얼마나 많은 지원
이 있어야 할지 상상도 되지 않습니다.

장태원　　젊고 구매력 있는 사람들은 다른 도시 또는 새로 건축한
아파트나 지진 피해가 덜한 남구 쪽으로 이주해서 흥해의 구도심권
은 인구가 급격히 줄어들었습니다. 현재 흥해 읍내 상가 매장의 수
입이 예전에 비해 3분 1이하로 떨어졌고, 상당수 식당은 점심시간
에도 손님을 찾아보기가 어렵습니다. 가게 월세를 내기에도 빠듯해
서 장사를 그만둬야 할지 고민하는 상인이 많습니다. 110년의 전
통을 자랑하는 흥해초등학교의 2019년 입학생이 겨우 한 학급을
채울 정도로 줄어들었습니다. 특히 흥해 중심지인 로터리 주변은
저녁 9시만 되면 다니는 사람이 없어 죽은 도시처럼 적막합니다.
지진 진앙지와 가까운 포항시 북구 양덕동의 중심도로 주변상가들
도 대부분 비어 있습니다. 제가 정기적으로 다니던 양덕동의 한 내
과의원은 지진 후에 어느 날 갑자기 대구로 떠나버렸습니다. 이처
럼 지진으로 인해 개개인의 일상에 균열이 났고, 그것이 모여 급속
한 도시 공동화와 서민 경제의 붕괴가 함께 일어나고 말았습니다.

5.4 포항지진의 상처들-인구 급감, 경기 위축

임해도　　포항지진이 지역사회에 남긴 가장 심각한 것은 무엇보

다 인구 감소와 경제적 충격이 아닐까 생각합니다. 경상북도의 인구통계에 따르면 포항시 전체의 인구는 지난 2015년 51만9천6백명을 정점으로 이후 감소추세를 보이고 있습니다. 그런데 감소율을 보면 2016년 0.54%, 2017년 0.58%에서 2018년은 0.74%로 지난 2년보다 상당히 가팔라진 걸 확인했습니다. 감소율이 높아진 정확한 원인은 좀 더 세밀한 분석이 필요합니다만 2017년 11월의 지진이 2018년 인구감소율을 높인 큰 원인으로 보입니다. 실제로 제가 알고 있는 한 탈북자 여성은 지진을 경험한 이후 무서워서 더 이상 포항에서 살지 못하겠다며 그해 겨울에 서울로 이주하기도 했습니다. 인구가 지금처럼 줄어들고 포항이 지진도시로 알려지면서 포항 인구 50만 붕괴는 초읽기에 돌입한 것이나 다름없습니다. 이강덕 시장은 임기 중에는 그런 일이 벌어지지 않을 것이라는 여유가 있는지 모르겠습니다만, 50만 명이 붕괴되면 두 군데 구청을 폐지해야 하고 이에 따른 공무원 정원 감축 등 여러 가지 후유증이 나타날 것입니다.

인구감소와 함께 지역경기의 급격한 위축을 들지 않을 수 없습니다. 포항시 양덕동은 지역주민들이 포항의 강남으로 자처할 정도로 활기가 넘쳤던 곳입니다만 우리가 확인한 그대로 이곳에도 빈 점포가 늘어나고 있습니다. 물론 상가의 경기 위축은 포항지역에 국한된 것이 아니고 국내경기 침체에 따른 전국적인 현상입니다. 따라서 이를 지진의 영향으로만 볼 수 있겠느냐는 반론이 있을 수 있습니다만 지진 피해가 심했던 양덕동이나 흥해읍 주민들은 지진 전과 지진 후의 체감 경기가 확연히 다르다고 입을 모으고 있습니다.

지진은 지역의 부동산 경기에도 찬물을 끼얹었습니다. 찬물을 끼얹었다는 표현보다는 완전히 얼려버렸다는 표현이 적확할 겁니다. 부동산 중개업소들에 따르면 지역 대부분의 아파트가 지진 전보다 수천만 원씩 하락했는데 호가 하락에도 매매는 거의 이뤄지지 않고 있다고 합니다. 이러다보니 포항시내 곳곳에는 신축 아파트 분양을 광고하는 현수막이 홍수를 이루고 있습니다. 양덕동 아파트단지 분양 당시에도 미분양 물량이 많아 할인분양을 했는데 당시에는 시세차익을 기대하는 울산 등 외지인들이 많이 구입했습니다. 그런데 지금은 포항이 지진 도시로 소문나면서 외지인들의 구매력을 기대하긴 어려운 실정입니다. 인구는 감소하고 미분양 아파트는 넘쳐나고 지역 주력 산업인 철강경기는 오랜만에 좀 나아지긴 했으나 침체의 수준이고……. 포항지진 직후에 지역경제가 직면한 이러한 총체적 난국은 현재로서는 돌파구가 보이지 않아서 상당 기간 지속될 것으로 우려됩니다.

5.4 포항지진의 상처들-지역공동체의 허약한 실상

임재현　규모 5.4 포항유발지진의 엄청난 물리력이 포항의 건물을 비롯한 재산과 시민의 심신을 강타했습니다. 눈앞의 현실은 아직도 집으로 돌아갈 수 없는 이재민들의 모습이 가장 가슴 아픈 일입니다만, 공동체라는 관점에서 살펴본 지역사회도 정말 깊은 상처를 입었습니다. 이것은 포항지진의 특성이 자연지진이 아닌 유발지진, 즉 사회적 재난이어서 책임 소재 규명 등에 대한 여러 가지 갈등요소를 내포하고 있기 때문입니다. 하지만 포항지역사회는 여러 이해관계가 얽힌 갈등을 해결하는 과정에서 숱한 한계를 보였고, 심지어 새로운 갈등이 유발되는 양상도 보여주고 있습니다. 이는 그동안 지적돼왔듯이 포항 시민사회의 역량과 성숙도가 얼마나 큰 문제를 안고 있는지를 낱낱이 드러내 보여주는 것이라고 할 수 있습니다. 따라서 지진으로 인해 포항사회에 닥친 가장 심각한 영향, 즉 피해는 지역공동체의 허약한 폐부가 드러남으로써 시민적 자존이 실추되는 한편 위기를 극복할 지역사회의 복원력이 상실돼 가는 문제라고 하겠습니다.

좀 더 구체적으로 말씀드리면, 지진 발생 이후 원인규명 등을 둘러싼 여러 주체의 대응 과정을 보면 자치단체장, 포스코, 지역 토호가 중심이 된 포항의 지배권력 구조가 얼마나 왜곡돼 있는지를 잘 보여주었습니다. 포항지열발전소 입지 선정과 가동 과정의 여론 수렴 무시, 63회 유발지진 발생 은폐나 미공지 등 포항시에 대한 책임 추궁은 시민의 당연한 권리였으나 공무원과 점조직을 활용한 물리력에 의해 철저히 봉쇄됐습니다. 지진 원인규명 결의대회 등 자발적인 시민 대응은 지열발전소 컨소시엄에 참여했던 포스코와 그 외 주파트너사의 대표를 맡은 지역 토호들이 자기가 임원을 맡은 자생단체들을 동원해 조직적으로 방해하는 사례도 있었습니다. 그러한 지역의 왜곡된 지배구조를 문제시하거나 비판하려는 지역 언론은 보이지 않았습니다. 또한 한편에서는 지진 피해 상황을 이용해 언론에 얼굴을 팔거나 SNS를 통해 '양심적인 시민운동가로 자처하는 지식인 행세자'도 등장했는데 얼마 못 가서 정치적인 뒷거래의 냄새를 물씬 풍겼습니다.

임해도 우리가 서너 차례 시민대회나 포럼을 열었는데, 그 일을 실무적으로 주도해야 했던 임재현 후배로서는 못 볼 꼴들을 많이 봤을 거고, 할 말도 많을 겁니다.

장태원 포항유발지진을 최초로 총체적으로 정리한 『지열발전과 포항지진』이라는 단행본도 속전속결로 제대로 펴내서 정말 많은 도움을 줬던 장본인기도 한데.

임재현 그 책은 이대환 선배님을 비롯한 포항지역사회연구소 여러 선배님들의 빗발 같은 성화와 감독과 성원으로 그렇게 해낼 수 있었던 겁니다. 새삼 감사하다는 말씀을 드립니다.

5.4 포항지진의 상처들-관청 불신, 지역사회 분열

박성진 임재현 후배가 우리의 막내고 저널리스트니까 늙은이들이 부려먹었던 거지.(웃음) 지금에 와서 돌이켜보면, 2018년 평창 동계올림픽을 앞두고 '문재인 대통령께 보내는 포항시민의 공개서한' 채택과 그날의 시민대회를 통해 우리 포사연이 처음으로 '63회 유발지진 은폐 책임'을 공론화했던 겁니다.

임해도　　맞습니다. 그 공개서한에도 그 은폐 책임을 적시했지요. 그때 최초로 63회 유발지진 은폐에 대한 관청의 책임소재를 공론화 했던 것이지요.

임재현　　기억이 납니다. 이대환 선배님이 그날 흥해 피해주민들 앞에서 큰소리로 읽어주기도 하고 뒷정리도 하셨던 공개서한이었는데, 정부조사단이 생기면 외국 학자들에게 보여줘야 한다고 번역 비용 마련해서 하버드대학에 연구원으로 있는 한국인 최고 영문학자에게 번역까지 의뢰했습니다. 흥해 한미장관맨션 지진피해대책위 대표를 맡고 있는 김홍제 씨와 그분의 흥해실내체육관 주소를 발신인 대표로 적었던 그 공개서한에는 '63회 유발지진에 대한 은폐책임의 85%는 박근혜정부의 산자부 장관에게 있고, 15%는 문재인정부의 산자부 장관에게 있다'고 적혀 있었습니다. 중앙정부의 은폐에 대한 책임 소재는 그것이 정확합니다. 물론 그 공개서한에는 포항시에는 왜 알려주지 않았느냐, 포항시가 몰랐다고 하니 현재로서는 '무능하다'는 비판밖에 할 수 없지 않느냐 하는 내용도 담겨 있었습니다.

임해도   우리가 대통령에게 공개서한을 보냈고 감사원에 국민감사청구도 해놨지만, 시민들의 국가기관 또는 관청에 대한 불신문제를 꼽지 않을 수 없을 겁니다. 우리 국민은 오래 전부터 관청에 대한 불신이 강했습니다. 조선시대부터 현감이나 사또가 삼권을 장악했던 정치 시스템 속에서 억울한 백성이 속출했던 것인데, 〈토정비결〉에서도 '관재수'란 단어의 빈도가 높게 나타납니다. 민초들이 국가나 관청을 백성 보호기관이라기보다는 억압하고 착취하는 기관으로 받아들였다는 점을 짐작하게 해주는 하나의 사례지요. 이러한 관청에 대한 부정적 인식은 우리 시대에 들어와 민주화 과정을 거치면서 많이 희석되긴 했지만 여전히 남아 있음을 부인하기 어려운데, 포항지진은 그 불신을 더욱 심화시켰습니다. 다 아시다시피 포항지열발전소는 국책사업으로 추진됐습니다. 하지만 정부는 지열발전소가 안고 있는 문제점과 발생할 수 있는 부작용에 대해서는 단 한 마디의 사전 설명이 없었음은 물론이고 63회나 유발지진이 발생했음에도, 심지어 5.4강진이 발발한 후에도 관련 자료들을 전혀 공개하지 않고 있습니다. 규모 5.4의 강진이 발생할 때까지 포항시민 어느 누구도 지열발전소가 지진을 일으킬 수 있다는 사실을 몰랐습니다. 또 정부는 물주입으로 발생한 지진을 철저하게 숨겼습니다. 이런 행태는 권위주의적이었던 전 정부나 촛불로 태어났다는 현 정부나 아무런 차이가 없습니다. 포항시민의 포항시에 대한 불신도 높아졌습니다. 정부나 관청에 대한 지역민들의 신뢰는 지진으로 흔들려 금가고 무너진 건축물보다 더 크게 훼손됐는데, 이를 치유하기 위한 정부와 포항시의 진정성 있는 노력이 절실히 요청된다고 봅니다.

임재현   지역사회의 분열이라는 2중의 피해도 놓치지 말아야 할 겁니다. 당장에 임박한 정부조사단의 원인조사 결과 발표와 책임 소재 규명에도 지역사회의 분열은 부정적 영향을 줄 것으로 우려됩니다. 정부는 이미 정보수집 등 조직망을 통해 포항시민이 주체적인 역량과 단결력 아래서 조직화되지 않았다는 약점을 잘 파악하고 있을 겁니다. 따라서 정부조사단이 설령 포항의 기대치에 못 미치는 원인조사 결과를 발표하게 되더라도 정부는 그 후에 예상되는 지역사회의 반발을 충분히, 거뜬히 극복할 있다는 계산을 해놓고 있을 겁니다. 그러니까 포항지역사회는 지진 원인과 그 책임 소재 규명보다 더 중요한 '긴급과제'를 안고 있다는 사실을 이제라도 자각해야 합니다. 오늘의 시민들이 미래의 포항을 이어받을 후손들로부터 '미증유의 유발지진 피해를 입고도 시민의 권리를 행사하기는 커녕 그 위에서 잠을 잤다'는 비웃음을 사지 않으려면 그렇게 해야 합니다.

박성진   옳은 지적입니다. 관청에 대한 불신만 키우는 것은 현실 참여를 회피하는 비겁한 처신입니다. 나서서 뭉치고 발언하고 행동해야 하는 거지요. 그러나 포항의 현실은 권력파의 세력이 너무 비대한데, 시민의식은 그걸 뒷받침하는 형국이지요. 이건 사소한 사례로 보입니다만, 북구에 비해 상대적으로 지진피해를 덜 입은 남구 시민들은 지진의 후속 대책에 그만큼 관심이 낮아 보입니다. 국민감사청구 서명을 받으러 다닐 때의 일인데, 북구 시민들의 대부분은 적극적으로 호응해 주는데 남구 시민들은 반응이 시원치 않았습니다. 취미생활을 같이 하는 70대 남구 주민에게 서명용지를 내보였더니 지열발전이 지진의 원인이라고 할 수 있느냐면서 서명을 해주지 않더군요.

장태원   방금 2중의 피해라는 말이 나왔지만, 흥해에 살고 있는 한 사람으로서 포항유발지진 피해대책에 대한 이런저런 체험기를 종합해보면, 2중의 재난이라는 말을 하고 싶어요. 지진에 의한 재난에 이어서 그것을 이기적으로만, 정치적으로만, 장사치 속셈으로만 이용해먹으려는 욕망에 의한 재난이 일어났다는 겁니다. 민사소송을 제기한다, 그래서 물어봤더니 소송대리를 주선하겠다고 나선 사람이 포항유발지진에 대한 자료들에는 캄캄하더군요. 아는 것이라곤 지열발전 실행업체인 주식회사 넥스지오가 유발지진(미소진동) 발발을 인정했다는 점이었고, 그것만 있으면 얼마든지 승소할 수 있다는 거였어요. 그걸 정치적으로 이용하려는 입김도 개입되고, 또 피해주민은 돈을 더 받게 될지 모른다는 그 기대감에만 집착하고……

포항시민은 "63회 유발지진 은폐 책임" 요구해야

임해도   우리의 대화가 자연스럽게 포항유발지진에 대한 포항의 대응 문제로 넘어오게 되었습니다. 제가 먼저 포항시민이나 피해주민은 그 대응에서 어떤 한계와 문제를 드러냈는가, 이 점을 말씀드릴까 합니다. 포항시민이라면 거의 다 지진피해를 입었을 겁니다. 주택과 건축물이 갈라지거나 금이 가서 직접적인 재산상의 피해를 본 주민은 물론 심한 진동에 트라우마를 겪은 주민들까지 피해자로 보는 게 맞을 겁니다. 50만 포항시민이 피해자이고 직간접 피해액이 수천 억 원에 이르는데도 놀라울 만큼 차분하게 대응하는 걸 보고 저는 크게 놀랐습니다. 지진의 원인이 100%가 아니라 하더라도 지열발전소 때문이란 사실이 99% 이상 확실시 되고 있는 상황 아닙니까? 그런데도 지역민들의 분노나 항의를 많이 보질 못했습니다. 정부조사단의 공식적인 원인조사 발표가 나오길 기다리고 있는 건지, 너무나 태연한 시민들의 태도를 '성숙한 시민의식'으로 봐야 할지, 아니면 무관심으로 봐야 할지, 잘 모르겠습니다. 안타까운 마음입니다.

포항시민은 지난 2013년 6월 승마장 건설에 분노한 양덕동 주민들이 자녀들의 등교를 거부하고 시장의 관까지 만들어서 아이들을 앞세우고 국회까지 찾아갔던 그 사건을 기억하고 있습니다. 당시에는 구체적 피해가 발생하기도 전이었습니다. 짐승 냄새에 아파트값이 떨어질 것이라는 '예상 피해'만 있는 상황에서도 하나로 뭉친 주민들이 격렬하게 저항했고, 결국 승마장 건설을 무산시켰습니다. 그런데 2017년 11월 5.4포항강진에는 승마장 건설을 무산시켰던 그 양덕동 주민들도 진앙지인 지열발전소와 가까워서 직접적인 엄청난 피해를 입게 되었습니다. 더구나 포항지열발전소의 63회 유발지진들을 관청이 철저히 은폐했다는 사실도 드러났습니다. 승마장으로 인한 '예상 피해'와는 비교가 되지 않는 '초대형 직접 피해'가 발생했는데 왜 그 양덕동 주민들은 얌전히 있는 것일까요? 두 사건에 대한 확연히 다른 태도를 어떻게 설명할 수 있을까요?

임재현 저도 여러 가지로 의아했습니다. 승마장 때 열심히 나섰던 양덕동 주민을 붙잡고 이런 질문들을 던져보고 싶습니다. 승마장 때는 주민들의 분노를 잘 조직화하는 탁월한 지도자가 있었고, 유발지진 때는 그런 지도자가 없다는 겁니까? 승마장 때는 '예상 피해'가 양덕동 주민에 국한돼서 똘똘 뭉치기 쉬웠는데, 유발지진 때는 포항시민 모두가 '직접 피해자'여서 양덕동 주민만 따로 뭉칠 필요가 없다는 겁니까? 승마장 때는 상대하기 만만한 포항시장이었고, 유발지진은 상대하기 버거운 중앙정부라는 겁니까? 승마장 때는 사랑하는 자식의 교육환경권도 침해받을 수 있었는데, 유발지진은 불특정 다수의 재산상 피해에만 국한된다는 겁니까? 설문조사라도 해봐야만 어느 정도 알 수 있을 것 같습니다.

박성진 문제의 지열발전소가 가동을 중단했고 정부는 합동조사단을 꾸려 원인 조사를 벌이고 있으니 당장 싸워야 할 대상을 특정하기가 쉽지 않은 점도 있을 겁니다. 그러나 정부가 규모 5.4지진이 발생하기 전에 은폐했던 63회 유발지진들, 이 엄청난 사실에 대한 책임을 묻는 목소리는 터져 나왔어야 했다고 생각합니다. 지금도 늦지 않았지요.

장태원   만약 지열발전소 유발지진 사건이 호남지역에서 이렇게 발생했다면 벌써 정부의 사과를 받아냈을 거라는 자조적인 반응을 보이는 포항시민도 있습니다. 그런데 정치적인 보수와 정부 기관이 초래한 재난에 대한 책임 추궁은 근본적으로 다른 사안이잖아요? 사회적 불의나 부정에 대해서 공분하고 행동에 나서는 시민의식이 부족한 것 같아서 아쉬움과 안타까움을 크게 느끼고 있습니다. 지진 발생 후 초기에 흥해읍과 양덕동 등 주요 피해주민들이 결성한 포항지진피해범시민대책본부는 범시민사회연대기구로 확대되고 사태의 해결주체가 될 것이라는 기대를 모았지만, 2018년 6월의 지방선거를 앞둔 상황에서 몇몇 인사들의 정략적 이해관계가 개입됨으로써 조직은 아주 허약해지고, 시민의 지진피해 해결의지나 관심 또한 여진이 뜸해지면서 진앙지인 흥해읍에서 멀어질수록 약화돼 갔다고 생각합니다. 이게 포항 시민의식의 현주소이지요.

임재현   끔찍한 지진피해를 입은 시민들의 목소리가 생생하게 SNS나 지역, 중앙 언론 등 각종 매체를 타고 전국적인 이슈로 파급

되고 그 힘이 확대돼야 했습니다. 이것은 무엇보다 사태 해결의 열 쇠를 쥔 정부를 긴장하게 하고 정치적 여파를 심각하게 고려하게 만듦으로써 원인이나 책임 규명을 위한 행정력을 집중케 하는 동기가 되지 않습니까? 하지만 아파트값 하락에 대한 우려를 비롯해 자신의 피해를 밝히기 꺼려하는 포항시민의 '침묵의 연대'는 날이 갈수록 확산돼 갔습니다. 그러나 이것은 차라리 '소박한 이완'이었습니다. 눈앞에서 시민들의 지진피해가 계속되는 현실에도 불구하고 포항시, 포스코 등과 복잡한 이해관계에 얽힌 소위 지역사회 지도층 인사들이 보인 행태는 정말 비난을 세게 받아야 합니다. 어떤 일이 있었느냐고요? 주로, 흥해와 장성동 피해주민과 시민단체가 중심이 돼서 2018년 2월, 4월, 9월에 개최한 시민대회나 전문가 포럼 행사가 그 좋은 예입니다. 포항시 당국이 정부를 의식해 포항시청의 대잠홀 대관 불가에 대해 이유를 밝히고 양해를 구한 것쯤은 사정을 헤아려볼 수 있다 치더라도, 종교기관마저 돌연 장소 제공을 거부하고 나선 현실 앞에서 주최 측은 큰 상실감을 겪어야 했습니다. 왜 그랬을까요? 포항시, 포항시장, 포스코 경영진, 중앙정부 등을 향한 비난과 비판의 목소리를 내게 돼 있으니까, 다른 단체들이나 시민들은 입도 벙긋거리지 않는 '63회 유발지진 은폐, 그에 대한 포항시의 무능과 의혹'을 떠들게 되니까 그걸 막아보려 했던 거지요.

박성진   이해관계로 그물처럼 얽힌 이른바 포항의 '지역유지'들이 이번 지진 사태에서 말과 행동을 달리하는 행태는 지역사회 지배권력의 심각하게 왜곡된 구조를 드러낸 것이었다고 앞에서 지적했는데, 이번 기회에 그걸 제대로 정리해뒀으면 싶군요.

장태원　나이 탓을 하기에는 미안하지만, 그건 정말 양심적인 저널리스트들이 기록으로 남겼으면 합니다. 미래의 포항 주역들을 위해서 정말 필요한 작업이라고 생각합니다. 포항의 지배구조야 빤하지 않습니까? 포스코에 빨대를 꽂아놓은 '작은 정치꾼'들과 '작은 장사꾼'들이 자신보다 더 센 정치권력과 유착을 해서 "형님, 동생" 하면서 서로 이권을 챙기는 거지요. 그 빤한 지배구조를 개혁하자면 정말 포항의 시민의식에 지진이 한 번 터져야 할 겁니다.

임재현　아마도 가장 압권은 2018년 9월에 개최했던 포항시민 결의대회였습니다. 지진 발생 후 도시 전체의 단결력과 의지를 전국에 부각시킬 수 있는 첫 대규모 시민대회라는 점에서 기대를 모았습니다. 하지만 행사를 공동 개최하기로 했던 범시민추진위원회에서 변고가 일어났어요. 거기에 속해 있는, 지역의 몇몇 유력인사들이 임원으로 참여하고 있는 단체에서 돌연 입장을 번복해 공동개최가 어렵다는 통보를 해왔습니다. 포스코에 빨대를 꽂고 있다고 알려진 사람이 대표를 맡고 있는 단체였지요. 심지어 한 유명 단체의 회장은 시민단체 연석의 준비회의에 참석했다가 몇 시간 뒤 주최 측에다 "(자신이) 행사의 공동대표는 물론 단체의 연대기구에 참여하기도 어렵다"는 통보를 해오기도 했습니다. 내부적으로 반대 목소리가 강했던 모양인데 시장, 국회의원, 포스코 경영진과 잘 지내야 하는 그런 사람들의 입장이 그런 것이었지요.

장태원 그런 왜곡된 구조를 시민의식이 뒷받침해주는 것이 더 근본적인 문제라고 생각합니다. 흥해의 40여개 관변단체와 자생단체는 지진 발생 초기에 이재민 구호활동에 큰 힘을 쏟았는데, 그러나 각 단체 간에 결속력이 부족해서 지진문제에 지속적이고 효과적인 대응을 하지는 못했습니다. 주민들 또한 자기 지역 문제를 스스로 해결하려 하기보다 누군가가 대신하여 해결해주겠지 하는 의타심이 많아서 피해가 가장 큰 흥해에서 열린 지진대회에 참여한 인원도 적었습니다. 이런 현실들을 들여다보면 이것저것 다 보이는 겁니다.

5.4포항지진에 대한 포항시장의 정치공학은?

임해도 포항시민의 그러한 방관자적 태도에는 지열발전소의 문제점을 이슈화 시키지 못한 지역 언론의 책임도 지적하지 않을 수 없겠고, 그것을 조직화하지 않은 포항시와 지역정치권의 책임도 묻지 않을 수 없을 겁니다. 그러면 포항시 당국의 대응에는 어떤 한계와 문제가 있었다고 봅니까?

박성진 　　한마디로 포항시 당국의 대처가 너무 조용한 것 같아서 실망이 큽니다. 지열발전소가 포항지진의 원인이라고 하는 학자들의 발표가 나오고 있지만 그걸 제대로 활용하는 대응책이 눈에 들어오지 않아요. 아직도 집으로 돌아가지 못한 주민들을 위해서는 어떻게 하고 있나요?

장태원 　　지진이 일어난 지 1년도 더 넘었지만 아직 흥해실내체육관 임시대피소에 91가구 208명이 등록되어 있고 원거주지를 왔다 갔다 하는 사람을 제외한 30여명이 생활하고 있습니다. 철거 판정을 받은 아파트 이주민의 임시주택 거주 기간은 당초 6개월이었는데, 피해 이주민들의 강력한 항의에 의해 2년으로 연장됐습니다. 흥해에서 전파 판정을 받은 대성아파트, 경림뉴소망타운, 대웅파크 1차와 2차, 해원빌라, 대웅빌라 6개의 공동주택 중 경림뉴소망타운의 경우는 주민들이 직접 호미로 지하 기둥을 파내어 전파 판정을 받아냈습니다. 흥해 한미장관아파트의 경우는 작년 2월의 재정밀 안전점검 당시에 현행 건축기준 전파 판정에 해당되는 D, E등급이 나왔으나 포항시가 준공 당시인 1988년 건축 기준으로 판정해서 C등급을 내렸는데, 개정된 시설물안전특별법에 따르면 이 아파트가 '3종 건축물'로 지정 고시돼 현행 법규에 따른 정밀안전진단 기준을 적용받아야 마땅하다는 겁니다. 하지만 포항시가 현행법을 따르지 않고 있다는 겁니다. 지진 직후 아파트 곳곳에 시멘트가 떨어져 내벽 철근이 보이고, 복도 천정에 틈이 벌어져 바람이 들어오고 비가 새고, 방바닥은 심하게 기울어져 있고, 가스관이 뒤틀려 있는데도 공무원은 "안전하니 들어가 살아도 된다"고 했습니다. 그 공무원에게 "그러면 당신이면 이런 아파트에게 살겠는가"라고 물었더니 아무 대답도 못했다고 합니다. 그런데도 포항시는 주민의 주거안전을 보장해주기는커녕 심지어 흥해실내체육관 대피소에 있는 이재민들을 한겨울에 내쫓으려고도 했습니다. 바로 그때 규모 4.6의 강한 여진이 또 한 번 흥해를 크게 흔들었는데, 포항시가 진두지휘해 체육관에서 내쫓으려 했던 이재민이 더 불어나고 말았습니다. 여기서 포항시는 여론의 눈치를 보며 언론플레이를 하다가 결국 물러섰지요. 이런 몇 가지 실례로써 포항시의 대응 능력에 대한 이야기를 대신할까 합니다.

임해도 포항지열발전소의 모든 문제점을 숨긴 중앙정부 못지않게 이에 적극적으로 대처하지 못한 지방정부, 즉 포항시의 행정 행태도 비판을 피하기 어려울 것입니다. 이강덕 포항시장은 산자부와 별도로 포항지역의 교수와 언론인 등으로 합동조사단을 꾸려 나름대로 독자적인 지진원인 조사에 나섰습니다. 지열발전소의 유발지진이 발생했던 스위스 바젤로 조사단이 날아가서 관련 자료를 수집하는 등 나름의 노력을 기울이기도 했습니다. 그러나 가장 중요한 책무라고 볼 수 있는, 중앙정부에 대해서 이렇다 할 목소리를 내는 걸 듣지 못했습니다. 지열발전소가 안고 있는 문제점, 즉 물 주입에 따른 유발지진 발생 가능성을 사전에 포항시에 알려주지 않았고 그것들이 63회나 발생했음에도 한 번도 알려주지 않았다는 것이 사실이라면 당연히 산자부에 대해 강력한 항의를 했어야 마땅하지 않습니까? 정말로 그걸 통보 받지 못했다면 강력한 항의뿐만 아니라 지하굴착과 물 주입에 관련된 자료도 요청해서 넘겨받았어야지요. 그 관련 자료를 넘겨받아 포항의 공동연구단에 제공했다면 지금보다는 좀 더 정확하게 지열발전소와 유발지진들의 실태를 파악했을 겁니다. 지진이 일어난 지 1년이 훨씬 더 지난 지금, 포항시는 지열발전소에 대해서 무엇을 얼마나 파악하고 있는지 묻고 싶습니다. 지난해 12월 19일 포항시 덕업관에서 열린 포항시 지진 지열발전 공동연구단의 중간발표에서 이강덕 포항시장은 인사말을 통해서 "정부가 정부조사단의 연구 결과를 잘 발표할 것이다"라는 취지의 말을 하더군요. 제가 메모를 하지 않아 정확하진 않습니다만, 아무튼 정부를 믿고 기다려보자는 뜻으로 저는 받아들였습니다. 상명하복에 길들여진 경찰 출신 시장에게 중앙정부를 상대로 싸우길 기대할 순 없겠지요. 그렇지만 포항시민을 기망하고 관련 사실을 은폐한 산자부에 대해서는 좀 더 강력하게 시민들의 분노를 전달할 필요가 있다고 봅니다. 산자부는 이미 포항지진에 대해서 정부가 책임질 부분이 있는지 법률적으로 검토한 사실이 알려지기도 했습니다. 한마디로 빠져나갈 구멍을 찾고 있다고 볼 수 있는데 이런 산자부를 믿고 앉아서 기다려서야 포항시가 무얼 손에 넣을 수 있겠습니까? 또한 오늘 서두에서 우리가 짚어봤지만, 산자부 관료들의 행태로 미뤄볼 때 정부조사단의 객관적인 발표를 기대하기도 어렵다고 봅니다. 지금이라도 어떻게 하든지 시민들을 조직화해서 포항의 억울함과 분노를 중앙정부에 전달하는 역할을 포항시가 떠맡아 책임져야 한다고 저는 생각합니다.

임재현　사회학의 개념으로 한 개인의 사회적 지위에 대해 사회적으로 기대되는 행동양식은 '역할', 개인이 자신에게 주어진 역할을 수행하는 구체적인 행동을 '역할행동'이라 하잖아요? 포항지진 사태에 직면한 포항시의 일차적 역할은 마땅히 지진피해 수습과 복구였지요. 국내에서 전대미문의 지진피해를 당한 포항시에는 막중한 공식적 역할만큼이나 복잡한 '역할행동'이 요구되었습니다. 여기에는 지방행정기관인 포항시가 예산과 법령을 틀어쥔 중앙정부를 상대로 지진유발의 책임을 물어야 하는 '불편한' 역할행동이 포함돼 있습니다. 또 하나는 행정기관인 포항시를 선출직인 시장이 통솔하는 '정치행정적' 역할행동도 있습니다. 전자의 경우, 포항시가 지열발전 사업의 주관부처인 산업통상자원부에 대해 시민의 격앙된 여론을 전달하며 책임을 물어야 하지만 돌아서서는 예산 배정을 부탁해야 합니다. 이런 복잡한 사정을 이해할 여지는 있습니다. 시민이 포항시에 요구하는 역할이 야누스의 양면과 마찬가지여서 딜레마인 거지요. 하지만 강력하게 나가서 더 얻는 것이 유발지진 같은 재난의 피해자라고 봐야지요.
　그런데 후자의 경우를 보면, 포항지역사회가 보여준 왜곡된 지진 대응의 중심에 포항시가 있다는 점이 드러나게 됩니다. 규모5.4 강진 발생 이후 포항시는 흥해대피소 조기 폐쇄 추진, 주먹구구식 피해산정과 지원금 집행 등으로 곳곳에서 피해주민의 반발을 초래했습니다. 이러한 상황은 6월 지방선거에서 경쟁후보들이 정치 쟁점화하고 반대세력 결집에 이용할 수 있는 소재였기 때문에 이강덕 시장은 곤혹스러울 수 있었지요. 특히 포항시의 국장이 5.4지진 이전에 발생한 63회의 사전 유발지진을 정부로부터 통보받지 않았다고 말했지만, 반발 여론이 이어지는 상황은 초선 시장의 정치생명에 치명타를 날릴 악재였습니다. 실제로 63회 유발지진의 어느 하나라도 기상청이나 산자부가 포항시에 통보했다고 한다면 포항시장은 직무유기로 고발되고 처벌될 수도 있었지요. 하지만 이강덕 시장이 시청 간부와 직원들을 통해 모든 상황을 통제하려는 듯이 선택한 조치들은 시민들이 기대하는 역할행동과는 거리가 먼, 정치적 역할로 풀이되기에 충분했지요. 구체적으로 포항시는 시민들이 자발적으로 추진한 행사조차 여론으로 확산되지 않기를 바란 것처럼 간부와 직원들은 주최 측에 대관 거절, 장소 변경 등을 요구해서 관철시켰습니다. 심지어 지난해 9월의 노동계와 종교계까지 가세해 열린 대규모 시민결의대회 당일에 이강덕 시장은 휴가를 내고 자리를 비우기도 했습니다. 포항시가 위촉한 지열발전공동조사단은 정부의 원인조사에 대항마로서 의의가 있었지만 이 역시 포항시가 모든 상황을 사실상 통제하는 한계를 벗어나기 어려워서 시민의 자발적인 대응기구와는 거리가 멀다고 하겠습니다. 제가 거기서 일을 거들었으니 잘 알지요. 포항시는 2018년 3월 정부가 가동한 정밀조사단에 대응해서 4월 들어 지역 내 전문가들로 공동연구단을 위촉했는데, 사실상 그것으로 포항시장은 포항지역 내부의 지진 대응에 대한 공식적 주도권을 잡은 것이지요. 포항시의 지진에 대한 대응은 포항시가 예산을 지원하는 그 연구단으로 한다, 나머지 민간단체나 민간인들은 알아서 조용히 하든지 알아서 떠들든지, 대강 이렇게 되었다고 보면 될 겁니다.

5.4 포항지진에 드러난 포항 정치력의 민낯

임해도　2018년 12월 19일 포항시 덕업관에서 포항시 예산으로 운영되는 포항지열공동연구단의 행사에서 임재현 후배가 지적한 그 일면이 극적으로 나타났지요. 차마 성명을 거론하진 않겠습니다만, 공동연구단의 어떤 인사는 단상의 마이크를 잡고 앞에 앉아 지켜보고 있는 어느 선출직을 바라보며 마치 술자리에서 아양 떨고 엉겨 붙는 것처럼 "○○ 시야가 처리해줄 거고" 이따위 발언을 하더군요. 시야, 이게 형아, 형님, 이런 말인데, 그 한마디가 그 행사의 배후에 도사린 정치공학의 속사정을 다 보여줬던 거라고 생각하면 될 겁니다. 우리가 여기서 하기 싫은 소리를 더하게 되겠지만, 포항시와는 분리해서 지역 정치권의 역할에 대한 대화도 나누고 지나갑시다. 우이독경이 되더라도 할 말은 남겨놓아야지.

박성진   가장 앞장서서 지역의 현안 문제에 발 벗고 나서야 할 두 국회의원은 과연 어느 지역 출신인지 묻고 싶어요. 산업통상자원부가 은폐하고 있던 유발지진 자료를 드러낸 것도 포항과는 아무런 상관이 없는, 그때 국민의당 윤영일 의원과 더불어민주당 김성수 의원이었습니다. 포항시의회 또한 마찬가지입니다. 지진이 발생한 이후 그들이 얼마나 적극적인 행보를 보였는지 묻고 싶어요. 근래에 지진 재난 극복 문제와 관련해서 '흥해특별재생사업비'로 얼마가 책정되었다고 북구 국회의원이 자신의 업적인 양 내세우고 있던데, 그거야 국회의원이 제일 열심히 설치는 홍보라고 보면 되고, 그 무엇보다도 가장 중요한 책무는 포항지진이 자연재해가 아니라는 사실을 밝혀내는 일에 앞장서는 것입니다.

임재현   경북 제1의 도시임을 자부하는 포항이 도시 전체가 당한 위기상황에서 변변한 민관공동대책기구조차 하나 갖추지 못한 채 허술하게 대응한 이면에는 포항시의회의 책임도 크다고 봐야 합니다. 집행부를 견제, 감시해야 하는 시민의 대의기관으로서 포항시의회가 뒤늦게 결의문을 채택한 것은 적기도 놓치고 본분도 놓친 것이었습니다. 지난해 6월 지방선거를 앞둔 시의원들이 국회의원의 지방의원 정당공천권에 사활을 걸고 있었던 사정과 무관치 않을 겁니다.

장태원   남구, 북구 두 명의 국회의원을 비롯해 시장, 시의원, 도의원의 지진 대응에 대한 능력은 시민들을 허탈하게 만들기도 했습니다. 정치인 어느 누구 하나 삭발, 단식 같은 단호함을 보여주지 못했습니다. 전국적으로 지속적인 관심을 받게 하는 문제 제기를 해내지 못했어요. 63회 유발지진 은폐, 정말로 통보 받지도 못했고 사전에 알지도 못했다면 그 원인 규명에 정치적 사활을 거는 정치인이 나와 줬어야지요. 시민단체의 대규모 결의대회가 있고 나서야 조금씩 움직였을 뿐이잖아요?

임재현 재난 피해 지역을 특별재생지역으로 지정해 복구한다는 내용이 포함된 '도시재생활성화 및 지원에 관한 특별법'만 개정되어 적용되고 있을 뿐인데, 소상공인 피해지원 현실화, 이재민 전세 임대주택지원 확대 등 지진피해 복구와 관련한 실질적이고 현실적인 지원을 할 수 있는 포항지진 관련 지원법은 지난해 국회에서 통과된 게 한 건도 없었습니다. 이게 우리 지역의 정치력 부재를 보여주는 겁니다. 언론 보도에 따르면, 2019년 예산에 지진복구에 대한 직접적인 예산은 단 한 푼도 배정받지 못했다고 합니다. 5.4포항유발강진이 그야말로 포항의 불행으로만 간주되고 국한되어 중앙정부나 국회에서는 철저히 외면 받고 있다는 거지요.

장태원 포스코도 그렇지요. 포스코가 포항지진 피해 성금을 얼마 냈나요? 15억원이었지요. 현대자동차가 20억원이었고요. 그런데 2018년 봄날에, 그러니까 포항지진이 터지고 넉 달쯤 지났을 무렵에, 포스코는 서울에다 5000억원짜리 청소년창의마당을 건립해주겠다고 서울시와 MOU를 맺었어요. 그 15억원은 현역 포스코 경영진의 포항에 대한 관심의 수준을 보여준 것이었지요.

임해도　　지역정치권의 대응 태도에서도 역시 포항시와 비슷한 부족함을 많이 느끼고 있습니다. 국회의원들은 누구보다도 중앙정부에 접근하기 쉬운 입장 아닙니까? 관련 자료의 제출을 요구할 권한도 있고 필요한 자료를 열람할 수도 있는 위치입니다. 그런데 포항의 두 국회의원이 유발지진 은폐 관련 자료를 요구해서 언론이나 지역민들에게 제공한 것이 무엇이 있는지, 저는 들어본 적이 없습니다. 김정재 의원이 산자부 내부의 법률 검토 사실을 파악해서 언론에 공개한 게 전부가 아닌가요? 63회 유발지진을 정부가 숨긴 사실을 공개한 국회의원도 저쪽 호남지역 의원이고요. 지역구에서 발생한 대재앙에 대해 걱정하고 고심하는 마음이 있고 관심을 집중했다면 그보다 더 중요한 자료도 발굴할 수 있었을 거라고 생각합니다.

임재현　　내년 총선을 일 년여 앞둔 지금, 포항지진의 원인과 책임 규명이라는 공은 지역의 현역 국회의원과 그 경쟁자들에게 넘어갔습니다. 앞서 언급했듯이 포항지진은 지난해 6월 지방선거를 앞둔 정치적 상황과 맞물리면서 그 원인과 책임 규명을 정부에 촉구하기 위한 시민 역량의 결집에서 '골든타임'을 놓쳤습니다. 여기에는 같은 지진을 놓고서도 서로 셈법이 다른 여야 정치권이 영향을 미쳤던 만큼 이제라도 그 책임을 따져보지 않을 수 없습니다. 지열발전소 사업이 이명박 정부 때인 2010년 본격 착수된 이후 2016년 1월부터 지하 물주입이 시작되고 2017년 11월 규모5.4 강진을 초래했습니다. 현 문재인정부는 기간 셈법으로는 15% 정도의 책임을 산정할 수 있지요. 그렇다면 포항의 자유한국당 국회의원들에게는 포항지진이 여간 곤혹스럽지가 않지요. 85%가 관계돼 있으니까요. 또 포항과 전혀 관계없는 국회의원을 통해 63회 사전 유발지진 발생 사실이 드러나고 각종 의혹이 제기됐으니, 그때부터 포항지역 국회의원들이 지진 대응에 주도적으로 나서지 못했습니다. 심지어 두 국회의원은 지진 발생 이후에 응당했어야 할 유발지진들에 대한 국정조사도 요구하지 않았고, 일 년이 지난 2018년 국정감사에서 조차 그것에 대한 단 한 건의 질의 및 답변도 성사시키지 않았습니다. 이러한 문제점은 현역 두 의원이 지진 대응에서 공조는커녕 곳곳에서 갈등을 빚은 결과이기도 합니다. 지난해 7월 시민사회단체들이 국회에서 개최한 원인 규명 촉구 기자회견장에 박명재 의원이 보좌관만 보낸 채 불참한 배경에도 그러한 관계가 작동했다는 관측이 많았어요. 두 국회의원은 이강덕 시장과 마찬가지로 작년 9월에 열린 시민결의대회에도 끝내 불참했어요. 유독 대구와 경북지역에서만 자유한국당 현역 정치인들이 마치 여당 국회의원이라도 되는 듯이 유권자들에게 오만하고 나태하게 굴고 있는데, 현재의 이러한 정치현실을 시급히 개선해야 합니다. 포항의 더불어민주당, 그러니까 여당의 국회의원 예비후보라고 해서 지진피해 대책과 유발지진 은폐규명의 책임에서 자유롭지는 않아요. 포항시민과 야당 정치인들이 현 정부의 원인규명 의지를 불신하고 비판하고 있는데, 물론 여당의 입장에서는 이전 정부가 대부분 저질러놓은 재앙의 책임을 넘겨받을 수 있고 원인조사 결과에 따라서는 막대한 국가 재정을 투입해 피해보상을 해야 하는 상황이 초래될 수도 있긴 하지만, 그런 걸 지나치게 염려한 충성심인지 몰라도 지난해 지방선거에서 포항시장 후보 등 여당 후보들은 포항지진에 대한 자유한국당 후보들의 책임을 쟁점화하기 위해 별다른 노력도 하지 않았고 선거에서 성과도 내지 못했습니다.

지역 언론의 한계와 그 아쉬움

임해도　　　 저도 세상살이랄까 사회생활을 기자로서 살았고 임재현 후배는 여전히 현역 언론인으로 살아가고 있는데, 어떤 사안에 대한 여론형성에서 언론의 역할이나 중요성, 사명감은 아무리 강조해도 지나치지 않을 겁니다. 이러한 시각에서 우리가 겪어낸 포항 유발지진과 그에 대한 지역 언론에 대해 할 말이 많을 수밖에 없는데, 자성할 것들이 적지 않아 보였습니다.

박성진　　　 포항지진에 대한 지역 언론의 역할, 그에 대한 반성과

평가, 이런 대화는 두 임 씨가 나눠보는 게 적절하겠군요.

장태원　　박 선배님과 저는 그저 관전평 정도만 한마디씩 거들지요.

임재현　　지역 언론이 포항지진 사태 이후 세웠어야 할 취재와 보도의 원칙은 두 가지로 요약해볼 수 있을 겁니다. 바로 시민의 지진 피해 고통과 실상을 생생하고 지속적으로 전달하는 것, 유발지진 원인 규명을 위한 정보 전달 및 탐사보도에 치중하는 것이었습니다. 이들 가운데 후자는 정보와 전문가의 수도권 편중 현상이 심각한 사정을 고려하면 현실적인 한계를 인정할 수 있습니다. 하지만 전자의 경우는 지역 언론인이 여느 시민과 마찬가지로 지진피해의 고통을 시시각각 체험하고 있는 현실에서 수도권 언론이 오히려 갖기 어려운 취재 경쟁력을 갖고 있었습니다. 이러한 강점을 충분히 지속적이고 체계적으로 살려나감으로써 포항지진의 이슈가 전국적으로 여론의 관심을 유지하고 정부의 대응을 압박하는 강력한 무기가 되었더라면, 하는 점에서 지역민의 기대에는 다 미치지 못했다는 아쉬움을 느끼게 됩니다.

장태원　　그런 아쉬움은 똑같이 느낀 겁니다.

박성진　　동감입니다. 요새는 SNS를 통해 지역 뉴스가 세계를 커

버할 수도 있잖아요?

임해도   포항에서 지역뉴스의 강한 전통을 자랑해왔던 포항문화방송도 포항지진 났을 때는 장기간 파업을 하고 있었으니, 저도 선배로서 유구무언인데, 임재현 후배가 지적한 그 후자에 대해서는 지금이라도 더 적극적으로 나서면 시민의 궁금증과 밝혀내야 하는 사실을 하나라도 더 파헤치는 데 앞장설 수 있지 않을까, 이런 생각을 해봅니다. 앞으로 포항지진에 대한 정부조사단의 결과 발표가 한 달 정도 남아 있습니다. 이제부터라도 포항은, 포항시민은 무엇을 어떻게 해야 할까요?

지금부터라도 포항시민은 연대하고 행동해야

임재현   3월 20일쯤 발표될 것으로 예상되는 정부조사단의 포항지진 원인조사 연구 결과는 벌써부터 부정적 관측을 낳고 있습니다. 그러나 무슨 일이든 지금부터라도 용기와 확신을 가진 시민들이 뜻을 모아 단체 행동을 계속하면서 언론도 적극 활용하고 지역 언론들도 특단의 기획의지를 가지고 그러한 시민들의 기세를 더욱 활성화하고 전국적인 여론조성에 앞장서면 좋겠습니다. 좀 더 적극석으로 현장의 실정을 수시로 보도하면서 기획취재를 심도 있게 해주기를 부탁하고 싶습니다. 이것이 정부조사단을 긴장시키는 자극

제가 될 수도 있지요. 일단 사건이 발생하면 책임부터 회피하고 보려는 관료들의 생태를 미뤄볼 때 포항시민에게 유리한 결과란 애초부터 기대하기 어려운 것이었습니다만, 포항지역사회에 축적된 위기대응 역량이 빈약한 데다 보수 현역 정치인들이 시민사회단체와 지역 언론을 견제하고 더 나아가 감시의 경계마저 넘나드는 현실도 직시하지 않을 수 없습니다. 이것은 그야말로 자초한 설상가상이지요. 따라서 이제라도 포항지역사회는 연대 기구를 재정비해서 당장 임박한 정부조사단의 결과발표에 대비하는 시민들의 태세가 어떠한지를 보여줘야 합니다. 결과를 속단하기에는 이르지만 최악의 시나리오를 가정하고 대응을 준비해야 합니다. 시민들은 일 년 앞으로 다가온 총선의 기회도 충분히 활용해야 합니다. 그렇다고 원인조사 결과가 나온 뒤에 그때 가서 후보 낙선운동을 해봤자 화풀이 정도밖에 안될 겁니다. 지금이라도 포항의 시민사회단체들이 연대조직을 재정비하고 총선에 대비하는 정당과 정치인들에게 해결의지를 촉구하고 공정한 연구조사 결과가 발표될 수 있도록 하기 위한 노력 기울이기의 경쟁을 유도해야 합니다.

장태원　학계, 종교계, 예술계 등 신망 받는 단체들이 협의체를 구성해서 시민들의 합리적인 요구나 분노를 한데 묶어 언론에 지속적으로 표출해야 하고, 지난해 9월과 같이 우리 포사연이 지진관련 자료 모음집 같은 책을 발간하여 오는 3월에 발표하는 정부조사단의 지열발전 연관성 결과 발표에 대한 정당성 내지 부당성, 63차례 유발지진 은폐 감사청구 과정과 결과, 지진피해 보상금 청구 등을 끊임없이 제기하여 '자연발생의 포항지진'이 되지 않도록 저지해야 합니다. 우리의 그러한 책자 발간은 63차례 유발지진 은폐와 같은, 정부의 책임을 묻는 열쇠와 같은 이슈를 파헤치지 못하는 '일부의 관치화 된 지역 언론'을 대신하는 역할을 해낼 것입니다. 여력이 있다면 장기적으로는 〈5.4포항유발지진 백서〉를 발간하여 말의 성찬뿐인 현 정부의 포항 홀대, 무기력하고 무능한 포항시 행정과 지역 정치인들에게 경종을 울리는 것도 좋겠습니다.

박성진　　조금 전에 지역 언론의 위치적이고 태생적인 한계와 그에 대한 아쉬움을 말했습니다만, 정부조사단의 발표를 한 달쯤 앞두고 있는 여건에서는 지역 언론들이 어떤 사명감을 발휘해서 포항의 강한 의구심을 여론화하고 중앙정부나 그 조사단의 귀에도 들어갈 수 있는 '강한 여론'을 전파해줄 것을 부탁하고 싶습니다. 같은 포항시민이기도 하잖아요? 우리가 감사원에 감사청구서를 제출했고, 거기에도 포항시의 무능과 포항시민의 무관심 부분을 스스로 자성하고 질타하는 내용을 담았는데, 이걸 보도한 지역 언론이 없었습니다. 지금부터라도 그러한 아쉬움이 없어지면 좋은 도움이 될 것이라고 생각합니다.

임해도　　하나 더 말씀드리면 지난해 11월 14일 정부의 도시재생특별위원회는 흥해읍 특별재생지역 지정계획을 확정했습니다.

이에 따라 흥해읍에는 오는 2023년까지 2천200여억원의 예산이 투입된다는 기사를 보았습니다. 일부 정치인들은 자신이 노력한 결과물임을 자랑하기도 했는데, 2천억 원 넘는 예산이 흥해읍에 투입되는 건 잘된 일입니다. 하지만 특별재생지역사업보다는 포항지진이 자연지진이 아니라 유발지진임을 밝혀내는 게 훨씬 더 경제적 효과가 클 것이 분명합니다. 유발지진임이 밝혀질 경우 소송을 통한 피해보상도 보상이지만 무엇보다 포항이 지진도시라는 오명을 벗을 수 있습니다. 이건 경제적으로 수천억원 이상의 효과를 가져오리라고 예상됩니다. 거꾸로 정부가 피해보상만을 염두에 두고 자연지진이라고 결론을 내리면 인구감소와 투자기피 등 그 후유증은 어쩌면 우리의 상상을 뛰어 넘을 만큼 심각해질 것입니다. 그래서 포항 정치권은 지난해 4월 《사이언스》에 게재된 대로 유발지진이라는 결론이 날 수 있도록 정치력을 집중해야 할 것입니다. 정부가 학자들의 조사결과를 왜곡하려는 유혹에 빠지는 것을 미리 차단하기 위해서라도 포항 정치권은 포항시와 협의해 대규모 집회와 상경 시위 등 지역 역량을 총동원하는 다양한 방법을 찾아 실행에 옮길 전략을 마련할 필요성이 있다고 봅니다. 정부조사단이 일단 자연지진에 무게를 두는 결과를 발표해 버리면, 이후에는 그것을 뒤집기란 사실상 불가능해질 겁니다. 그러니 지금부터라도 포항 정치권이나 포항시는 정부의 '착한 결론'을 기다릴 것이 아니라 《사이언스》가 게재한 그 논문도 조사결과 발표에서 배제하지 못하게 하기 위한 행동에 나서야 한다는 것이 저의 생각입니다. 앞으로 남은 한 달쯤 동안에도 여태껏 거의 손을 놓고 있었던 것처럼 그저 기다리기만 할 것인가. 오늘, 수고가 많으셨습니다.

3장

포항의 빛을 찾는 눈

포항의 정체성은 '빛'이다

좌담 포항의 빛을 찾는 눈
도형기, 강호진, 김광일

포항의 정체성은 '빛'이다

(사)포항지역사회연구소

포항의 정체성을 안다?

포항의 정체성이 무엇인가? 이렇게 자문하는 포항시민이 많다. 아니, 포항에 무슨 정체성이 있기는 있나? 이렇게 자문하는 시민도 적지 않다. 물론 포항의 정체성이 있다고 말하며 믿는 시민도 많은데, 문제는 이들의 포항 정체성에 대한 인식 수준조차 외지 사람들의 그것과 흡사하다는 데 있다.

포항의 정체성을 안다는 사람들이 오래된 선입견처럼 갖고 있는 그것은 "해병대와 바다와 제철의 도시"이다. 조금 더 깊이 안다고 자부하는 사람들은 "옛날에는 해병대였다가 포항제철이 들어선 뒤로는 제철의 이미지가 훨씬 더 강해졌다."라고 제법 분석적으로 말한다.

그게 뭐 틀렸는가? 그렇지 않다. 맞는 말이다.

대한민국이 출범한 이후 산업화시대 이전의 포항은 해병대 도시로 이름을 알렸다. 거기에는 "포항 쪽으로 보고는 오줌도 안 눈다."
라는 매우 몸서리치는 기억들도 포함되었다. 해병대 병영생활이
'빡시기'로 유명한 시절이었던 것이다.

포항과 바다의 연결, 이거야 당연하다. 다만 어떤 바다인가에 대
한 생각은 빠져 있다. 포항은 제철의 도시라는 말도 아주 지당한 말
씀이다. 산업화시대부터 포항은 한국 제철산업의 고향이며, 제철
산업은 포항을 세계로 뻗어나가게 했다. 포스코가 국내 확장을 거
듭하던 시절의 포항은 "불경기를 모르는 도시"라 불리기도 했고,
심지어 IMF사태가 한국을 절망의 늪으로 밀어넣고 있던 시기에도
"포항은 IMF를 모르는 도시"라는 말이 나돌았다. 그러니까 포항은
확실히 제철의 도시다.

그런데 그렇게 말하는 포항의 정체성은 단지 포항의 껍데기만 본
것에 지나지 않는다는 사실이다. 사람에게 외모가 있듯 도시에도 외
형이 있으며, 사람이 내면을 가지듯 도시도 내면을 가진다. 바로 이
지점에 서서 다시 물어야 한다. 그렇다면 포항의 내면적 또는 정신적
정체성은 무엇인가? 정답은 아주 간단하다. 딱 한마디다. "빛"이다.

왜 포항의 정신적 정체성이 빛인가?

영일만과 연오랑 세오녀의 빛

자연이 포항에 최초로 선물한 것은 빛이다. 영일만迎日灣, 즉 해

(빛)를 맞이하는 고장이다. 시간의 분초를 따져서 너의 일출시각이 나의 그것보다 몇 초 늦다 빠르다 따위로 마치 백 미터 육상경기의 심판처럼 떠드는 사람들도 더러 있긴 하지만, 누가 뭐래도 자연과 조상이 부여한 '영일만'의 포항은 한반도에서 해를 맞이하는, 새벽을 여는 빛의 고장이다. 그래서 포항은 한반도에서 태어날 때부터 아예 '빛의 도시'로 태어났다. 이것을 포항의 숙명이라 불러도 좋다. 그 숙명에 대한 확실한 증거물도 존재한다. 한국인이 가장 자랑스럽게 여기는 문화유산의 하나인 『삼국유사』. 고려의 일연 스님이 쓴 그 역사서의 제1권 '기이편'에는 「연오랑과 세오녀」 설화가 등장한다.

제8대 아달라왕이 즉위한 지 4년 되는 정유(157)에 동해 해변에 연오랑과 세오녀 부부가 살고 있었다. 어느 날 연오랑이 바다에 나가 미역을 따는데 갑자기 어떤 바윗돌이 나타나면서 연오랑을 태우고 일본으로 갔다. 일본 사람들이 보고 말하기를, "이는 범상하지 않은 인물이다." 하고 올려 세워 왕으로 삼았다.

세오는 남편이 돌아오지 않는 것을 괴이하게 여겨 나가서 찾다가 남편이 벗어놓은 신발을 보고 역시 바위 위에 올라갔더니 바윗돌은 또한 앞서처럼 그녀를 태우고 갔다. 그 나라 사람들이 놀랍고도 이상하여 왕께 아뢰어 바쳤더니 부부가 서로 만나 그녀를 귀비貴妃로 삼았다.

이때에 신라에서는 해와 달이 빛을 잃으매 천문을 맡은 관리가 아뢰되, "우리나라에 내려와 있던 해와 달의 정기가 지금은 일본으로 가버렸기 때문에 이런 괴변이 생겼사외다." 하였다.

왕이 사신을 보내어 두 사람을 찾았더니 연오가 말하기를, "내가 이 나라에 온 것은 하늘이 시킨 것이다. 지금에 어찌 돌아갈 것이랴. 그러나 나의 왕비가 가는 생초 비단을 짠 것이 있으니 이것으로 하늘에 제사를 지내면 좋을 것이다."하고 뒤이어 그 생초를 주었다.

심부름 갔던 사람이 신라로 돌아와 연유를 아뢰어 그의 말대로 제사를 지냈더니 이후에는 해와 달이 이전과 같았다. 그 생초 비단을 임금의 고방에 간직하여 국보로 삼고 그 고방을 귀비 고방이라 하고 하늘에 제사지낸 곳을 영일현이라 하였으며 또 도기야都祈野라고도 하였다.

이 설화의 '영일'은 지금도 그대로 영일이며 '도기'는 포항시 동해면 소재지 '도구'이다. 현재 포항 해병사단 안에는 연오의 가르침대로 제사를 받들었다는 '일월지日月池'가 있다. 그리고 동해면에는 '일월동日月洞'이라는 지명도 있다.

연오가 해의 빛이라면 세오는 달의 빛이다. 일월동, 해와 달의 연못, 여기에 포항의 정체성인 해와 달, 그 빛이 서려 있다.

똑같은 설화가 일본 이즈모出雲시에도 면면히 전해져 내려오는데, 연오랑 세오녀를 당대의 역사적 배경에 비추어 보면, 신라시대 영일만 지역 사람들이 모든 면에서 바다 건너의 왜인들보다 우위에 있었다는 사실이 그들의 굉장한 자부심과 함께 담겨 있음을 발견하게 된다. 왕과 왕비가 되었다는 것은 '선진적 국가체제'를 전수했다는 뜻이며, 빛(해와 달)을 주었다는 것은 미개(야만)의 사회에 '문화'를 전파했다는 뜻이기 때문이다. 정신적, 심리적 우월성을 어떻게 이보다 더 함축적으로 구성하고 표현할 수 있겠는가?

산업화의 빛 – 포스코

시대를 껑충 건너뛰어 보자. 1960년부터 1990년에 이르는 30년 동안, 한국의 역사를 한마디로 어떻게 볼 것인가? 그 한 세대는 절대적 빈곤과 억압적 정치체제를 동시에 극복해 나가는 고난의 연대기를 남겼다. 5천년에 걸쳐 몸서리치게 대물림해온 절대빈곤을 극복하고 경제적 토대를 마련한 시대이며, 그와 동시에 숱한 저항을 통해 억압적 정치체제를 극복하고 민주주의의 토대를 마련한 시대이다. 이 시대를 한국 현대사는 '20세기 후반의 근대화 시대'라고 명명할 전망이다. 그 시대에 근거한 '21세기의 한국'은 비록 분단 시대를 살아가고 있음에도 세계적으로 당당한 '경제와 민주주의'의 국가로 변모해 있다.

고난에 찬 한국의 근대화 시대, 포항은 포항제철(포스코)과 함께 '산업화의 횃불'을 밝혔다. 1973년 6월 포스코 박태준 사장이 신일본제철의 기술력 지원을 받아 포항 영일만의 용광로에 피워 올린 불은 신라의 연오랑 세오녀가 일본에 전수해준 그 문화의 빛과 닮은 '산업화, 즉 문명의 빛'이었다. 그리고 그것은 한국의 절대빈곤을 극복할 구원의 빛이었다.

민주주의의 빛

자유민주주의의 물적 토대는 경제다. 사회주의적 국가체제에서도 역시 물적 토대는 경제였다. 소비에트연방이 왜 해체되었는가? 동구 사회주의 국가들이 왜 망했는가? 북한을 왜 절망적이라고 판단하는가? 여러 요인이 있지만, 그 요인들이 종합적으로 작용하여 생산성 저하, 경제적 쇠퇴와 더불어 인권, 민주주의가 질식 상태에 이르게 되었고, 결국 붕괴되거나 절망의 상태로 널브러졌다.

자유민주주의가 성장할 수 있는 물적 토대는 두말할 나위 없이 경제다. 한국의 '근대화 30년'은 산업화세력과 민주화세력이 치열하게 대립하고 반목하는 시대이기도 했지만, 아이러니하게도 경제의 성장과 민주주의의 성장은 맞물려 돌아가는 톱니바퀴와 같았다. 5천년 역사 이후 처음으로 시도된 민주시민으로서의 의식성장이 역시 5천년 역사 이후 처음으로 시도된 경제성장과 상호보완의 관계를 형성하고 작동했던 것이다.

근대화 시대의 포항은 산업화의 횃불이기도 했지만, 다른 중소도시에 결코 뒤지지 않을 저항의 힘도 발휘했다. 저 유명한 자유당 정권 말기에 전국적으로 긴 시일에 걸쳐 크게 주목 받았던 '영일 을구' 부정선거투쟁은 4·19혁명의 원인遠因이 되었는가 하면, 4·19혁명 직전의 학생운동사에는 포항고등학교도 이름을 올렸다. 1987년의 6월항쟁 때도 오거리에서 남빈 사거리까지 저항의 물결이 넘쳐났다. 이렇게 포항은 민주주의의 빛을 열망하기도 했다.

과학기술의 빛

산업화를 이끌어 나온 중추의 하나는 과학기술이었다. 21세기에도 마찬가지다. 과학기술에서 뒤처지면 경제성장과 부국강병의 경쟁에서 탈락한다. 얼마나 잘 먹고 잘 살아야 되냐, 부국강병해서 침략이라도 하겠다는 거냐. 이렇게 반문하는 아름다운 안빈낙도 선비의 후예들도 있고 또 그들의 가치관은 그 나름대로 높은 가치가 있다. '우리'만 그러고 있을 때 아무도 '우리'를 건드리지 않는다면 그것은 참으로 고귀한 가치이기도 하다. 그러나 현실은 다르다. 전혀 그렇지 않다. 역사는 되풀이된다는 것을 진리라고 믿어 보자. 여기에 모든 대답이 다 들어 있다.

포항은 한국 과학기술의 빛을 간직하고 있다. 포스텍(포항공과대학교)과 포항방사광가속기, 그리고 포항산업과학연구원(RIST)이 그것이다.

포스텍은 한국 과학기술의 미래를 책임질 숱한 인재를 육성하는 가운데 세계적으로 주목 받는 연구성과를 올리고, 포항산업과학연구원은 산업현장과 직결되는 실용의 각종 신기술 개발에 상당한 성과를 거두며, 포항가속기연구소는 한국 첨단 과학기술을 위해 없어서는 안될 '빛의 총아'로 대접받는다.

세계로 뻗어나간 고요한 아침의 도시

여기에 바다가 더해진다. 포항은 바다를 통해 세계로 뻗어나간 도시다. 영일만 바다는 지구의 한 기슭이지만 그 바다는 오대양 육대주로 뻗어나간다는 호연지기를 후학들에게 심어주려고 했던 김호길 포항공대 초대총장의 그 명언에 담긴 바다를 포항은 앞가슴에 안고 있다.

지금 영일만항이 서서히 활력을 갖추는 중이다. 당초 계획보다 비록 규모는 축소되었지만 언젠가는 반드시 도래할 한국, 일본, 북한, 러시아의 환동해 시대를 고대하며 일단은 차근차근 저력을 쌓아가고 있다. 그래서 포항의 바다는 변함없이 미래를 대비하는 '세계 진출의 빛'을 간직하게 된다.

자연이 선물한 영일만의 일출, 연오랑 세오녀의 해와 달, 포항제철소 용광로에서 늘 타오르는 산업화의 횃불, 포스텍과 포항방사광가속기와 포항산업과학연구원에서 밝히고 있는 과학기술의 빛, 영일만 바다에 담보된 세계 진출의 빛, 이것이 포항의 내면적 정신적 정체성이다.

포항은 해병의 도시, 맞는 말이다. 포항은 바다의 도시, 틀린 말이 아니다. 실제로는 바다에 접한 지역보다 농토와 산이 훨씬 더 넓지만 그래도 맞는 말이다. 포항은 제철의 도시, 아주 정확한 말이다.

그러나 지금부터는 포항의 외모만 말하지 말자. 포항의 내면, 포항의 정신에 대해 생각하고 공부하자. 그래서 마침내 포항의 정체성을 이렇게 당당히 말할 수 있도록 해보자.

"세계로 뻗어나간 고요한 아침의 고장, 빛의 도시, 포항."

'짬뽕의 도시'에서 가장 먼저 공부할 대상은?

포항의 인구 구성은 '짬뽕의 도시'다. 오늘날 한국의 급팽창한 도시에서 토박이 비율을 따지는 것이 쓸데없이 출신지나 따지는 경우와 같이 무의미하듯, 포항에서도 그것을 따지는 것은 무의미하다. 차라리 참여의식이 어느 수준에 있는가를 따지는 편이 훨씬 더 뜻있는 일이다.

그런데 '짬뽕의 도시'는 장점과 단점이 분명하다. 대표적 장점의 하나는 다양성의 조화를 추구할 수 있다는 것이고, 대표적 단점의 하나는 목소리의 통합이 어렵다는 것이다. 하긴 정치의식이나 투표의식에서는 후자에 대한 염려를 오히려 거꾸로 해야 할 형편이다. 다시 말해 포항도 정치적 지역감정을 발휘할 때는 '한 목소리로의 통합'이 저절로 너무 강해지는 한국인의 특별한 기형적 정치의식을 유감없이 발휘해 오고 있다는 것이다. '유감없이'라는 표현에 대해서는 '유감'을 걸고나올 시민도 없지 않겠다. "아직 90%가 아니라 80%도 못 채웠는데."라고 하면서.

그렇다면 인심은 어떤가? 스스로 하나의 척도를 대보기로 하자.

사촌이 논 사면 배 아프다, 고픈 배는 참아도 아픈 배는 못 참는다. 이딴 소리들이 있다. 물론 남이 잘 되는 것을 눈꼴 시려 못 봐준다는 말이다. 한 걸음 더 나가면, 못 봐줄 뿐만 아니라 뒤에서 헐뜯고 발 거두고 끌어내린다는 말이다.

참으로 부끄러운 노릇이지만 저런 소리를 태연히 지껄이며 사는 사람들이 우리 시대에도 제법 많다. 딱히 어느 고장, 어느 도시만의 특성이라고 할 수는 없다. 한국인의 특성이라고 우기는 것은 더욱 말이 안 된다. 어느 나라 어느 고장에 가든 개인의 됨됨이 나름인 것이다.

그러나 한 지역에는 독특한 풍토가 있는 것처럼 독특한 사람살이의 분위기가 있다. 이걸 인심이라고 불러도 좋다.

포항에는 남이 잘 되는 것을 헐뜯기 좋아하는 인심이 어느 수준인가? 이렇다 저렇다 딱 잘라 말하기는 어렵다. 다만 분명한 것은 '남이 잘 되는 것을 배 아파서 못 참는 사람들이 살아가기 힘든 동네로 바뀌면 좋겠다.'라는 바람이 있는 것은 사실이다. 그러니까 저 부끄러운 소리에서 전혀 자유롭지 못하다는 말이다.

남이 잘 되는 것에 배 아파서 못 참는 사람들을 낫게 해줄 특효약은 사실 '인격'뿐이다. 인격은 그 스스로 쌓아가야 하니 그 병을 고칠 최후의 명의도 사실은 자기 자신이다. 하지만 도시의 분위기가 그 천성에 가까운 개인적인 병의 기운을 엔간히 꺾어놓을 수는 있다. 여기에는 '빛'보다 더 좋은 것이 없다. 시민의 가슴에 빛의 씨앗을 뿌려주는 일, 21세기의 포항은 이 일이 필요한 시대이다. 그것은 '빛의 도시'에 대한 공부에서부터 시작된다.

인구 구성이 '짬뽕의 도시'일수록 그 도시의 정체성에 대한 공부와 체화體化는 시급한 과제다. 그러니까 현재 포항시민에게는 '왜 포항이 빛의 도시인가?'라는 질문을 품고 그 해답을 찾아 나서게 하는 '조용한 자극'이 필요하다.

포항에는 '포항의 빛'을 공부할 수 있는 아주 훌륭한 계기가 마련되어 있다. 2004년부터 해마다 여름에 펼쳐지는 '포항국제불빛축제'가 바로 그것이다.

포항국제불빛축제―"가슴마다 빛을"

포항국제불빛축제는 2004년부터 포스코가 예산을 투입하여 기획하고 실행한 축제다. 포항시민과 외지 사람을 합쳐 50만 명 이상의 '관객'이 포항 바닷가에 모여드는 '포항 초유의 인산인해 축제'로 자리를 잡아 더 성장할 가능성을 보여주고 있다.

찬란한 불빛은 인간의 내면에 박혀 있는 탄성을 자극하며 희열을 피어나게 만든다. 포항의 불빛축제에서 포항 영일만의 밤하늘을 수 놓는 어마어마하게 찬란한 불빛들은 마치 밤하늘에 흩어져 있는 크고 작은 별들을 한꺼번에 몽땅 포항 앞바다로 불러들이는 것 같고, 그 아래서 하늘을 우러러 쳐다보는 관객의 입에서는 저절로 탄성이 터져 나오고 얼굴에는 희열이 해바라기 꽃처럼 피어난다.

그러나 최소한 몇 가지 문제를 드러냈다.

첫째는 50만 명 넘는 군중이 너나없이 똑같이 철저히 '관객'의 자리에 머물러야 했다는 점이다.

둘째는 쉬운 망각이다. 탄성을 지르고 희열의 꽃을 피우긴 했으나 돌아가는 관객의 가슴에 그 불빛의 씨앗이 안착하지 못했다는 점이다.

셋째는 해마다 더 찬란하고 새로운 불꽃을 보여주고 싶겠지만 그 수준은 아무리 노력해도 근본적으로 달라질 수 없다는 점이다.

그 밖에도 교통문제, 바가지요금 등 여러 문제점을 지적할 수 있지만, 이건 축제의 본질적 문제는 아니다.

문제들을 따로 열거하긴 했지만 사실은 하나로 뒤엉켜 있다. 해법을 따로따로 마련하지 않아도 된다는 뜻이다.

확실한 해법은 포항시민을 단순한 '관객'의 처지에서 '참여자'의 지위로 격상시키는 길이다. 여기에는 획기적인 발상 전환의 기획과 포항시의 예산 투입도 필요하다.

포항시민이 불빛축제의 참여자로 바뀌는 첫 걸음은 '빛의 도시로서의 포항의 정체성'에 대한 공부이다. 이 공부야말로 시민의 태도가 바뀌게 하는 지름길이다.

　누군가 포항시민에게 '왜 포항에서 불빛축제를 개최하는가?'라고 물었을 때 '포스코가 포항시민에게 주는 선물의 하나다.'라는 식으로만 답변하게 된다면, 포항국제불빛축제는 제자리걸음을 반복하다가 갈수록 열기가 식을 것이다. 그 질문 앞에서 '포항의 정체성'에 대해 확실하게 답변할 수 있을 때, 포항시민은 이미 단순한 '관객'이 아니다.

　예를 들어, 불빛축제기간에 자신의 이름으로 또는 가족의 이름으로 5천원 수준의 등불을 걸자는 제안이 나오는 경우, 자발적 참여자는 줄을 이을 것이다. 그 등을 잘 보관했다가 내년에 다시 쓰자는 제안이 나오는 경우에도 흔쾌히 박수를 보낼 것이다. 그 보관은 단순한 절약이 아니다. 내년을 준비하는 마음이며 다시 일 년을 기다리는 마음이다.

　이러한 반복 속에서 시민의 가슴에 '포항의 정체성으로서의 빛'의 씨앗이 안착되고 마침내 '가슴마다 빛'을 간직하게 되기를 소망할 수 있으며, 밤하늘을 찬란히 수놓을 더 새로운 불꽃에 대한 바람은 제2, 제3의 관심거리로 밀려나게 된다.

　일차적 관건은 포항시와 포항시의회, 포항시민이 포항국제불빛축제를 어떻게 이해하는가에 달려 있다. 그 축제에 관한 아무리 좋은 생각도 '포항의 정체성으로서 빛'에 대한 공부를 소홀히 하거나 적절한 예산을 투입하지 않는다면 그냥 생각으로만 끝나버릴 것이다. 만약 포항시가 불빛축제를 시민의 주체적, 적극적 참여축제로

끌어올리는 방안에 들어갈 예산까지도 포스코에 손을 내민다면, 이 경우에는 '포항의 정체성'에 대한 공부가 아니라 '자존심이 무엇인 가'에 대한 공부부터 시작해야 할 것이다.

포항의 빛을 찾는 눈

때   2019년 2월 17일
곳   이동철내과의원 원장실
좌담   강호진(교육자, 한국사), 김광일(공학박사),
        도형기(한동대 교수, 해양미생물학)

포항시민의 자기정체성을 바로 세울 시민교육의 방안들

강호진   우리 포항지역사회연구소가 주도적으로 해놓은 일들을 꼽아보자면 물론 통권 51호를 넘어서는 《포항연구》를 가장 앞에 놓게 되겠지만, 벌써 15년 전에 만들었던, 고대로부터 현대에 이르기까지 포항의 역사를 잘 정리하고 북-디자인으로서도 주목을 끌었던 『한 권으로 보는 포항의 역사』, 형산강에 대한 역사적, 인문적, 지리적, 환경적 종합연구서로서 훌륭한 평판을 받았던 『형산강』, 그리고 포항의 정체성과 그것을 바탕으로 희망찬 미래로 나아가는 길을 제시하는 프로젝트에 참여해 펴냈던 『포항, 이제 어떻게』 등의 단행본을 빼놓을 수 없을 것입니다. 『포항, 이제 어떻게?』

"포항문화재단의 성공적 정착을 위해서는 포항시의 간섭을 배제하는 방향으로 나가야 합니다. 포항시의 행정은 재단의 민간 활동을 말 그대로 행정적으로 지원하는 수준을 넘어서지 말고, 그 재단을 만든 취지를 최대한 살려 나가야 합니다. 포항의 '빛'을 만들어 보겠다는 것이었잖아요?"

강호진

는 포항 출신의 홍철 박사께서 대구경북연구원장으로 계시는 시기에 우리가 참여했던 프로젝트였고 그래서 그 연구원 이름으로 출간됐던 것인데, 그 책의 앞부분에 놓았던 「포항의 정체성은 '빛'이다」라는 글을 다시 여기에 소환해놓고 우리 셋이서 짧은 대화를 나눠보게 됩니다. 그때 포사연에서 토의를 나눴고 이대환 작가가 에세이 문체로 정리했던 그 글을 포항시 승격 70주년을 맞은 이 새봄에 다시 읽어보니 역시 명쾌한 설득력이 돋보입니다. 한국인으로서 자기정체성 확립의 과정에는 한국 역사에 대한 공부를 지나칠 수 없는 것과 같은 이치로 포항시민이 포항시민으로서 자기정체성을 바로 세워 나가는 과정에는 최소한 고대부터 현대에 이르는 포항의 역사를 개략적으로 공부하고 이해하는 일을 간과할 수는 없습니다.

"'포항문화박물관' 같은 하드웨어가 구축되어 과거와 현재를 넘어 미래의 모습까지 담아낼 수 있다면 시민교육을 위해 바람직하고 효과적인 공간으로 자리 잡게 되지 않을까요? 각 영역의 과거에서 미래까지를 통합적으로, 융합적으로 교육하고 이해할 수 있는 공간으로 기획하는 겁니다."

김광일

이 중요한 과제를 지역사회의 차원에서 실행할 수 있는 시민교육의 방안에 대한 대화부터 나눠봅시다.

김광일　　포항시민으로서의 정체성 확립은 지역주민의 통합과 개성 있는 지역 이미지를 형성해놓은 그 기반 위에서 가능해지는 일이 아닐까 합니다. 포항 역사의 범위를 연오랑 세오녀의 설화로부터 시작하여 현대에 이르러서는 민주화, 산업화, 영일만, 과학기술, 불빛축제 등을 통해 '빛'이라는 단 하나의 키워드로 체계적인 정리를 해놓은 포사연의 그 '눈'은 언제 어디서라도 탁견이라는 칭송을 받을 것이라고 생각합니다. 이제부터는 한 걸음 더 나아가 '빛' 이란 키워드를 중심에 두고 통합, 융합의 공간에서 재정립해 나가면

"대학의 생각, 시 당국의 욕심, 기업의 이윤, 이런 것을 융합하고 조정하면서 실제로 상생 발전을 추진해 나갈 '유니버+시티'의 협의체가 구성돼야 합니다. 포항에서 또 하나의 '빛'이 나올 수 있는 구상인데, 아직은 거기까지 가지 못하고 몇 년째 제자리를 돌고 있는 것 같다는 느낌입니다."

도형기

좋을 것 같습니다. 현재도 포항의 역사, 문학, 문화, 예술, 과학기술 등 각 영역에서 공부하고 이해하는 움직임들이 일어나지 않는 것은 아니지만 반드시 통합의, 융합의 인프라가 필요해 보입니다. 위의 모든 영역을 통합한, 융합한 '포항문화박물관' 같은 하드웨어가 구축되어 과거와 현재를 넘어 미래의 모습까지 담아낼 수 있다면 시민교육을 위해 아주 바람직하고 효과적인 공간으로 자리 잡게 되지 않을까요? 각 영역의 과거에서 미래까지를 통합적으로, 융합적으로 교육하고 이해할 수 있는 공간, 시기별로 교육적인 테마를 만날 수 있고 그러면서도 통합적으로, 융합적으로 아울러주는 공간, 이것이 시 승격 70년의 포항에 기획되고 실현되기를 바랍니다. 그리고 이왕이면 도심 재생과 맞물리는 의미를 살려 나갈 수 있는 위치를 선정해야할 것입니다.

도형기　저도 그런 제안을 해보고 싶었습니다. 요즘은 일본, 미국, 유럽에 나가서 공부하고 돌아오는 인재들이 아주 많습니다. 특히 대학에 가면 만나기 쉽습니다. 물론 그런 사람들이 아니더라도 글로벌 시대라는 말이 하나의 상식적인 용어로 굳어진 것은 벌써 오래 전의 일이지 않습니까? 저마다 공부한 영역이 다르겠지만, 시민교육이나 도시의 정체성 확립이라는 차원에서 자신이 머물렀던 이른바 선진국의 어느 지역과 우리 포항을 비교해본다면 김광일 박사가 제안한 '포항문화박물관' 같은 공간이 반드시 필요하다는 것을 공감할 수 있을 겁니다. 문화공간이 얼마나 소중한 시민교육의 인프라인가? 포항시립미술관이라는 문화예술 공간만 놓고 생각해봐도 포항시민들은 이해하게 될 것입니다.

강호진　가령, 우리가 바라는 대로 '포항문화박물관'이 내일 당장 개관을 하게 된다고 가정해 봅시다. 일차적으로 어떤 콘텐츠로 채울 것인가 하는 문제를 정말 통합적으로, 융합적으로, 아주 제대로 풀어놔야 하겠습니다만, 학교 교육의 일선에서 인생을 보낸 저로서는 그러한 공간과 연결시킬 수 있는 기반교육으로서의 학교교육, 가정교육의 중요성을 강조하지 않을 수 없습니다. 포항의 초등학교, 중학교 과정에서, 그리고 모든 시민의 가정에서 포항의 역사, 포항의 정체성으로서 '빛'의 참된 의미를 어떻게 교육적으로 풀어내느냐, 이 문제부터 다시 심각하게 고민해보고 정리해봐야 할 것 같습니다.

김광일　그렇습니다. 포항의 초등학교나 중학교에서 그러한 교육이 어떻게 체계적으로 이뤄지고 있는지 한 번 점검해볼 필요가 있지 않을까 합니다.

강호진　지역에 대한 관심과 애정은 지역사史에서 출발한다는 사실을 잘 알고 있는 선진국들은 대개 유치원에서부터 초·중·고등 교육의 단계별로 그 교육에 대한 수준과 깊이를 더하고 있습니다. 우리의 현실은 제도권 학교교육에서 '향토역사 바로알기'는 교육당국의 무관심과 교사의 외면으로 흔적을 찾기도 어려운 실정이었는데, 그나마 다행히도 최근에 체험학습의 활성화로 조금씩 싹을 틔우고 있습니다. 유·초등에서 가깝고도 쉬운 현장 체험 위주의 학습에서, 중학교의 자유학기제와 연계한 지역 인프라 구축에서 향토역사도 한 몫을 차지하게 되었다는 겁니다. 이러한 여건에서는 관 주도로 만든 『포항시사』보다는 읽기 쉽게 재구성한, 우리 포사연이 만든 『한 권으로 보는 포항의 역사』를 대안의 텍스트로 제시할 수 있습니다. 그리고 성인을 대상으로 하는 포항문화원이나 평생학습원의 강좌나 문화유산해설사 양성 프로그램도 필요하겠지만, 더 전문적인 민간단체가 결성돼서 보다 깊이 있는 지역인문학, 가칭 '포항학 강좌' 등이 필요할 것으로 생각됩니다. 사실 경주박물관대학에 입학하는 전체 인원 중에 포항사람들이 차지하는 비율을 생각하면 포항지역에서도 충분한 수요가 있다고 하겠습니다.

포항은 세계시민교육을 어떻게?

도형기　　우리가 시민교육의 문제를 말할 때 간과해서는 안 될 분야가 '세계시민교육'이라고 생각합니다. 물론 자신이 살고 있는 지역에 대한 공부가 선행돼야 하겠지만, 글로벌 시대의 세계시민교육도 중시해야 한다는 뜻입니다.

강호진　　일찍이 포사연을 시작했던 30년 전에도 포사연은 "지구적으로 사고하고 지역적으로 행동하라"는 슬로건을 위하여 "건배!"를 하지 않았습니까?

김광일　　그게 독일 녹색당의 슬로건이라고 했던 기억이 나는데, 지구적으로 사고하고 지역적으로 행동한다는 것은 SNS가 전 지구를 거미줄처럼 엮어놓은 요즘 이 시대에도 빛이 바래지지 않은 금과옥조라는 생각이 듭니다.

도형기　　포항에서 세계시민교육을 어떻게? 이 주제로 대화를 나눠보자면 먼저 세계시민교육이란 말의 개념을 정리해둘 필요가 있겠지요. 세계시민교육은 빈곤, 인권, 환경, 평화 등 글로벌 이슈에 대해 공감대를 넓히고 높여서 세계시민의 일원으로서 지구촌 문제의 해결을 위해 연대하는 역할과 책임을 맡을 수 있게 하는 교육이라고 할 수 있습니다.

김광일 유엔, 유네스코에서 강조하는 말로 바꾸면, 지속 가능한 지구를 만들고, 더불어 번영하면서 함께 평화를 일궈 나가는 세계시민으로서의 길을 가르치고 배우는 것이 되겠지요.

강호진 글로벌 시대와 세계시민교육은 궁합이 찰떡처럼 잘 어울리는 말이지요. 그런데 한 걸음 물러서서 들여다보면 세계시민교육이란 것도 결국은 인권, 평화, 빈곤퇴치, 질병퇴치, 지구환경보전 등과 같은 보편적 가치를 배우고 가르치는 교육이니까, 인간이 갖춰야 하는 보편적인 미덕을 잘 갖추게 하는 것이 세계시민교육의 근본일 것 같은데, 어떤 정확한 용어를 전제하는 것은 교육목표의 설정에서 일차적인 주요 관건입니다. 오늘날 포항의 현실에서, 지금 여기서, 세계시민교육이 당장에 필요한 이유의 하나는 다문화가정이 많아졌다는 겁니다. 학교 교실도 다문화 시대에 들어섰습니다. 아시아 결혼이주여성의 2세, 중국동포의 자녀, 북한이탈주민의 자녀나 북한이탈 어린이, 이들이 어울리는 교실은, 이들이 더불어 살아가는 공간은 민족이나 피부색이나 말씨의 문제를 떠나서 그 이전에 문화적으로 '다문화 공동체'라고 보아야 합니다.

도형기　우리의 일상 속으로 들어선 다문화의 실태를 생각하면, 세계시민교육은 포항의 아이들, 청년들, 어른들이 세계의 어딘가로 진출하거나 세계적인 어떤 이슈에 연대하는 행동에 나서기 이전의 과제로서 당장 눈앞의 현실이 되어 있습니다. 그러니 포항도 세계시민교육에 대해 본격적인 체계를 갖추고 실행에 옮겨야 합니다. 물론 다문화센터를 비롯해 행정적인 차원, 교육적인 차원, 시민봉사적인 차원에서 다양한 제도와 프로그램이 돌아가고 있습니다만, 더 멀리, 더 크게 바라보는 세계시민교육의 시각이 요청된다는 것입니다.

김광일　Global Citizen Education, 이것은 근본적인 차원의 접근과 실행이 무엇보다 중요합니다. 단일국가에 근거를 두고 있는, 아니 단일국가에 너무 집착해온 우리의 근대적 시민성 교육에서 벗어나자, 그래서 인종, 국적, 종교, 계급, 성별 등에 대한 차별의식에서 벗어나는 시민이 되자, 지구촌을 그야말로 하나의 인류사회로 보고 책임을 실천해 나가자. 이런 것이 세계시민교육의 근본적인 주제이고 목표인데, 매우 거창해 보이지만 실제로는 강호진 선배님의 말씀대로 개개인의 덕성이 그걸 갖춰야 하는 것이지 않습니까?

강호진　그렇지요. 궁극적으로는 개개인이 어떤 시민성을 갖추느냐, 어떤 인간성을 갖추느냐, 이 문제에 귀착되는 것이라고 생각합니다. 다만, 교육적으로는 그것이 '어떤 과정을 통해서' 배우고 가르치고 실천하느냐, 이 문제가 남게 되는 것이지요. 각 가정에서, 각 학교에서 어떤 콘텐츠로, 어떤 방법으로 교육하느냐의 문제로 환원되는데, 여기서 중요한 것은 우리가 살고 있는 이 도시, 이 포항에서는 어떤 사람들이 머리를 맞대고, 어떻게 예산을 확보해서, 어떤 방식으로 세계시민교육을 제대로 실행할 것인가, 이것이 논의의 핵심이 되어야 합니다. 그러자면 교육, 행정, 경제가 팀워크를 짜서 근본적이고 획기적인 방안을 마련해야 할 겁니다. 우리가 세계시민교육이라는 숙제 하나를 포항에 올려놓고 또 우리도 숙제 하나를 떠안기로 합시다. 그러고 보면, 글로벌 일류기업인 포스코도 포항의 세계시민교육에 동참할 능력을 보유하고 있을 것 같은데, 포스코 이야기를 짚어보기로 합시다. 다 아는 거지만, 1968년부터 포항은 포스코의 성장과 더불어 성장해왔습니다. 이제 포스코는 창립 51주년을 눈앞에 두고 있는데, 50년 포스코와 포항지역사회는 바야흐로 관계 재정립의 시기를 맞이했다고 봅니다.

포항지역사회와 '50년 포스코'의 관계 재정립 방향은?

김광일   21세기의 지식과 그 지식근로자가 주도하는 사회에서는 사회적 책임이 정부와 기업, 시민단체 등에 있다고 합니다. 이들 중 기업은 이윤창출을 기본으로 해야 하고 그 기반 위에서 시민

에 대한 문화지원 활동, 공동체 기여, 법과 규범의 준수, 종업원 도
덕성 제고 등을 제대로 기획하고 실천해야 합니다. 이것이 말하자
면 '기업시민의 상'이라고 할 수 있겠지요. 함께하는 공동체의 구성
원으로서 지속적인 경쟁력을 가지기 위해 그 지역사회의 삶의 질
향상과 생태환경의 보존유지에 힘을 기울여 나가야 합니다. 이것이
포스코에 주어진 포항지역사회에 대한 책임의 한 부분이지요. 국
가부흥의 계몽이 중시되던 산업화 시대를 넘어서 상호 존중과 공동
참여가 중요해진 사회에서 공존 관계를 모색하기 위해서는 기본적
으로 상호보완적 공존의식을 갖춰야 하고요. 이러한 의식을 바탕으
로 포항과 포스코, 포스코와 포항은 건강한 환경을 보전하면서 더
발전적인 미래로 나아가는 설계도를 함께 그려보는 협력체계가 중
요합니다.

강호진   포스코가 요새 '기업시민'을 부쩍 강조하고 있습니다.
한국사회의 진화 과정이라는 시각에서 보면 적절한 용어인데, 내용
적으로 들여다보면 특별한 말은 아니지요. 박태준 회장이 이끌었던
포스코는 한국이 산업화, 근대화에 맹진했던 역사적 기간이고, 그
런 시대에 박태준 회장의 포스코는 부국강병의 근본이 되는 기업으
로서의 포스코에게 '기업국민'의 사명을 부과했습니다. 그분의 '제
철보국'이란 바로 '기업국민'으로서의 절대적 사명을 기필코 완수
해야 한다는 것이었지요. 이러한 사정들은 지난 30년 동안 우리 포
사연을 함께 지켜온 이대환 작가의 대작이요 명저로 알려진 『박태

준 평전』에 잘 담겨있지 않습니까? 그런데 '50년 포스코'가 신임 최정우 CEO의 등장과 동시에 '기업시민'을 새로 들고 나왔어요. 물론 '기업국민'이 '기업시민'으로 말이 바뀐 셈인데, 한국사회의 진화라는 시각에서 바라보면 한국사회 자체가 '국민의 시대'에서 '시민의 시대'로 진입하고 있으니까 기업국민이 기업시민으로 바뀌는 것은 당연해 보이기도 합니다. 그렇다면 기업시민의 포스코와 포항지역사회가 어떻게 관계를 재정립할 것인가, 이 문제와 마주하게 되는 거지요.

도형기　20년 전, 그러니까 포스코 30주년을 맞아서 포항시민은 포스코에게 어떤 말을 보냈습니까? 그것은 마침 이 책 4장의 「포항과 포철, 그 30년 세월을 넘어」라는 에세이에 담겨 있습니다. 그리고 포스코가 50주년을 맞았던 지난해 가을에 우리 포사연이 주축이 돼서 포항의 몇몇 단체들과 함께 포스코에게 보냈던 '러브레터'가 있습니다. 이것은 우리 임해도 씨를 대표 발신인으로 해서 보낸 글이었는데 역시 이 책의 4장에 「포스코에 보내는 포항시민의 말」이라는 제목으로 싣게 됩니다. 바로 그 글들에 50년 포스코와 포항지역사회의 관계 재정립 방향이 잘 제시돼 있다고 생각합니다. 이 문제에 대한 우리의 남은 대화는 그 편의 글로 대신한다고 하면 어떨까요?(웃음)

김광일　노역을 덜어주는 제안이군요.(웃음) 노파심처럼 한마디

보태자면, 기존에 해오는 '지역협력'과 같은 소극적인 차원에서 벗어나 '지역공존'이라는 더 큰 틀과 철학으로 협의체를 구성해서 문화 전반에 관해 논의하고 실행해나가는, 보다 적극적이고 조직적인 움직임이 필요하다고 생각합니다. 정치세력이 주도하는 사업에 끌려 다닐 것이 아니라 민과 관이 함께 참여하게 되면 상호협력의 일상화가 이뤄질 수 있을 것이고, 포항의 정체성 확립, 문화융성, 미래설계를 함께 해나갈 수 있을 겁니다.

포스코의 학교 공립화 발상은 바람직하지 않다

강호진　　도형기 교수의 제안에 저 역시 고마움을 표합니다.(웃음) 그리고 저도 노파심처럼 한두 의견을 남겨놓을까 합니다. 50년이 넘는 포항종합제철주식회사(지금은 POSCO라 하지만)에 대한 지역민들의 곱지 않은 시선 몇 가지가 있습니다. 첫째, 정권이나 경영진이 바뀔 때마다 지역 정치권 인사가 관련된 비리가 폭로된다는 점. 둘째, 제철보국이라는 박태준 회장의 창립이념 자체가 날이 갈수록 흐려진다는 점. 셋째, 포철과 포항의 관계가 시혜자와 수혜자적 관점으로 비추어진다는 점입니다. 최소한 이런 것은 털어내거나 개선하는 가운데서 포스코와 포항지역사회의 관계 재정립이 추진돼야 하는 때입니다. '포항'이라는 지명을 시명에 넣은 만큼 그에 부끄럽지 않은 경영의 투명화와 기업윤리를 보여줄 때 지역사회는 포철을 더욱 아끼고 자랑스러워하며 어깨를 걸고 함께 나가는 공존·상생을 더 떳떳하게 말할 수 있을 겁니다. 또한 저는 교편을 오래 잡은 탓인지 몰라도 포스코가 포스코교육재단 산하의 초등학교, 중학교를 공립화 하겠다는 뉴스를 봤는데, 그건 반대합니다.

도형기　공립화 얘기가 나오니, 한마디 거들 수밖에 없군요. 저의 거주지나 직장은 포스코교육재단의 학교들과 무관하지만, 저도 공립화에 반대합니다. 우선, 한 도시나 한 국가의 교육이 선진적으로 발전해 나가자면 그걸 선도하는 학교들이 있어 줘야 하는데, 포항에서는 또 우리나라에서는 포스코교육재단의 학교들이 그 역할을 해왔다고 평가합니다. 박태준 회장이 세계의 여러 지도자들을 대동하고 포스코의 초등학교를 방문한 사진들을 본 적이 있는데, 그건 바로 그분의 교육투자와 교육선도에 대한 자부심과 자신감의 표현이었을 겁니다. 포스텍, 포항공과대학교는 말할 것도 없지요. 포항공대 덕분에 가장 덕을 많이 본 대학이 서울대학교 공과대학이라고 했습니다. 포스텍 같은 사립 이공대학이 세계적 수준으로 치고 나가니까 국립 서울대 공대가 우리도 저렇게 변화해야 하니 투자해주라고 요구하는 목소리를 세게 낼 수 있었다는 겁니다. 바로 이런 것이 교육을 선도한 사례입니다.

김광일　포스코가 포스코교육재단 초, 중학교들의 공립화를 추진할 거라는 소식은 지난해에 지역 뉴스로도 나왔고 제가 살고 있는 동네에는 소문도 무성합니다. 강호진 선배님이 기업국민과 기업시민, 제철보국을 말씀하셨고, 도형기 교수가 선도교육의 중요성을 지적했는데, 어느 측면으로 보든 공립화 발상은 바람직하지 않다고 생각합니다. 저는 박태준 회장께서 설립하셨던 포항산업과학연구원(RIST)을 첫 직장으로 삼았고 거기서 작년 가을에 은퇴를 했습니다. 그래서 그분의 경영철학을 이대환 작가만큼은 아니어도 비교적 잘 알고 있고 또 몸으로도 느낀 사람입니다. 한마디로 그분이 물러나신 뒤로는 날이 갈수록 경영의 그릇이 협소해진다는 것을 체감했습니다. 이러한 분위기 속에서 몇 년 전에도 공립화 문제가 대두되었다가 사라진 적이 있었는데 최근에 또다시 대두하고 있는 겁니다. 공립화를 주장하는 논리는 간단합니다. 과거에는 포스코교육재단의 학교들에 직원 자녀들의 숫자가 70퍼센트는 되었는데 요새는 30퍼센트밖에 안 된다, 이런 조건에서 포스코가 해마다 200억원 정도의 예산을 집어넣어야 하느냐, 이것이지요. 돈의 논리라고 할수 있지요. 그 너머의, 더 높은 차원의 철학이 빈약한 겁니다. 그러니까 창업정신이 희미해져 간다는 비판을 듣게 되는 겁니다. 박태준 회장의 창업정신은 시대에 맞게 재해석될 수는 있지만 어느 누구도 훼손할 수 없는 것이고 포스코에서 지우려 해서도 안 되는 겁니다. 아니, 오히려 창업정신을 중심으로 뭉쳐나가야 포스코의 정체성이 똑바로 서지 않을까요? 그것이 내부의 힘을 모으는 좋은 방법이기도 하고요.

강호진　돈의 문제로 따지면 요즘은 교육청의 예산이, 국민의 세금이 포스코의 출연지원금보다 훨씬 더 많이 들어가고 있을 겁니다. 앞으로 해가 거듭될수록 국가 예산은 더 투입되고 포스코의 전입금은 더 줄어들게 됩니다. 그리고 기업국민을 계승한 기업시민의 관점으로 보아도 학교 공립화는 안 맞지요. 기업시민으로서 지역교육의 발전을 위해 그만한 예산마저 아까워한다면 그건 기업시민을 말로만 하겠다는 뜻으로 들리게 합니다. 아닌 말로, 포항 사람들이 "당신은 서울시에다 5000억원짜리 청소년창의마당을 기부한다면서 지역의 교육발전을 위해 200억원도 아깝다는 거냐?" 이렇게 치사하게 따질 수도 있지요. 서울에 5000억원, 그런 시설이 넘쳐나는 도시에다 왜 그런 걸 더 해주겠다는 것인지. 차라리 용광로를 서울시청 광장으로 옮겨가라고 화를 내는 시민도 있다는 것을 알아야 합니다. 염치라는 게 뭡니까? 처음에 사립화를 들고 나왔던 포스코 회장도 포항에서 20년 넘게 살다가 운 좋게 회장이 되었다고 들었는데, 사람의 염치라는 게 뭐라고 생각하느냐고 물어보고 싶다, 이렇게 화를 내는 시민도 있습니다.

도형기　초등학교, 중학교 공립화는 누구보다도 포스텍 교수들이 일제히 반대해야 옳다고 봅니다. 젊은 고급두뇌가 직장으로서 대학을 결정할 때, 특히 지방에 박혀 있는 대학을 결정할 때는 무엇을 가장 먼저 살피겠습니까? 교육환경이지요. 같은 서울에서도 강남으로 이사하겠다고 아우성치는 이유가 교육환경 아닌가요? 포스텍의 고참 교수들은 이제 아이들을 그곳에서 교육시켰고 교육환경의 중요성을 체감도 했을 테니까 공립화 반대 의견을 모으고 발언도 하게 될 거라고 예상합니다. 뛰어난 후배 교수들을 충원하자면 공립화를 반대할 겁니다. 그리고 이건 공립화 문제와는 완전 별개인데, 포스코뿐만이 아니고 지역의 다른 기업들, 예를 들어 철강단지 안의 조선내화 같은 연관 기업들이나 현대제철 같은 기업은 지금까지 포항을 위해 무엇을 하였는지, 즉 지역사회 공헌을 어느 정도 하였는지, 이런 것도 제대로 한 번 점검해서 앞으로 포스코를 포함한 모든 지역 기업들이 지속 가능한 포항사회 건설을 위해 보다 체계적이고 능동적으로 사회공헌에 동참할 수 있는 방안을 지역사회 구성원들과 함께 모색해야 한다고 생각합니다.

포항은 어떻게 4차 산업혁명시대를 준비할 것인가?

강호진　　빅데이터, AI, 4차 산업혁명이란 말이 일상의 언어가 되었습니다. 새로운 전환의 시대를 맞아 포항의 경제도 기업도 변화해야 한다는 목소리가 높습니다. 포항의 성공적인 변화를 위해 포스텍, 한동대, RIST 등 이른바 '두뇌집단'이 어떤 역할을 해야 할까요?

도형기　　아무래도 그 이야기는 전자전기공학계에서 인생을 바쳐온 김광일 박사의 강의와 같은 말을 경청하는 것이 좋을 것 같군요.

강호진   저도 풍월이나 엿들은 격이니, 그게 맞을 것 같군요.

김광일   도형기 교수는 우리의 대화 노역을 줄여줄 아이디어를 들고 왔네요.(웃음) 글쎄, 이 이야기를 어떻게 전개해야 하나…….
무엇보다 먼저 구성원들이 열정을 가지고 밥벌이에 전전하지 않을 수 있는 환경을 조성해야 합니다. 그게 안 되면 일할 수 있고 능력 있는 '두뇌집단'을 더 이상 모을 수 없게 됩니다. 이러한 걱정은 이미 여러 지역에서 그 지역의 한계가 되어 나타나고 있습니다. 물론 일할 수 있는 환경과 함께 뛰어난 정주 여건은 필수사항입니다. 이 전제 조건을 갖춰야 합니다. 그리고 개방과 공유를 통해서 혁신하고 공동창조를 도모하기 위해서는 특히 대기업과 중소기업의 건실한 상생 생태계가 필요하고, 첨단기술을 결집해서 산업화하는 테크노파크, 창조센터와 같은 조직을 세계적인 시스템으로 만들어 놓아야 합니다. 이러한 관점에서 보면 포스텍, 포스코, 방사광가속기 연구소, RIST, 거리상 좀 떨어져 있지만 한동대를 아우르는 포항은 국내의 다른 지역에 비해 상당히 유리한 여건을 갖추고 있지요.
4차 산업혁명의 시대라고 하지만 그 과실을 수확하기 위해서는 수요자(생산현장)는 비용과 시간을 필요로 합니다. 현재는 원하는 생각의 대부분을 실현할 수 있을 만큼 많은 요소 기술들이 발전해 있지만, 4차 산업현장이 발전해나가는 새로운 패러다임의 시대에 동참하기 위해서는 무엇보다도 지금까지는 없는 신기술들을 개발해 나가야 합니다. 포항의 여건이나 특성으로 봐서 모든 분야를 선도하거나 감당할 수는 없을 것입니다. 포스텍에서는 바이오 진단, 바이오 산업, 무선 시대에 걸맞은 저전력 소자, 생체소자 등 요소기술의 개발과 스핀업을 통한 벤처기업 창출에 힘써야 할 것이고, RIST와 같은 연구기관에서는 고온, 분진, 고습도 등 열악한 환경에 적용이 가능한 기술들을 발굴해서 포스코와 같은 현장에 적용할 수 있는 응용기술의 플랫폼 역할을 담당하고 그러한 요소기술들을 가진 벤처기업이나 대학 등을 발굴해서 그 기술들이 제대로 사업화하기까지 강건한 플랫폼이 돼줘야 할 것입니다.

포항의 특성상 소재산업을 특화하여 향후 필요한 소재개발을 RIST와 포스텍 등에서 장기적인 안목에서 지속적으로 개발해야 하겠는데, 여기에는 연구자의 시각에서 뿐만 아니라 미래사회를 내다볼 수 있는 집단이 참여하여 미래소재를 미리 발굴, 기획하는 노력이 필요합니다. 그리고 포항시의 입장에서는 연구기관과 대학교육기관이 가지고 있는 요소기술들을 파악하여 이들 기술을 종합해서 새로운 가치를 만들어낼 수 있는 분야를 발굴, 기획하여 정부 정책에 반영하는 종합기획 그룹이나 집단이 필요합니다. 그러한 기능을 현재도 갖추고 있다고 한다면 그것을 확실하게 강화할 필요가 있습니다.

소재 개발에 있어서도 소재 생산에 필요한 엔지니어링 기술이 개발되어야 본격적인 생산을 통한 수익창출을 할 수 있습니다. 4차 산업혁명시대에 필수적인 스마트공장 기술과 엔지니어링 그리고 소재수요기업의 입장에서 응용공정이 끝나 최종 제품이 나올 때까지 소재의 특성이 얼마나 건강하게 유지되는가, 이것을 확인할 수 있는 전 공정에 대한 모니터링과 분석을 통해 소재개발과 엔지니어링 기술개발을 피드백 해줘야 완전한 소재의 생산이 가능하게 됩니다. 물론 이때 소재의 부가가치 창출을 위해서 조성, 공정 등이 차별화되어 있어야 하지요. 응용 공정에서 생기는 문제점을 파악해서 그 솔루션을 제공하는 것도 대학기관과 연구기관이 함께해야 성과를 높일 수 있어요. 각 기관의 중재역은 사업화하여 수익을 창출할 수 있는 기관에서 절실한 필요에 의해 기획, 실행되어야 합니다.

그 밖에도 포항에서 특화할 수 있는 에너지, ICT 등에 대해 현재와 미래를 같이 꿈 꾸어갈 통합의 협의체는 필요합니다. 반드시 가시적인 성과를 담는 보고서 등 기획안이 일정한 주기로 생산되어야지, 이름만 있는 협의체는 만들지 말아야 합니다.

실질적인 협의체를 제대로 가동해야 한다

도형기　협의체라는 말을 들으니까 포스텍이 주도해나가는 포항, 울산, 경주의 '유니버+시티 Univer+City'라는 프로젝트가 생각나는군요. 포스텍 박태준미래전략연구소에서 출간한 그 제목의 책도 있더군요. 이대환 작가한테 선물로 받아서 읽어봤는데, '유니버+시티'의 요체는 대학은 대학대로, 지방도시는 지방도시대로, 지역 기업은 지역 기업대로 자기 혼자서 자기 팔만 흔들고 있다가는 서로 다 어려워진다, 그러니 서로 손을 잡고 상생 발전의 길로 나가자는 것이더군요. 거기에도 해외 사례들이 나와 있었습니다만, 포항이나 울산의 형편으로 봐서는 결코 남의 일이 아니지요. 한동대도 그 포럼에 참여하고 있습니다만, 그러한 제안이 실현을 이루자면 그야말로 힘이 실린 협의체가 필요하지 않습니까? 대학의 생각, 시 당국의 욕심, 기업의 이윤, 이런 것을 융합하고 조정하면서 실제로 상생 발전을 추진해 나갈 '유니버+시티'의 협의체가 구성돼야 합니다. 포항에서 또 하나의 '빛'이 나올 수 있는 구상인데, 아직은 거기까지 가지 못한 것 같더군요. 더디고 느려 보여서 안타깝습니다. 제가 공부하는 해양 쪽에서도 얼마든지 참여할 방안이 있을 텐데, '유니버+시티'가 몇 년째 제자리를 돌고 있는 것 같다는 느낌입니다.

강호진   저도 그 책을 읽었어요. 밝은 미래의 길을 제시한 책이었다고 평가합니다. 문제는 실행이지요. 협의체가 구성되기도 쉽지 않지만 구성돼도 갖가지 난항이 돌출할 겁니다. 도형기 교수가 대학의 생각, 시 당국의 욕심, 기업의 이윤을 지적했는데, 이 삼자가 상생 발전이라는 모자를 같이 쓸 수 있을까요? 쉽지 않지요. 일반적으로 이공계 교수의 특성이 어떠합니까? 자기 연구와 상관없으면 연구실을 나오려 하지 않습니다. 일반적으로 공무원 조직의 특성은 어떠합니까? 빤히 보이는 좋은 길이라도 새로운 길로는 가지 않으려고 합니다. 복지부동, 이게 끝까지 살아남는 상책이란 걸 잘 알지요. 일반적으로 선출직 단체장이나 국회의원이나 시의원, 도의원은 특성이 어떠합니까? 득표의 척도를 절대적 가치로 섬깁니다. 가까운 선거에 도움이 된다면 적극 나서겠지만 10년이나 20년 뒤에 거둬들일 수확이 제아무리 크다고 해도 그걸 보고 적극 낯설 '그릇이 큰 인물'이 우리나라를 통틀어도 몇 명이나 되겠습니까? 그리고 기업은 두말할 것 없이 자기 돈벌이의 길이 안 보이면 나서지 않지요. 이렇게 저마다 다른 특성을 한 덩어리로 뭉치게 하자면 역시 '그릇이 큰 지도력'이 필요합니다.

도형기　　포항은 작은 어촌도시로 출발하여 군인도시를 거쳐 철강도시의 이미지를 벗어나지 못하고 있는 실정입니다. 미국의 실리콘밸리처럼 포항도 이제는 철강도시를 지나 연구도시로 전환할 필요가 있습니다. 세계적인 연구시스템을 갖추고 있는 포스텍을 중심으로 하는 각 대학과 연구기관들의 네트워크가 꼭 필요합니다. 그래서 연구도 개인에 머무르지 않고 사업단을 통해 좀 더 효율적으로 진행돼야 합니다. 이 모든 것을 만들어줄 협의체가 있어야지요. 물론 연구는 세계적인 잡지에 실리는 것도 중요하지만 실제적인 삶 속에서, 산업 현장에서 응용되는 분야도 당연히 중시되어야 합니다.

김광일　　　도형기 박사가 연구도시의 모습을 내놨는데 강호진 선배님의 말씀처럼 '그릇이 큰 지도력'이 절실한 때입니다. 거기에서 '빛'도 나오는 법인데, 박태준 선생을 다시 모셔올 방안도 없고, 참 아쉽게 생각됩니다.

포항문화─포항의 '빛'을 위하여

강호진　　　그래도 우리는 '빛'을 생각하고 만들고 찾아야 합니다. '빛'이란 결국은 '문화'라고 할 수 있지요. 한 지역사회의 문화수준은 거기서 살고 있는 사람들의 시민의식의 평균수준으로 볼 수 있고요. 이러한 관점에서 볼 때 포항의 구성체들이 지금부터 어떤 일을 기획하고 실행해야 할까요? 이 주제를 다루고 오늘의 대화를 접을까 합니다.

도형기　　　이제 포항은 문화의 도시로 나가려고 꿈틀거리고 있습니다. 포스코와 지역 기업들은 포항에 젊은이들이 올 수 있는 인프라 구축에 앞장서고 지원을 아끼지 말아야 합니다. 지역의 대학들은 청년문화가 활성화 될 수 있는 프로그램을 개발해서 시민들에게 다가가야 합니다. 이를 위해 포항시는 행정력을 동원해 적극적으로 도와야 하고, 포항문화재단과 청소년재단은 좀 더 적극적인 역할을 담당해야 합니다. 그리고 무엇보다도 포항의 문화를 이끌어 나갈 다양한 분야의 실행위원회를 구성하여 민간 주도형으로 탈바꿈해야 합니다. 문화는 하루아침에 이루어지는 것이 아니기 때문에 많은 문화예술인의 역할이 무엇보다도 중요합니다. 또한 시민들을 위한 지속적인 교육은 필수적입니다. 포항시와 관련이 있는 해외도시를 파트너로 삼아서 문화교류에도 새 바람을 불어 넣어야 합니다. 이 모든 일에서 포항문화재단의 역할이 중요한데, 민간 주도형으로 개선되기를 바랍니다.

김광일 지역의 문화수준이란 지역에서 함께 살아가는 사람들의 총체적 가치관의 평균수준이라는 개념에 동감합니다. 사회 체제의 내부적인 모순점을 개선해 나가는 원동력도 문화라고 생각합니다. 이렇게 볼 때 문화를 소비의 대상, 가시적인 것으로만 생각하는 경향에는 문제가 많습니다. 물론 문화가 큰 소득이 되는 시대이지만, 경제와 문화의 갈등관계도 그대로 남아 있습니다. 문화 육성에 너무 많은 예산을 지원하는 것 아니냐, 먹고 살기도 힘들어 죽을 지경인데, 무언 문화냐. 이런 볼멘소리가 그 갈등의 대표적인 장면이지요. 포항도 마찬가진데, 그걸 해소해야 합니다. 그리고 문화의 범주 안에 역사, 기술, 산업, 예술 등을 아우르는 융합의 사고가 요구됩니다. 이러한 인식을 기본 틀로 삼아서 미래를 설계하는 안목으로 민, 산, 관, 대학 등이 함께 모여서 포항의 고유한 정서와 문화를 찾고 육성해 나가는 작업이 필요해 보입니다. 이 일을 위해서는 앞서 제안했던 '포항문화박물관' 같은 하드웨어가 필요합니다. 물론 그 안에는 모든 분야를 아우르는 통합, 융합의 소프트웨어가 들어가야지요. 지난 50년 동안 포스코가 많은 역할을 해왔지만 앞으로 문화예술 지원 등을 포함해서 포항이 정체성을 확립하고 고유문화를 육성하면서 미래를 꿈꾸어 나갈 수 있도록 기획하고 지원하는 분야에도 포스코가 함께 했으면 합니다. 특히 공생과 공동번영의 차원에서 문화기획에 대한 참여기능을 강화했으면 좋겠습니다. 이런 것들이 '지역협력'을 넘어선 '지역공존'의 행동입니다.

강호진 낱낱으로 보면 포스텍, 한동대, RIST 등의 '두뇌집단'과 세계적 기업 포스코가 더할 나위 없이 뛰어나고 훌륭해 보입니다. 그러나 지역사회와 함께 목적과 이익을 공유하면서 협력하는가? 포항을 기반으로 컨소시엄 같은 유기적 협력관계를 함께할 수 있을까? 이렇게 질문했을 때는 아마도 선뜻 '그렇다'는 대답을 못할 것입니다. 같은 공간, 같은 지역에 이만한 인적, 물적 인프라를 갖춘 곳으로는 포항보다 더 좋은 곳을 우리나라 안에서는 찾아보기 힘들 겁니다. 문제는 포항시와 지역사회가 이들 두뇌집단과 기업체를 '같이'의 가치를 공유하면서 동반성장하는 여건을 조성하는 일입니다. 이 '같이'의 가치는 경제 분야뿐만 아니라 지역문화를 육성하는 일에서 더욱 빛날 수 있습니다. 포항시민의 문화욕구는 전국 평균 이상이라 하겠으나 정비되거나 조직화 되었을 때, 구슬이 서 말이라도 꿰어야 보배가 되는 것처럼, 더욱 높은 문화의식을 가진 아름다운 도시로 성장할 수 있습니다. 그러기 위해서 포스텍, 한동대 등 지역대학들이 시민사회나 지역에 대한 역할과 공헌도를 더 높여야 합니다. 두 대학이 보여준 기존의 문화적 역할은 포항보다 시세市勢가 약한 경주 지역의 대학들보다 낮은 수준입니다.

그리고 도형기 교수도 지적했지만 포항시는 관 주도의 문화사업이 초래하는 경직성과 한계를 인식해야 합니다. 민간이 갖고 있는 유연성을 흡수하고 또 민간 주도로 바꿔야 공감대 확산의 시너지를 올릴 수 있게 된다는 많은 의견과 비판을 청취하고 수렴해야 합니다. 특히 포항문화재단의 성공적 정착을 위해서는 포항시의 간섭을 배제하는 방향으로 나가야 합니다. 포항시의 행정은 재단의 민간 활동을 말 그대로 행정적으로 지원하는 수준을 넘어서지 말아야 합니다. 그 재단을 만든 취지를 최대한 살려 나가야 합니다. 포항의 '빛'을 만들어 보겠다는 것이었잖아요? 기금 마련에는 시 행정이 앞장섰지만 프로그램 운영은 문화예술 전문가에게 맡기고 기금 관리에 실수가 없도록 지원하는 수준, 이게 가장 적절합니다. 포항시 문화예술 행정과 행사의 아웃소싱을 맡은 포항문화재단은 만들 필요가 없었다고 보면 됩니다.

포스코도 이제는 지역사회의 문화 후원에 대한 기본철학을 다시 세워야 합니다. 광고나 후원을 통해 '친포스코적으로 관리하겠다'는 사고에서 벗어나야 합니다. 특정 언론, 특정 사업 등에 광고하는 업무를 주력으로 해나갈 것이 아니라 지역민과 함께하는 문화사업의 기획에도 함께 나서고 직원들이 문화동아리에 적극 기획할 수 있도록 독려하고 지원할 책임을 수행해야 합니다. 그러나 가장 중요한 것은 포항시민, 포항 지역의 대학들, 포항시, 포스코가 각각 겉돌아서는 안 된다는 점입니다. 정말 정략적 계산을 배제하는, 양식을 갖춘 시민이 중심이 되고 다른 기관에서는 토의와 협력을 공동으로 수행하는 그러한 협의기구가 포항의 '빛'을 만들어 나가려는 문화의 영역에도 반드시 필요해 보입니다. 오늘, 수고가 많으셨습니다.

4장

포스코를 보는 눈

포스코에 보내는 포항시민의 말

포항과 포철, 그 30년 세월을 넘어

가난에서 풍요까지, 그 압축 30년의 현주소
신화神話의 집에 생채기가 있었네
진실이 있어야 진정한 화합이 있다
빛의 도시를 가꾸는 동반자
21세기 포항 비전 – '포철과 함께 포철을 넘어'

포스코에 보내는 포항시민의 말

(사)포항지역사회연구소

최정우 포스코 신임 CEO를 비롯한 경영진 여러분께

벌써 10년 가까이 포항경제는 활력을 상실한 상태입니다. 정체와 후퇴를 벗어나지 못하고 있습니다. 수많은 자영업자들이 고통을 호소하며, 건설노동자들은 일자리 부족에 허덕이고 있습니다. 구조조정에 내몰린 가장들의 한숨소리가 끊이지 않습니다. 설상가상으로 포항지열발전소 유발지진이 촉발시킨 5.4 강진의 후유증에 시달리는 가운데 인구는 날이 갈수록 줄어들고 있습니다. 이러한 문제들은 포항경제가 회생하여 활력을 회복할 때 비로소 해결의 길이

이 글은 2018년 9월 19일 포항지진대책위, (사)포항지역사회연구소, 한국노총포항지부 등이 공동으로 발표한 '포스코의 서울숲 청소년창의마당 5000억원 건립기부를 반대한다' 라는 성명서를 바탕으로 그해 10월 18일 신임 포스코 경영진에게 보냈던 편지를 조금 보완한 것임을 밝혀둔다. [편집부]

열리게 됩니다.

포항경제 회생의 기본조건은 포스코가 '다시 튼튼해지는 것'입니다. 포스코가 박태준 회장 시절의 명성과 체력을 회복해야 포항경제에 활력이 되살아날 수 있습니다. 포항경제가 포스코에 대한 절대적 의존에서 벗어날 수 있는 전제조건도 반드시 '튼튼한 포스코'가 동반자로 있어야 합니다. '튼튼한 포스코'가 있어야만 포항경제는 포스코를 넘어서는 새로운 구조에 연착륙할 수 있습니다.

그래서 포항시민이 포스코에 바라는 것은 무엇보다도 '다시 포스코가 확실히 튼튼해져야 한다'는 것입니다. 거듭 밝히지만, 그 이유는 명확합니다. '튼튼한 포스코'는 현재의 포항경제에 활력을 불어넣을 수 있는 가장 중요한 원천이며 희망찬 포항의 미래를 열어나갈 가장 든든한 동반자이기 때문입니다. 물론 민족적 숙원인 남북평화시대가 열려서 포스코가 낙후된 북한 철강산업의 재건을 도우려 할 때도 '다시 튼튼한 포스코'가 돼 있어야 합니다.

이러한 상황을 통찰하는 우리는, 포스코가 창립 50주년 기념으로 국민의 은혜에 보답한다는 명분으로 '서울숲에 5000억원 청소년 창의마당을 건립하겠다'는 것에 대하여 명백히 반대하며, 최정우 신임 CEO를 비롯한 경영진은 그 계획을 반드시 철회해야 옳다는 것을 포항시민의 이름으로 천명합니다.

포스코 임직원들이 잘 알고, 많은 포항시민도 알고 있지만, 우선 그 5000억원이 어떤 돈입니까? 누적된 부실경영 때문에 창사 이래 최대 위기에 내몰렸던 유동성부터 어느 정도 안정시켜야 한다는 응급처방에 따라 쓸 만한 부동산들을 처분한(포항시 효자동 웰빙아울렛 옆 대지 처분, 인천시 송도의 포스코건설 사옥빌딩 처분 등) 돈이고, 포스코특수강 같은 좋은 계열사를 급히 매각한 돈입니다. 그렇게 긴급히 조달했던 돈의 아주 큰 부분이 5000억원 아닙니까?

'다시 튼튼한 포스코'의 안정된 미래는 지금도 보장돼 있지 않습니다. 미국, EU의 철강세이프가드가 칼춤을 추고, 공해문제로 철강구조 조정에 나선 중국이 그 반사이익을 포스코에 안겨주지만 언제든지 철강생산을 증대시킬 수 있고, 인도가 철강업계의 골리앗으로 등장할 날도 멀지 않았습니다. 포스코가 기가스틸 같은 고부가가치 제품으로 승부처를 삼는다고 하지만, 인공지능과 빅데이터 시대에 기술력의 세계적 평준화는 시간문제일 따름입니다. 또한 포항시민이 보기에도 작금의 포스코는 정신적으로도 지진을 맞은 것처럼 크게 흔들렸을 것이라고 생각됩니다. 세계일류기업과 위기극복의 근간이 되었던 창업정신이 지난 경영진들의 부도덕한 '스톡옵션' 실현과 숱한 의혹들의 부실경영 때문에 크게 훼손된 상태에 있지 않습니까?
이렇게 '포스코가 다시 튼튼한 기반' 위에 안정되게 올리설 앞길은 현재적 조건으로든 잠재적 조건으로든 대단히 불투명해 보입니다. 이러한 관점에서 따져보아도 과연 '서울숲 5000억원'을 합리적인 기부 결정으로 평가할 수 있겠습니까? 귀사의 직원들은 박수를 보내겠습니까, 비난과 비판을 보내겠습니까? 이 지적에 대한 합당성을 확인하는 차원에서 객관적으로 여론수렴을 해보는 것이 좋겠다는 뜻도 밝혀두겠습니다.

우리는 그 5000억원이 당연히 지역경제와 포스텍과 포스코에 '윈-윈'이 되는 사업에 우선적으로 투입돼야 생산적이고도 미래지향적인 것이라고 판단합니다. 때마침 신임 CEO는 '1조원 벤처 벨리 조성'을 공언하였습니다. 반가운 소식이 아닐 수 없습니다. 포스텍에는 투자를 기다리는 유망한 벤처기술이 많은 것으로 알려져 있습니다. 5000억원이면 그들 중 유망한 몇몇을 골라 얼마든지 육성할 수 있는 자금입니다. 이러한 투자야말로 지역경제, 포스텍, 포스코의 미래를 밝혀주는 등불이며, 더 나아가 좋은 일자리를 갈구하는 우리 시대의 청년들에게 희망의 길을 만들어주는 일이라고 생각합니다.

그리고 포스코는 지진피해로 고통을 감당하고 있는 이웃 시민들에게 이제라도 보다 적극적인 관심을 기울여야 옳습니다. 포항시민은 여태껏 공론을 참아왔지만, 2017년 11월 당시 포항지진피해 극복에 대한 포스코 CEO의 마음씀씀이가 얼마나 섭섭하고 실망스러웠던가를 꼬집어두지 않을 수 없습니다. 현대자동차 20억원, 포스코 15억원이라는 그 성금 규모는 단순한 수치의 문제가 아니었습니다. "어디에는 잘도 바치더니, 포항지열발전소에도 관련된 포스코가 이럴 수 있나? 지역공동체란 말은 순전히 립-서비스인가?" 이런 말들이 많았지만 우리는 성금이라는 이름의 '돈문제'에 대해 차마 공론화하지는 않았습니다. 그래서 우리는, 포스코 경영진이 '서울숲 5000억원'을 철회하고 포항지진피해 극복을 위해 어떻게 도와줄 수 있는가를 이제부터라도 '진정한 기업시민'의 윤리적 실천 차원에서 깊은 관심을 기울여줄 것을 진심으로 촉구합니다.

또한 우리는 민족의 숙원인 남북평화시대를 맞아 '다시 튼튼한 포스코'가 무엇보다도 낙후된 북한 철강산업의 재건을 도와줄 체력을 비축할 것을 기대합니다. 고故 박태준 회장의 비원에는 "북한이 문을 열기만 한다면 원산이나 청진의 어느 바닷가에 포스코의 신인도로 자금을 마련해 포항제철이나 광양제철 같은 제철소를 지어주고, 초기 인력은 인민군대에서 선발해 포항과 광양에서 연수를 시키고 싶다"고 했던 열망도 포함된 사실은 널리 알려져 있습니다. 이러한 시각에서도 '서울숲 5000억원'은 전혀 합당하지 않은 사회사업입니다.

그리고 포스코 신임 CEO와 경영진은 그런 5000억원이 있다면 먼지와 미세먼지의 배출을 더욱 저감하기 위한 설비에 투자해야 한다는 목소리에도 마땅히 귀를 귀울여야 합니다. 당진의 현대제철은 산더미처럼 원료부두에 쌓아야 하는 원료들의 분진이 대기 속으로 날아가는 것을 원천적으로 봉쇄하기 위해 밀폐시설을 갖추고 있지 않습니까? 그러나 포스코는 그렇지 못합니다. 뿐만 아니라, 특히 고로를 개·보수하여 다시 조업을 개시할 때 엄청나게 배출할 수밖에 없는 미세먼지를 세계 최저치로 낮추기 위한 설비투자에도 더 적극적으로 나서야 옳지 않겠습니까?

포스코와 서울시가 서울숲 청소년 창의마당 건립에 대한 MOU를 맺었다는 언론보도를 보았습니다. 그러나 그것은 계약의 법률적 효력을 발생하는 문서가 아닙니다. 얼마든지 재고나 철회의 양해를 용인하는 문서입니다. 더구나 신임 CEO의 취임과 함께 포스코는 '명분보다 실리'를 추구하는 회사가 되겠다고 선포하지 않았습니까? 아니, 그게 아니더라도, 예산이 넘쳐나고 문화시설이나 교육시설이 압도적으로 넘쳐나는 서울시에다 포항의 자연재원과 맞바꾼 '포항제철의 포스코'가 '50년 은혜 갚기의 이름'으로 '5000억원 시설'을 무엇 때문에 기부한다는 것입니까? 전임 CEO의 어떤 정치적 계산서에는 그것이 '득'이라고 나왔을지 몰라도 '지역공동체의 명분과 도리'에 전혀 맞지 않는 결정이라고 지적하지 않을 수 없습니다. 또한 근래 들어 포항 뉴스에도 나오고 파다하게 퍼져 있는 소문입니다만, 현재 포스코 경영진이 추진하고 있다고 알려진 '포스코 교육재단 유·초·중학교의 공립화'에 비춰 봐도 그렇지 않습니까? 물론 직원 자녀의 수가 크게 줄었다는 사정도 있겠지만, 연간 예산 약 200억원을 절약하자는 것이 그 추진의 가장 중요한 배경 아닙니까? '포스텍 성장'의 주요 조건이었던 교육 인프라를 다소 약화시키는 결과를 초래하게 되더라도 연간 200억원을 절약하겠다는 그 재무적 판단에서 따져보아도 '서울숲 5000억원'은 정말 가당치 않은 결정이지 않습니까? (물론 우리는 포스코 신임 CEO가 퇴임 CEO 당시에 제기했던 포스코교육재단 학교들의 공립화를 다시 거론하고 있다는 뉴스를 접하고 이에 대하여 명백히 반대합니다. 그것은 포스코가 새로 내세운 '기업시민'의 경영정신에도 어긋나는 선택입니다. 공론화 되는 시기에는 우리의 입장을 정식으로 표명할 것임을 밝혀둡니다.)

여기서 우리는 "서울에 5000억원 짜리 시설을 세워주니, 포항과 광양에도 수천억원 짜리 시설을 세워줘야 한다"는 지역정치인, 지역유지, 전 포스코 경영진 등 일부 유력 인사들의 발상과 발언에도 명백히 반대합니다. 왜냐하면 그것은 '다시 튼튼한 포스코'로 가는 길에 재를 뿌리는 격일 뿐만 아니라, 안정적이고 장기적인 호황시절에나 고려해볼 수 있는 것이기 때문입니다. 그렇게 유인하려는 지역정치인은 그것을 자기 공적의 홍보용으로 둔갑시킬 것이라는 점도 지적해두지 않을 수 없으며, 이른바 유력 인사라고 뽐내는 유지들은 '포스코 경영진이 결정한 것은 무조건 옹호해야 한다'고 말하면서 속으로는 자신의 경제적 이익을 관철하겠다는 계산을 깔고 있다는 점도 꼬집지 않을 수 없습니다. 그리고 우리는 협력업체나 납품으로 포스코에 줄을 대고 부를 축적해온 지역 업자들이 중대한 지역현안과 관련해서도 포스코 경영진의 눈치만 살피면서 여론을 호도해온 언행에 대하여 개탄해마지않으며, 앞으로 포스코 경영진은 그러한 적폐와 악습에도 '기업시민'의 윤리실천 차원에서 공개적으로 제동을 걸어줄 것을 부탁합니다.

이에 우리는 포항시민의 이름으로 포스코가 창립 50주년 기념으로 내놓았던 '서울숲 5000억원 청소년 창의마당 건립'을 강력히 반대한다는 것을 거듭 천명하고, 어떻게 조달했던 재원의 큰 부분인가를 가슴에 손을 얹어 생각해본 신임 CEO를 비롯한 경영진이 그 자금을 '1조원 벤처밸리 조성' 프로젝트, '다시 튼튼해지는 포스코' 프로젝트, '포항지진피해 극복' 프로젝트, '평화시대의 북한 철강산업 재건' 프로젝트에 투입해야 한다는 것을 진심으로 촉구하고 희원하며. 또한 서울숲 5000억원 대신 포항, 광양에도 그에 상응하는 무엇을 건립해달라는 지역의 일부 정치인과 유지들의 한심하고 유치한 망상에 대해서도 대오각성을 요구하는 바입니다.

끝으로 포스코 신임 CEO를 비롯한 경영진은 우리의 애정 어린 고언苦言에 열린 마음으로 귀를 기울여주시기 바랍니다. 이는 무엇보다도 이런 목소리가 지역공동체 구성원으로서 진정한 소통을 나누는 가운데 '새로운 시대에 걸맞은 새로운 문화'를 만들어나가는 하나의 단초가 되기를 희망하는 뜻입니다. 필요하다면 언제든 더 넓은 사회적 공론의 장에서 토의할 수도 있을 것입니다.

포스코의 무궁한 발전을 기원합니다. 감사합니다.

포항과 포철, 그 30년 세월을 넘어

이대환(작가)

1. 가난에서 풍요까지, 그 압축 30년의 현주소

한 아이의 기억

황토색 물결무늬의 앙증맞은 뿔처럼 생긴 소라 껍데기로 귀를 막은 채 텅 빈 초가집 쪽마루에 걸터앉아 한참 동안 허기를 잊어먹은 한 아이가 있었다. 집에 그 하나뿐인 악기에선 언제나 저 깊은 바다

이 글은 1999년에 발표됐으며 『한 권으로 보는 포항의 역사』에 부록으로도 실려 있다. 그때 남겨둔 〈작가의 말〉은 다음과 같다: "포항과 포철 30년, 이는 대한민국 근대화의 빛나는 상징이다. 5천년 빈곤의 대물림을 극복하고 민주주의의 집을 세운 위대한 한 세대의 전형적 축소판이다. 때마침 20세기의 황혼이 드리워지고 있다. 지금 영일만은 21세기와 새천년의 첫 여명을 머잖은 신새벽처럼 예감한다. 이 독특한 시기에 '포항과 포철'의 30년을 되돌아보면서 그 세월을 한번 간추리는 일은 '우리'의 건강한 내일을 위해 바람직한 진단이 될 것이다. 포철의 심장부가 들어선 대송면 송정동, 그 갯마을에 태어난 나는 초등학교 4학년 가을에 나의 요람 '송정분교'와 '어링불'을 용광로에 물려주고 떠나야 했었다. 어느덧 불혹不惑을 넘었으니 어찌 남다른 감회가 없지 않으랴." [편집부]

속 은밀한 음률이 흘러나왔다. 뽀얀 마당에 땡볕이 오지게 내리쬐는 한낮, 그 아이는 동무들과 어링불에 나가 헤엄을 치고 조개를 잡으며 한나절을 보낸 다음, 점심 끼니 때를 한식경이나 놓쳐서 집으로 돌아온 걸음이었다. 쪽마루의 한 귀퉁이를 오도카니 지키는 밥상. 그 덮개는 거의 새까맣다. 온통 파리떼가 점령하고 있으니까.

이윽고 그 아이가 악기를 마루바닥에 내려놓고 밥상을 들어 조금 옮기는 사이, 파리떼는 폭발하듯 흩어진다. 까무잡잡한 손이 상보를 걷어내자 문득 적나라하게 드러나는 한 장면. 꽁보리밥을 수북이 담은 박바가지, 간장을 푼 옅은 고동색 우물물, 고추장 종지, 풋고추 몇 개, 열무김치 한 보시기, 그리고 수저 한 벌. 보나마나 들일 나가는 손이 차려둔 밥상.

그 아이는 숟가락으로 꽁보리밥에다 쥐구멍을 판다. 파리가 그 더러운 몸을 묻혔을 겉밥은 먹지 않으려는 영악한 수작이다. 초등학교 4학년이니까 콜레라 장티푸스 따위 무시무시한 전염병의 상식을 꿰찬 것이다. 우물물에 만 보리밥을 마시듯 삼키고 나서 먼 하늘로 날아가는 그 아이의 시선이 요즘 생긴 버릇처럼 또 한 지점에 멈추었다. 바지랑대보다 훨씬 높다란 깃대, 거기 매달린 〈용광로〉란 깃발, 그 꼭지에 내려앉은 제비. 허공의 한 점에 몰두한 그 아이는 쓸쓸해지고 있었다. 제비들은 내년 봄에 어디로 돌아올까. 모래밭에 알을 낳는 물새떼는 어디로 떠나갈까. 아침 늦잠을 깨우는 수천 마리 종달새는 다 어디로 가서 청아한 목청을 풀 수 있을까.

그해(1968년) 여름, 그 아이의 마을엔 낯선 깃발들이 펄럭이고 있었다. 집 뒤의 왕릉같은 모래 언덕에도, 큰집('대송초등학교'를 '송정분교'아이들은 이렇게 불렀다)보다 더 으리으리한 고아원 옆에도, 종달새 세상인 형산강 가는 쪽의 밀밭에도.

그 낯선 깃발들이 암시한 '거대한 이별'을 그 아이가 몸으로 안은 것은 여름방학이 끝나고 가을날이 돌아왔을 때였다. 온 마을이, 온 면민이 이삿짐을 꾸리고 뿔뿔이 헤어졌다. 더러는 형산강을 건너 포항 시내로 가고, 또 더러는 오천 문덕동 천변으로 가…… 그 아이가 인생에서 이별로 말미암아 눈물을 흘리기는 그때가 처음이었다. 이별이란 참으로 슬픈 무엇이었다.

세계로 뻗어나간 고요한 아침의 고장

아름다운 자연의 품에 노니는 것으로 짓누르는 가난의 무게를 덜어낼 수 있었던 '그 아이'인 '나'는 아주 나중에 그렇게 떠나간 사람들을 〈대송 철거민〉이라 부른다는 것을 알았다. 그리고 훨씬 더 먼 나중에 두고온 갯마을의 그 이상한 깃발에는 〈제철보국〉이란 뜻이 담겼음을 알게 되었다.

1985년 전국소년체전이 포항에서 열렸을 때, 작가가 되어 고향으로 돌아와 있던 나는 원고지 500장에 담은 포항사浦項史를 방문객 홍보용으로 쓴 일이 있었다. 그때 제목이 「세계로 뻗어나간 고요한 아침의 고장」.

일찍이 조상들이 해맞이 고장(영일만)이란 눈부신 이름을 헌사한

'포항'을, '포철'과 함께 급팽창을 거듭하면서 '포철'의 성공과 함께 오대양 육대주로 늠름히 뻗어나간 '포항'의 현존적 실상을 달리 정확히 수사修辭하기 어려웠다. 20세기의 마감을 코앞에 둔 오늘 이 시점에서 돌이켜보면 그 표현은 더욱 적절하다고 생각된다. 흔히 '불황을 모르는 도시'로 불린 포항은 정보통신·지식산업의 시대로 예견되는 21세기를 대비해서도 다른 어느 중소도시보다 '준비된 도시'로 평가받는 가운데 경북 제1의 굴지의 도시라는 위상을 튼튼히 확보하고 있으며, 포철은 미국의 권위 높은 경제 주간지 '포천(Fortune)'이 선정한 〈올해 세계에서 가장 존경받는 기업〉 중 철강기업들만의 순위로 세계 1위에 뽑혔고, 국내 유수의 연구소들이 선정한 '기업의 국가 기여도'에서도 여러 차례 1위를 차지한 적이 있었다. 이렇게 포항과 포철의 성장은 서로 철저히 맞물려 있다.

실제로 포항과 포철의 관계는 '물과 고기'의 관계로 비유할 수 있다. 포항은 포철의 발전과 함께 산업도시로 성장해 왔고 포철 또한 포항이라는 도시를 바탕으로 세계적 철강기업이라는 오늘날의 위치까지 도달할 수 있었다. 둘은 뗄레야 뗄 수 없는 동반자적 관계라는 사실을 그 누구도 부인할 수 없는 것이다.

가난도 풍요도 거꾸로 읽어야 할 때

몇몇 사회학자들이 '압축적 성장'으로 부른 대한민국의 근대화 30년. 5천년씩이나 끝없이 대물림 해온 의식주의 빈곤을 극복한 '쓰라리도록 찬란한 30년!'

그 고달픈 도전과 인고의 세월 속에서 '포항의 포철'은 〈산업화〉의 중추 역할을 거뜬히 감당해왔다. 자동차, 조선, 전자, 기계, 건설……. 한마디로 바늘에서 선박까지, 그들 산업이 성장하기 위한 필수적 전제 조건이기에 〈산업의 쌀〉이라 일컬어온 철강재를 안정되고 저렴하게 공급해온 것이다. 〈포철은 한국 산업화의 어머니〉또는 〈포철은 한국 경제 발전의 견인차〉라는 찬사를 한몸에 받을 만한 공로였다. 그리하여 '포항과 포철 30년'은 20세기 후반기의 한국사에서 다른 어느 지역보다 당당하고 빛나는 위상을 차지하게 되었다.

시각을 '포항'만으로 축소하더라도 포철의 성장은 지역사회에서 자본주의를 본궤도에 올려놓았다. 그 결과 현재의 포항은 〈현단계 한국사회의 성격을 총체적으로 한몸에 지닌 전형적 축소판〉이라할 수 있다. 근대화 30년 한국사회의 전형적 축소판으로서의 포항, 그런 포항을 만들어온 주역으로서의 포철 – 지식인들은 대체로 이 규정에 수긍한다. 그런데 진작부터 우리 지역공동체는 새로운 지혜를 기다리고 있었다. 긍정의 거울과 부정의 거울을 동시에 들여다 보는 자세, 오늘의 물질적 풍요를 더욱 인간다운 삶 쪽으로 이끌며 길들일 수 있는 힘, 이것이었다.

이 지혜는 과거의 가난도 오늘의 풍요도 거꾸로 읽을 줄 아는 사람의 머리에 떠오르고 가슴에 고인다. 더 쉽게 말하기 위해 어느 유명한 유행가의 절창 한 구절을 시늉하자면 "오늘 우리가 잃은 것이 무엇이며 잃은 것은 무엇인가?"라는 물음에 대한 뼈저린 성찰을 수행하는 사람의 영혼에만 그 지혜는 샘물처럼 고이는 법이다.

긍정의 거울과 부정의 거울을 동시에 보려는 지혜를 사람들의 일상으로 보편화시켜야 할 때, 실제로 우리는 바로 이 지점에 도달해 있다. 지난 30년을 오직 앞만 보고 내달려와서 가까스로 도달한 지점이다. 포철 30년의 포항지역사회도, 근대화 30년의 대한민국 사회도, 그리고 20세기의 황혼과 더불어 21세기의 여명을 예감하는 인류사회의 현주소까지도.

그러므로 '포항과 포철 30년'을 회고·진단하고 포항시의 새로운 50년사를 시작하는 21세기를 전망하기 위해서는 이 현주소를 기준으로 과거와 현재와 미래를 오르내려야 한다. 불빛의 축제로 잠들지 않는 영일만이 하얗게 잊어버린 종달새의 노래와 모래밭의 물새알을 기억해야 하고, 소고기 갈비살을 숯불에 구워대는 식탁 앞에서 파리떼가 새까맣게 내려앉은 밥상을 떠올려야 한다는 것이다.

2. 신화神話의 집에 생채기가 있었네

신화의 집

…1968년 11월. 모든 마을이 이사를 떠난 뒤, 대송면 송정동 일대의 황량한 모래벌판은 흡사 사막처럼 을씨년스러웠다. 아마 그

런 풍경이 박태준 사장의 최일선 지휘소에 〈롬멜하우스〉란 이름을 붙였을 터. 그즈음의 하루는 상황실에 박정희 대통령이 한참을 머물렀다. 박대통령은 롬멜하우스 2층 난간에 한 발을 올려놓은 채 포연이 휩쓸고 지나간 듯한 영일만 모래벌판을 바라보며 쓸쓸히 혼잣말로 중얼거렸다. "저렇게 남의 집들을 다 밀어버렸는데, 제철 공장이 되기는 되는 건가." 이 독백을 듣는 박사장은 모골이 송연해졌다. 그가 '고래급'의 술을 끊는 순간이었으니….

위의 묘사는 '포철 신화'의 도입부를 장식해야 한다. 신화를 창조하는 정신적 원형질의 한 단면이기 때문이다. 그리고, 단숨에 껑충 건너뛰어, 이 신화의 후반부를 기록한다면, 다음의 서술이 등장하지 않을까?

…재벌들이 휘청거리고 쓰러지는 가운데 수많은 기업들이 연쇄적으로 도산하는 IMF 사태. 이 미증유의 대혼란기(1998년)에 오히려 포철은 '철강재의 안정적 공급'이란 전통을 변함없이 지켜내면서 1조1천2백2십9억원의 당기 순이익을 달성함으로써 일찍이 근대화의 초창기에 그랬듯 이번엔 외환위기 극복의 견인차 역할을 충실히 수행하였고…

포철 신화, 이 집에는 멋지고 훌륭한 서까래들이 많다. 조상의 혈세(일제 식민지 배상금)로 짓는 제철소이니 실패하면 모두 영일만에 빠져죽자는 순백한 〈우향우 정신〉, 거의 완공된 송풍발전소를 폭파하면서 '부실'이란 단어를 추방한 결단, 무려 8년에 걸친 긴 씨름 끝에 막판의 극적 뒤집기로 광양만을 제2제철소 부지로 최종 낙착시킨 과정에서 정부 관료들을 상대로 발휘한 집념과 용기…… 일일이 손가락으로 꼽기란 불가능하다.

그렇다고 내가 승리의 영광을 장수들에게 돌리는 통념에 찬성하는 사람은 아니다. 용사들과 민간인들의 피땀을 더 세세히 살피는 것이 작가의 의무라고 생각하고 있으며, 소설은 위대한 영웅을 다루더라도 그의 자잘한 일상에서 그를 분석하고 그를 재구성해야 한다고 믿는다. 보나파르트(나폴레옹)를 톨스토이가 그렇게 다루었다. 실제로 포항제철의 역사는 현장에서 고생한 숱한 포스코맨들의 땀과 눈물이 철학이나 솔선수범과 조화를 이뤄나간 과정이라고 해도 과언이 아니다. 아무것도 없는 백지상태에서 제철소를 성공적으로 건설해야 한다는 책임감만으로 끊임없이 닥쳐오는 어려움을 극복하기란 여간 힘든 일이 아니었다. 수많은 포철 직원들은 자신들의 지도자가 그랬듯 휴일과 명절을 반납하고 사생활을 포기하면서까지 포철의 발전과 성공을 위해 어떤 위대한 사명에 복무하듯 헌신을 아끼지 않았다. '로마는 하루 아침에 세워지지 않았다'는 말처럼 포철도 그렇다.

아문 생채기, 남은 생채기
지금까지 포철은 국내 어느 기업보다 지역사회와의 유대관계를 중요시해왔고 이를 몸으로 실천한 기업이라고 자부한다. 20년 만에 거의 모든 설비투자를 마쳐놓고 드디어 지역협력에 깊은 관심을 기울일 수 있게 되었다고 회고하는 포철은 1989년부터 1998년까지 포항의 체육·문화·기반시설·불우이웃돕기·장학사업 등에 약 430억원을 투자했다고 한다. 그 이전의 20년을 통틀어 약 40억원과 비교하면 무려 12배 수준이다.

포철의 지방세 납부실적 또한 빼놓을 수 없다. 포항시 세수입의 20% 안팎을 차지해왔으며 작년(1998년)엔 228억원으로 포항시 세수입의 18.4%였다. 누구도 부인할 수 없는 굉장한 역할이다.

그럼에도 불협화음은 존재해 왔다. 그러니까 여기엔 물질로써 설명하기 어려운 어떤 문제가 분명히 있는 것이다. 진단서를 만들어보자.

1987년 6월을 겪은 뒤의 몇 년 동안 우리나라 전체의 사회적 분위기가 그랬던 것처럼 포항에서도 과거의 묵은 불만들은 감정적이든 이성적이든 십중팔구 평등의 프리즘을 통과하고 있었다. 때마침 서울의 언론들이 〈포철왕국〉이라 불렀다. 인구人口에 쉽게 회자膾炙되는 표현찾기를 즐기는 언론의 상혼商魂은 창업지도자의 '카리스마'와 '포항시민과 담을 쌓은 자기들만의 세상'이란 뜻을 한껏 부추기려는 간택이었겠지만, 항간에선 '포철이 포항을 지배한다'는 뜻으로 받아들이는 경향이 뚜렷한 세력을 이루었다. 거의 20년 만에 터져나온 항의의 목소리는 다섯 갈래의 큰 줄기를 이루었다.

우리는 왜 송도 백사장을 잃어버렸는가? 우리는 왜 광양에 비해 어업피해보상을 형편없이 받았던가? 왜 효곡동은 특별시처럼 좋아야 하는가? 왜 협력업체나 철강공단 노동자는 포철 노동자와 같은 임금과 복지혜택을 받지 못하는가? 왜 포항의 환경이 나빠졌고 영일만이 썩어가는가?

하나씩 현황을 살펴보자.

송도의 경우는 '백사장 유실의 원인 규명'에 대한 연구용역이 발주되어 현재 진행형으로 잠재해 있으며(2003년 봄에 보고서가 나오게 됨), 영일만 어업피해보상은 1995년 200억원을 추가 보상하는 것으로 합의되었다.

늘 푸른 깨끗한 효곡동—사람의 힘이 가꾼 이 마을의 배경에 있었던 '교육환경과 주거환경을 먼저 일류로 조성해야 인재가 모인다'는 경영철학을 시민들이 평안히 이해하기까지엔 긴 시간이 흘러야 했으며, 〈열린 효곡동〉은 시나브로 질시의 대상에서 주택과 교육의 모범단지로 각광받기에 이르렀다.

근로자들 사이의 그런 불만은 시장경제의 질서에 용해되어 회사가 다름에 따라 봉투와 복지의 형편이 다르다는 평상의 현실로 환원되었다.

환경문제를 함께 개선하는 길

포항의 환경, 영일만의 오염. 이 대목에서 포철은 포항 토박이들의 기억을 존중해야 하고, 시민들은 영일만 오염의 책임에 대해 냉정히 인식해야 한다.

송정동 해수욕장. 투명한 바다, 먼지가 없는 사각사각한 모래알, 십 리를 헤아린 백사장, 긴 언덕처럼 늘어선 무성한 방풍의 솔숲. 포항 토박이들은 그 상실을 가슴 아프게 기억한다. 경제의 시각으로는 한낱 척박한 땅으로 보였겠지만, 뒤늦게 깨달은 환경의 눈에는 새삼 보배로운 땅으로 떠오르는 어링불. 그 세계 최고 수준의 해수욕장에 세계 최고의 제철소가 웅장하게 자리잡고 있다.

만약 포철이 세계의 다른 많은 제철소처럼 적자에 허덕이고 있다면 그것은 꿩도 놓치고 닭도 놓치는 이중의 비극이 되었으리라. 어링불을 기억하는 시민들은 '세계 최고의 포철'이기에 위안을 받는다.

포철은 총 설비비의 약 10%(1조8천억원)를 환경오염 방지시설에 투자했다. '폐수'란 이름의 엄청난 냉각수를 쏟아내지만 그 물의 상태는 폐수란 용어가 억울할 수준을 유지한다고 말한다. 총량은 크되 그 수질은 오염원이 아니다 ‒ 이 말에는 진실이 있다.

그렇다면 영일만 오염의 주범은 무엇인가? 한마디로 그것은 시민들의 생활 오폐수인데, 행정의 책임이 막중하다. 포철의 성장과 함께 폭발적으로 증가하는 인구 수요에 대비하지 못한 한국행정의 낙후성이 지난 시대의 포항시 행정을 관장하고 있었다. 오죽하면 21세기를 코 앞에 둔 지금도 하수종말처리장을 완성하지 못하고 있겠는가? 하수종말처리장을 제때 만들지 못한 것은 영일만 재앙의 결정적 요인이었다. 이제부터라도 시민들은 물어야 한다. 하수종말처리장은 어떻게 되고 있는가? 부실공사는 아닌가? 시민들은 무엇을 고쳐야 하는가? 대기오염은 폭발적으로 증가한 자동차가 주범이고, 포철도 강원산업도 철강공단도 자유로울 수 없다. 우리 모두의 책임이다.

이성적 이해와 겸허한 경청, 그리고 신뢰와 공동의 노력. 이 평범한 확인이 포항의 환경을 지키고 개선해 나가는 진리의 길이다.

3. 진실이 있어야 진정한 화합이 있다

'즐거운 개혁'으로

포철의 민영화 시대가 열리고, 포항과 포철이 말 그대로의 '진정한 지역공동체' 시대에 돌입하기를 진심으로 바란다고 하자. 그렇다면 포항시민도 포철 경영진도 무엇보다 '마음의 근본'에 변화를 일으켜야 한다.

벌써 13년 전 어느 날에 쓴 나의 일기 한 부분을 옮겨보겠다.

포철이 국가경제, 지역경제에서 담당하는 역할과 영일만의 잃어버린 자연, 이 둘을 대차대조시키면 포철에 〈흑자〉 판정이 날 것이다. 하지만 이런 상업적 대차대조가 옳은가? 배고팠던 시절에는 미처 몰랐지만 중산층이 두터워지고 생활의 여유가 생기니까 마침내 시민들의 심리에도 잃어버린 자연을 안타깝고 아프게 여기는 기운이 일어나고 있다.

13년 전에 감지했던 그 기운은 해를 거듭할수록 더 강해져서 환경운동이 활기찬 시대가 되었다. 그런데 가정을 해보자.

'포항의 잃어버린 자연에 대해 발언할 자격을 갖춘 대송 철거민'과 5만명 포항 토박이들은 옛날의 환경에 지나치게 집착한다고 하자. 포스코맨들은 포철이 국가경제와 지역경제에 끼친 기여도에 지나치게 집착한다고 하자. 여기에 무슨 화합이 오겠는가? 닭이 먼저냐, 달걀이 먼저냐. 소모적 대립만 끝없이 존속될 따름이며 그 평행선은 상처를 만들고 덧나게 하는 불신의 레일에 불과하다.

포항과 포철의 한 세대.

포철에 와서 노란 제복 속에다 푸른 청춘을 실어보낸 어른들의 대다수는 포항땅에서 아들딸을 낳고 길렀으며 손주마저 품에 안았다. 포항땅은 그들의 삶의 터전이요 제2의 고향인 동시에 2세와 3세의 고향이다. 아마도 그들 대다수는 포항땅에 뼈를 묻어야 하는 형편이거나 또 그럴 마음일 것이다. 그들의 인생은 포항땅과의 인연을 떠나서는 도저히 성립될 수 없다. 포항 경제의 호경기를 따라 몰려들었던 크고 작은 사업가도, 남루한 이농離農의 보따리를 포항땅의 어느 변두리에 풀어놓았던 가난한 젊은 부부들도 20년 30년 흐르는 세월과 더불어 가산과 식구를 일구며 '포항의 인생'을 거의 완성하고 있다. 그들 모두가 포항의 주인이니 깨끗하고 품위있고 풍요로운 포항을 후세에 물려줘야 할 사명을 다함께 안고 있다. 그러므로 더 늦기 전에 포항시민이 비워야 할 마음, 고쳐야 할 마음이 있다.

"포철 때문에 포항 환경을 망쳤다. 그러니 잘 살게 해줬다고 큰소리치지 마라"라는 이 해묵은 언어를 갈고 닦아서 "산업화 과정에서 잃어버린 자연은 피할 수 없었던 아픔이라 치고, 앞으로는 잘하자"라는 슬기로운 언어로 만들어야 한다는 것이다.

더 늦기 전에 포철이 비워야 할 마음, 고쳐야 할 마음이 있다.

"포철 때문에 포항이 이렇게 발전했으니 감사는 못할망정 툭하면 시비냐"란 언어를 솎아내 버리고 "포항과 포철은 영원한 동반자이니 과거에 집착하지 말고 새로운 시대를 함께 만들어 나가자"라는 언어에다 지역사회와의 관계에 대한 철학의 뿌리를 내려야 한다는 것이다.

진짜 한번은 툭툭 털고 대범해져야 한다. 포항의 지도급 인사들은 실리니 명분이니 '타인'을 다루는 경우의 야박한 계산으로부터 벗어나야 하고, 포철은 우리의 따뜻한 이웃이라는 생각을 가슴에 품어야 한다. 물론, 포철도 마찬가지이다.

서로가 타인처럼 상대하지 않고 서로가 마음의 근본에 변화를 일으켜야만 진실이 살아나고 비로소 진정한 화합의 문이 열리지 않으랴. 이를 포항지역사회의 '즐거운 개혁'이라 불러도 좋을 것이다.

대화의 채널을 만들어야

포항과 포철 사이에 있었던 마찰, 그 과거를 더듬는 여정을 거의 마치고 현재로 돌아오려는 나의 눈에 빳빳한 기둥처럼 세워진 하나의 '전통'이 보인다. 이 전통의 이름은 길다랗다. '항상 대화의 채널이 없었다'이니까. 그러니 사실 그것은 '전통'이 아니라 '인습'이다.

이제는 그것을 허물어야 한다. 뿌리째 뽑아버려야 한다.

무엇을 더 계산할 것이 남았을까? 무엇 때문에 더 망설여야 하는 것일까?

대등한 대화, 합리적 대화, 그 가운데 '이해와 신뢰의 상부상조'라는 새로운 전통을 기둥처럼 세워야 할 때이다.

2002년 이후의 포철엔 국가 소유의 주식이 3%밖에 남지 않는다고 한다. 말 그대로의 민영기업으로 변모하는 것이다. 그러나 독과점 주주의 등장을 차단해야 하는 '긴장된 경계'를 늦출 수 없다. 민영화가 재벌화로 변질되는 것과 자기 이윤만 절대시하는 악덕 지배주주의 등장을 막아야 하기 때문이다.

가까운 미래인 그 시절의 포철에게, 포철 경영진에게 가장 든든한 보호세력은 포항시민이다. 동시에 가장 버거운 세력이 될 수도 있다. 30년 세월을 함께 넘어오며 드디어 흥망의 운명을 함께 짊어진 지역사회의 그 힘을 포철은 어느 쪽으로 받아낼 것인가? 대등한 대화 채널, 그 통로의 진실되고 합리적인 언어들이 결정할 일이다.

이 실현을 위해서는 한가지 더 깊고 넘어가야 할 일이 있다. 그것은 바로 포철의 발전방향에 대한 포항시민들의 더 적극적인 참여에 관한 문제다. 보이지 않는 곳에서 불만을 이야기할 것이 아니라, 포철이 21세기에도 포항과 함께 발전해 나갈 수 있는 방안에 대한 공개적이고 적극적인 참여가 필요하다. 또한 합리성을 존중하고 개인적 이해관계를 넘어 항상 투명한 자세를 견지해야 한다. 그럴 때 비로소 '이해와 신뢰의 상부상조'라는 새로운 전통을 세우는 진정한 대화의 채널이 굳건히 자리잡을 수 있을 것이다.

4. 빛의 도시를 가꾸는 동반자

불화를 공동체 의식으로 넘어

올해(1999년) 들어 '포항과 포철'은 무척 시끄러워질 뻔했다. 불씨는 지난 2월의 포철 신사옥 대잠동 건설 백지화 통보. 그로부터 8개월 정도 시간이 흘렀다. 시민대책위는 포철의 변화된 불가피한 사정을 이해하면서 새로운 지역협력의 방안을 논의하게 되었다. 1999년 8월 16일 포항시청 상황실에서 열린 시민대책위는 전반적으로 그런 분위기를 반영하고 있었다.

'본사 공간이 남아도는 상황에서 신사옥을 건립하는 것은 바람직하지 않은 것이며, 대신 고용 세수 증대, 미래가치 증대, 경영, 기술, 인재 등 지원을 통해 포항시 전체에 이익이 갈 수 있는 방향에서의 지역협력이 바람직하다'는 유상부 회장의 〈신사옥 건립 철회 대신에 내놓은 지역협력의 방향〉에 대해 시민들은 언뜻 테크노파크를 연상할 수 있다.

우리는 시청이든 다른 건물이든 다리든 더 이상 그런 유형의 협력을 원해서는 안되며, 문화, 예술, 복지, 장학, 환경과 같은 현재의 시민들과 다음 세대들의 삶의 질을 높이는 방향으로 협력 받는 발상을 전환해야 한다고 본다.

포항지역사회연구소 대표로 참석한 나의 의견에 대다수 참석자는 고개를 끄덕였고, 그런 뜻깊고 획기적인 사업에 포항시도 다른 업체들도 시민들도 다함께 동참해야 한다는 '공동체적' 추가 의견이 있었으며(진병수 시민대책위원장), 8월 29일 포항문화방송이 발표한 포철의 향후 지역협력 방안에 대한 여론조사 결과 또한 59%가 포항테크노파크를, 23.6%가 문화예술의 지원을 원했으며, 시청사 건립 지원은 14.3%에 불과한 것으로 나타났다.

빛의 도시를 함께 가꾼 30년

포항은 '빛의 이미지'로 피어나는 도시이다.

『삼국유사』가 보듬은 「연오랑 세오녀」 설화는 '빛의 포항'을 위한 최초의 불씨이며, 민족적 긍지의 씨앗이다. 한반도의 '해와 달'의 상징이며, 일본땅에 개명開明을 선사한 상징이기 때문이다.

영일만迎日灣 – 해를 맞이하는 바다. 일월동日月洞 – 해와 달의 갯마을.

그러니까 영일만 일월동은 저 아득한 역사로부터 한반도의 빛을 상징한 고을이었던 것이다. '용광로'라는 조국 근대화의 횃불이 포항 영일만에서 솟아오른 사건은 어쩌면 우연이 아닌지 모른다. 용광로의 빛, 이는 오천년 가난의 어둠을 걷어내는 장엄한 빛이었다. 또 있다. 포항방사광가속기는 20세기 한국과학의 총아로서의 빛이다. 연오랑 세오녀의 설화가 탄생한 시대로부터 오늘에 이르기까지, 앞으로 또 그만큼의 기나긴 세월이 퇴적된 뒤, 그 어느 날에는 용광로와 방사광가속기가 20세기 후반기에 있었던 '해와 달의 설화'로 읽힐지 모를 일이다. 2000년 뉴밀레니엄의 신성한 빛도 이곳 포항땅, 한반도의 범꼬리(장기곶)에서 받게 된다. 뜻깊고 자랑스런 빛이다.

더 있다. 21세기에는 포항테크노파크가 빛나게 될 예정이란다. 첨단의 빛이 포항의 언덕을 찬란히 물들일 것이란다. 성공률 20% 미만이란 선진국의 테크노파크 경험 때문에 조심스럽긴 하지만 가슴을 설레이기엔 적절한 희망이다.

이렇게 포항은 '빛의 이미지'가 널려 있다. 이 빛의 도시를 포항 시민과 포항제철은 지난 30년 한 세대 동안 알게모르게 함께 가꾸어온 것이다.

21세기엔 우아미와 세련미를

그러나 아직 포항은 '빛의 이미지'를 체계적으로 정리한 도시가 아니다. 그것을 도시의 정체성正體性으로 가다듬지 못한 실정이다. 빛의 이미지가 무질서하게 흩어져 있어서 방문객의 눈에는 물론이요 시민의 피부에도 닿지 않는데, 하물며 빛의 이미지를 배우고 닮으려는 시민의 삶을 이야기 할 수 있으랴. 부끄러운 노릇이다. 그렇

다면 무엇을 할 것인가? 빛의 이미지들을 포항정신으로, 포항문화
로 바로세우는 기획부터 마련하자는 주장을 나는 굽히고 싶지 않
다. 이는 말이야 쉽지만 몹시 까다롭고 힘겨운 일인 동시에, 위대한
새로운 시작을 위해 반드시 거쳐야 하는 통과의례이며, 우리 도시
가 우아미와 세련미를 추구하는 체계적 시스템이다.

　새로운 천년과 새로운 세기의 이 '새로운'이란 말을 단순히 달력
의 숫자가 바뀌는 데 대한 수사修辭로만 사용할 수는 없다. 새천년
한민족 해맞이 축제라는 몇 시간의 행사를 위한 수사로만 쓰고 마
치 술을 다 비운 뒤의 술병처럼 한쪽으로 치워버린다면 오늘의 법
석은 허망해질 것이다. 정부가 '새로운 나라'를 기획하는 것과 같은
차원에서 포항은 포항대로 '새로운 포항'을 기획해야 마땅하다. 그
전체를 올해 안으로 몽땅 해내야 한다는 법은 없다. 우리가 산업화
와 민주화를 어디 몇달 몇년 만에 이루었던가?

　그러나 아직도 '행사와 구호'를 넘어선 그 어떤 구체적 움직임을
포항에 사는 나는 좀처럼 피부로 느낄 수 없다. 안타까운 노릇이다.
복지부동, 무한한 답습, 예산 갈라먹기, 새로운 목소리에 대한 비하
또는 귀머거리 행세, 내 밥그릇의 부피를 재는 옹졸함, 내 밥그릇을
지키려는 졸렬한 모의…… 이런 음습한 반문화反文化의 뿌리들을 뽑
아내려는 노력과 만나기란 흡사 천재일우의 격이다.

　'포항의 빛'들이 가지런한 정형성을 갖추게 되는 날, 그 위에서
우아미와 세련미를 추구하는 포항을 전망해 보려는 시야는 자꾸만
흐릿해 온다.

어떻게 대응할 것인가?

행정관청으로서 포항시가 맨 먼저 할 일은 '새로운'의 의미에 대해 일대 각성을 하고 오랜 답습의 궤도를 벗어나는 것이다. 지나친 주문인가? 물론 시의회도 '새로운'의 의미를 적극적으로 수용해야 한다. 어떤 길이 21세기 '빛의 포항'을 함께 가꾸는 길인가? 이 고민 앞에 진지하게 서야 한다고 생각한다.

포항시민의 역할은 시민의식을 키우고 '품격 높은 포항'을 향한 오랜 소망을 실현하자는 도시의 분위기를 만드는 일에 앞장서는 것이다. 포항의 빛이 궁극적으로 스며들 곳은 도시의 가치관, 도시의 정신, 도시의 문화, 시민들의 삶이기 때문이다.

포철은 이미 길을 제시하고 있다. 미래가치 증대, 포항시 전체에 이익이 가는 방향. 이 생각엔 '빛의 이미지'를 제대로 정리하고 가꾸려는 발상이 엿보인다. 여론조사가 입증하듯 대다수 포항시민들은 그것을 지지한다. 회사의 시각으로 보아도 결코 손해나는 일이 아니다. 포철 직원들은 바로 포항시민이고, 많은 포항시민들은 바로 포철 직원이니까.

그러나 남은 문제는 실행에 옮기려는 의지와 방법론이다. 그것도 최고경영자가 바뀌어도 변하지 않는, 포항시민과 포철 직원들이 더불어 공감하고 더불어 즐거워할 수 있는 기획과 실행이어야 한다. 물론 포항시장을 비롯한 지역의 어떤 정치세력도 함부로 손댈 수 없는 기획과 실행이어야 한다.

5. 21세기 포항 비전 – '포철과 함께 포철을 넘어'

포항의 문화를 위하여

21세기 무대의 막을 올리면 큼직한 세 현수막이 걸려 있다. 정보통신의 시대, 지식산업의 시대, 문화의 시대. 그 무대에서 포항은 자신감을 가져도 좋다.

포철, 포항공대, 포항산업과학연구원, 포항방사광가속기, 테크노파크, 뛰어난 인재집단, 젊고 역동적인 도시, 수출 물류비의 최소화(신항만), 인접한 전자도시. 포항만큼 정보통신과 지식산업을 하기 좋은 도시는 드물다는 말이 결코 빈말이 아니다.

그런데 하나가 빠져 있다. 바로 '문화'이다. 그래서 문화를 주목한다. 마침 시민들도 문화를 갈망하고 있다. 포철의 지역협력이 21세기를 기념하여 새로운 길을 모색한다면 그 초점은 문화에 맞춰져야 한다.

왜 문화가 중요한가? 이 대답에는 시민의 삶과 문화를 짝지어서 보는 눈이 필요하다. 문화는 사람들이 생각하고 행동하는 틀이다. 문화는 한국사회의 구조로 짜여져 있다는 부정부패, 부실, 무질서 따위의 야만을 길들이는 부드러운 채찍이다. 문화는 자본주의 체제의 결함들을 그 내부에서 개선해 나가는 원동력이다. 문학과 음악과 미술과 연극과 영화, 이 예술은 문화를 키우는 주요한 일꾼들이다. 문화는 상품으로 팔릴 수 있다. 그러나 문화를 상품성의 가치에 매몰시키려는 의도는 비극을 예고한다. 현재 포항의 문화수준이란

이 도시에서 동시대를 살고 있는 시민들의 총체적 가치관의 평균수준과 일치한다.

부디 이런 시각으로 문화에 접근해야 한다는 것을 호소하고 싶다. 올해 2월 19일 포스코신문에 쓴 칼럼 「드디어 문화를 시작했으면!」에서도 나는 호소를 했다.

포항의 문화는 여전히 답답하다. 포항시는 문화행정의 오랜 답습에 묶인 채 좀처럼 우리시대가 요구하는 문화적 철학과 기획을 보여주지 못하는 실정이며, 포철의 지역협력 사업에서도 문화를 근본적 화두의 하나로 삼으려는 흔적을 발견하기 어려운 형편이다. 이 난맥상을 포항 공동체의 지도급 인사들은 다함께 직시해야 한다. '새로운 발상'을 경청하고 '새로운 기획'을 수립해야 하며, 이를 지도자로서의 의무와 책임으로 인식해야 한다. 21세기 지역경제의 거대 프로젝트를 성공시킬지라도 만약 문화에 대한 직무를 유기한다면, 그것은 마치 포철 건설과 함께 급격히 증가할 인구에 대비해 영일만 오염방지를 위한 하수종말처리장을 제때 만들지 못했던 것과 같은 차원의 재앙을 다음 세대에게 물려주는 과오로 기록될 것이다.

포항공과대학교를 세계 최고로

개교 10년 만에 아시아 최정상의 연구중심대학으로 솟아오른 포항공대. 포항 뿐만 아니라 우리나라를 세계 속에 알리는 상징과 자랑으로 성장해야 할 포항공대. 과학과 공학계열의 두뇌집단들이 모여있는 이 '노벨동산'을 위하여 포항시민이 도울 수 있는 방법은 한정되어 있다. 물질적으로는 지역 독지가들의 장학금 기부가 거의 유일한 수단이지만, 시민 모두가 포항공대를 도울 수 있는 넓은 길이 시원스레 뚫려 있다. 포항공대를 포항의 자랑과 긍지로 여기면서 기필코 미국의 MIT와 같은 대학으로 성장할 수 있도록 마음에서 우러나온 격려와 애정을 보내는 것이다.

포항공대는 고유의 목표를 다치지 않는 테두리 안에서 좀더 시민 속으로 들어오려는 노력과 정성을 기울여야 한다. 더 많은 시민들이 참여할 수 있는 더 나은 문화프로그램의 개발은 그를 위한 좋은 방책이 될 것이다.

그리고 한가지를 더 주문하고 싶다. 나의 손으로 엮은 '세계 최고의 연구중심 대학을 추구하는 포항공대 10년 이야기' 『노벨동산의 신화』의 머리말에서 옮겨오겠다. 시기상조와 같은 여유를 부리는가 몰라도 학풍과 전통을 위해 미리 강조하는 것이다.

포항공대는 과학기술의 상품화 경쟁에서 승리해야 하는 운명을 잘 감당해야겠으되, 오늘의 과학기술이 철저히 자본의 도구로 전락하여 인간다운 삶에 기여하려는 철학성을 상실해 간다는 절절한 비판도 겸허히 경청하고 고뇌해 주길.

그런데 포항공대를 세계 최고의 과학기술대학으로 성장시킬 수 있는 '아버지'는 누구인가? 이제 겨우 소년기에 접어든 포항공대엔 무엇보다 '막대한 기금'이 절실하다. 소년을 자꾸만 아르바이트로 내몰 수는 없지 않는가. 당장의 소득과는 무관해 보이는 개척자적 도전자적 연구에 몰두할 수 있는 여건의 완비, 이것이 아버지의 역할이다. 두말할 것도 없이 포항공대라는 총명한 아이를 낳은 아버지는 포항제철이다. 아버지는 아이에게 이런 운명을 점지했다고 나는 생각한다.

쓰라린 일본돈(일제 식민지 배상금)이 오늘의 세계 일류 기업인 포항제철을 창업할 당시에 큰 밑천이었고, 그것을 잘 소화해서 성공한 포철이 포항공대를 낳았으니 포항공대는 처음부터 우리나라의 과학기술 분야를 이끌어야 할 숭엄한 민족적 사명감을 타고 났다.

포항공대의 명예는 포항공대인과 포항인의 명예가 되고, 포항의 자부심이 되고, 나아가 한국의 큰 자랑이 될 것이다.

포철과 함께 포철을 넘어

지난 30년 이래로 오늘에 이르기까지 포철은 포항의 상징이 되어 왔다. 특히 경제 분야만 따진다면 거의 절대치를 차지해 왔다. 이 구조 때문에 지난 시절의 한때 포항시민은 미국 피츠버그시의 쇠락 소식을 떠올리면서 불안을 느꼈던 적이 있었다. 엄격히 말해, 이는 잠재적 가능성이다. 신소재니 뭐니 하며 철강산업이 사양길에 접어들 것이란 예측이 맹랑한 거짓이 아닌 한은 그렇다.

그 판단 위에 21세기 포항경제의 고민은 존재한다. 그래서 모두가 포항테크노파크와 포항 신항만이란 해법에 매달리고 있다. 포항경제의 삼두마차 시대, 즉 포철과 테크노파크와 신항만이 포항경제를 이끄는 '포스트 포스코' 시대를 열어야 한다는 것이다.

그 거대 프로젝트를 포항시가 혼자서 감당할 수 있는가? 포항시민들이 외친다고 이루어지겠는가? 물론 포항시도 포항시민도 역할을 해야 한다. 그러나 포철의 역할은 무엇보다 중요하다. 그 거대 프로젝트가 지역사회의 미래와 직결된 역사役事일 때, 비로소 포항도 포철도 안도와 행복을 느낄 수 있다.

그러므로 포항이 21세기를 맞이하여 새로운 도약을 소망한다면 〈포철과 함께 포철을 넘어서는 전략〉을 도모할 수밖에 없다. 이것이 '30년 동반자 포항과 포철'의 분리시키지 못할 지역공동체적 운명이다. 조직과 조직이, 집단과 집단이 이 앞에서 오만할 이유는 없다. 겸허와 신뢰와 애정이 요청될 따름이다. 개인은 모든 것을 미련없이 버리고 훌훌 깊은 산 속으로 들어가 원시를 꿈꿀 수도 있겠지만, 유감스럽게도 공동체는 그런 자유를 부여받지 못하지 않았는가?

포항과 포철, 그 압축 30년의 세월을 넘어선 길목에 때마침 새천년과 21세기는 기다리고 있으며, 포항은 다음의 50년을 그 신선한 지평에서 시작하게 되었다. 둘은 당장 혼례를 올려도 만혼晩婚에 들 텐데, 포항과 포철이 정성과 슬기를 합쳐서 포항공대처럼 총명한 아이를 낳아야 할 때가 무르익었다 하지 않을 수 있으랴. 그 총명한 아이로써 20세기에 있었던 불화들을 말끔히 추방하고 '신나는 동반'의 21세기를 시작했으면! 아, 그 아이의 이름을 '문화'라 부를 수 있다면, 21세기엔 포항에서도 마침내 문화를 찬란히 꽃피울 수 있다면!

포항의 형님론

이상만

남들이 들으면 웃을지 모르지만, 누군가를 의지하지 않으면 단 하루도 살 수 없을 것 같은 사람들의 모습을 나는 종종 '형님'이란 말 속에서 발견해내곤 한다.

군대, 학교, 고향 다 동원해서 과거에 한 자리만 같이 지나온 흔적이 있으면, 그리고 나이 좀 더 먹고 안면만 있으면, 상대방의 직위

이 에세이는 1990년 《포항연구》 제4권에 실린 것으로, 그때 포항문화방송 프로듀서로 일하던 필자는 오래 전 이민을 떠나 캐나다에 살고 있다. 지난 한 세대 동안 '포항의 형님론'적인 구조와 풍토는 개선됐는가? 아니, 더 악화된 것은 아닌가? 이 판단은 포항시민의 몫이다.

와 마땅한 호칭이 무엇이든 간에 무조건 "형님" 하고 고개를 숙이는 사람이 있다.

내가 근무하는 사무실에도 예외는 아니다. 프로그램 관계로 찾아오는 손님들 가운데는 벼라별 사람들이 다 있지만, 그중에도 유독 눈길을 끄는 사람들이 있다. 바로 사무실에 들어서기가 무섭게 곧장 부장, 국장 해서 소위 높은 분들께 달려가 "형님" 하고 손을 내미는 사람들이다. 관계를 몰라서 친아우가 왔나 싶어 물어보면, 막상 누구는 어느 학교 후배다 하고 또 누구는 그냥 그냥 어쩌다 알게 된 사람이라고 한다.

그런데 알고 보면 그 사람이 만든(?) 형님은 신문사에도 있고, 차로 30분 거리 저 너머 법원에도 있고, 은행에도 있다고 한다. 처음엔 단순한 생각으로 오줄없이 아무나 보고 "형님", "형님" 하는 그 아우를 지켜보며 기실 그 아우의 진짜 형님 되는 이는 얼마나 섭섭할까 하는 생각도 들었다. 그러나 진짜 형님도 그 아우의 형님타령을 쉬 막을 수는 없을 것 같다. 사업하다 돈 떨어지면 그는 은행의 형님을 찾아가고, 사람을 잘못 때려 경찰서에 들어가면 그는 법원의 형님에게 전화한다고 한다. 자기 신변에 불리한 일이 생기면 그는 또 신문사의 형님을 부른다고 한다.

이 사람 저 사람 만나다 보니 형님 많이 둔 아우만 많은 게 아니다. 아우 많이 둔 형님도 많은 것 같다.

밖에서 사람들을 만나다 보면 국장, 부장이라고 해서 그래도 사무실에서는 깍듯이 모셔야 하는 윗분들의 존함을 마치 동네 애들

동무 이름 부르듯이 '길동이' '수동이' 하는 사람들이 있다. 낯선 사람에게서 소위 부하직원이란 사람이 접미사 하나 없이 홀랑 벗겨진 국장, 부장의 이름을 듣고 있노라면, 그것은 뒤에 숨어서 윗사람 욕하는 얘기보다 더 역겹고 부끄럽게 들린다.

당신의 부장은 자신의 아우뻘이고, 자신은 그의 형님뻘이란 얘기다. 인정하지 않으려 애를 쓰지만 불쾌하게도 어느새 나는 그의 막내아우가 돼버린 듯한 느낌을 떨칠 수가 없게 된다.

사무실 내에서도 마찬가지다 선배, 과장, 부장, 국장 해서 하고 많은 호칭 다 놔두고 무조건 "형님, 형님" 하는 사람들이 있다. 회사뿐 아니라 전 회원이 "형님" "아우" 하는 단체도 있는 것 같다.

가만히 살펴보면 한두 명, 한두 군데가 아니다. 바쁘다는 핑계로 시절 탓하며 명절날 차례상 앞에서나 만날 수 있는 그 귀한 형님, 아우를 사단병력처럼 거느리고 있는 사람들이 얼마나 흔한지.

그렇다면 형님이라고 하는 끈끈하게 피가 흐르고 따뜻하기만 한 이 말이 왜 이처럼 거북스럽게 다가올 때가 있을까?

전연 예측하지 못했던 상황, 엉뚱한 자리에서 불쑥불쑥 튀어나오는 "형님"이란 말을 들으며, 포항이라고 하는 낯선 지역에서 내가 처음으로 만난 딜레마가 바로 이 '형님'이란 단어의 진정한 의미가 무엇이며, 또 그 말 속에 감춰진 비밀스러운 속셈이 무엇인가 하는 점이었다.

두 가지 얼굴의 상반된 모양을 갖고 있는 〈포항의 형님〉을 지역의 상황과 기질과 풍토에 맞춰 어떻게 풀어볼까, 고심한 기억도 난다.

흔히 말하는 좁은 바닥에서 이리 부대끼고 저리 부대끼며 발넓게 십수 년 살다 보면 그야말로 형님 아닌 사람 없고, 아우 아닌 사람 없을 수도 있으리라. 하지만 301호에 사는 이씨와 302호에 사는 김씨가 서로 얼굴도 모른 채 살아간다 해서 혀를 껄껄 차고 캠페인까지 벌이는 세태에 귀중하게 쓰여야 할 아름다운 어휘 하나가 이처럼 헤프게 떠돌아다닌다는 것은 분명 문제가 있다는 얘기다.

'가진 자'가 '아는 자'를, '완력 있는 자'가 '권력 있는 자'를 "형님"이라 한다면, 심하게는 몇 다리 건너 사장을 형님처럼 모시는 계장이 바로 위 과장과 부장을 우습게 안다면, 그리고 이런 파행적인 인간관계가 정당하게 순리적으로 해결되어야 할 많은 부분의 일들을 정(情)이란 이름으로 적당하게 두리뭉실 해결할 수 있다고 믿는다면, '형님'이란 말도 이제는 가족의 차원에서가 아니라 '오염'의 차원에서 진단해볼 필요가 있다는 얘기다.

사회학에서 말하는 소위 갱 에이지(Gang Age) 세대가 무리를 짓는 습성은 그래도 애교로 바라볼 수 있지만, 세상에 가진 자, 있는 자, 아는 자들끼리의 야합만큼 무서운 것은 없다고 본다.

다가오는 지방의회 선거 풍속도가 어떤 모습으로 펼쳐질까?

벌써부터 기대 반 걱정 반으로 기다리는 사람들이 많다. 그런데 그 풍속도란 게 이처럼 묘한 관계를 가진 형님 아우들에 의해 저질러진다면 〈돈으로 산 아우〉, 〈권력으로 산 형님〉들이 피켓을 들고 설친다면, 낯선 이방인의 눈에 두목처럼 보이는 형님들, 부하처럼 보이는 아우들이 마이크를 잡고 떠든다면, 그래서 종래는 유치하게도 패거리를 잘 짓는 소아병적 기질의 사람이 우리의 대표자로 등장한다면, 또 줄레줄레 돈줄 따라 입김 따라 따라다닌 촌수 없는 아우들이 반대급부의 덕을 본다면, 정말 그 더러운 꼴을 눈 뜨고는 못 볼 것이다.

나의 이 소중하고, 따뜻하고, 피가 흐르는 형님론을 개인주의적 사고방식의 소산이라고 매도하는 사람이 있으면 나는 그를 천하에 무식한 자라고 단정해 버리고 싶다.

저마다 알맞은 빛깔과 크기를 갖고서 한 점 바람만 불어도 백양나무 이파리처럼 흔들리는 신라금관의 저 눈부신 영락을 보라. 이처럼 사람 사이에 올망졸망 정 있게 살아가는 모습은 아름답다.

"형님 콩코드 나를 주고, 그랜저로 바꾸소." 하다가도 수틀리면 "형님이고 뭐고 애 꼬라지 봐라." 할 그 형님이라면, 그 형님 소리 이제 제발 그만 들었으면 한다.

울 너머로 떡 사발 넘겨주며 "형님, 식기 전에 잡쉬 보소" 하던 그 무슨 댁인가의 '형님' 소리가 듣고 싶다.

먹장구름에 쫓겨 들어오며 "형님, 고추밭에 멍석 거두소." 하던 그 촌수 없는 아재의 '형님' 소리—그 목소리가 듣고 싶다.

신화,
아주 많은 것들의 시작!
아주 오래된 이야기!

신화는 우리에게 어떤 의미를 갖는가? 신화는 상상력의 보고, 우리가 우리의 경험을 벗어나서
다른 경험 세계이자 상상의 세계를 보여주는 의미가 있다. 신화를 보존하는 것이 민족의 정체성을
보존하는 것과 동의어가 된 사례를 통해서 신화의 전승이 얼마나 중요한 일인가 하는 것을 알게
되었다고 말씀드릴 수 있다.

남방실크로드는 무엇인가? 가장 오래된 교역로이자 다양한 민족과 문화가 존재하는 곳이며,
해양실크로드와 만나고 육상실크로드와도 교차하는 지역이라 할 수 있겠다. 무엇보다 편벽한
환경으로 신화를 비롯한 인류문화의 원형이 잘 보존된 곳이다. 현재 중국이 추진하고 있는
'일대일로', 그중에서도 해상실크로드와 맞물려 새롭게 조명되고 있다.

중동신화여행은 문자를 포함한 그 모든 기록을 통해 인류 최초의 기억을 찾아가는 여행이다.
우리는 안다. 어제의 그 기억이 아름다우면 아름다울수록 오늘 우리가 감당해야 하는 슬픔은
그만큼 더 커진다는 사실을. 그러나 인간은 시도 때도 없는 야만에 속절없이 당하기만 하는
존재가 아니다. 지금은 비록 자욱한 포연 속에 말 초토가 되었을지언정 그 도시가, 장구한 세월
인간의 어떤 소중한 꿈을 보듬어왔는지 기억해내는 것도 바로 인간이기 때문이다.

아시아

포항의 눈 ⓒ (사)포항지역사회연구소

발행일	2019년 2월 24일 초판 1쇄 발행
	2019년 5월 20일 증보 2쇄
펴낸이	김재범
펴낸곳	(주)아시아
기획	(사)포항지역사회연구소
글쓴이	강호진, 권영락, 김광일, 도형기, 박성진, 이대환,
	이동철, 이상만, 이재섭, 임재현, 임해도, 장태원
편집	김형욱, 강민영
관리	강초민, 홍희표
출판등록	2006년 1월 27일 제406-2006-000004호
인쇄·제본	굿에그커뮤니케이션
종이	한솔 PNS
디자인	나루기획

전화	02-821-5055
팩스	02-821-5057
주소	경기도 파주시 회동길 445(서울 사무소: 서울시 동작구 서달로 161-1 3층)
이메일	bookasia@hanmail.net
홈페이지	www.bookasia.org
페이스북	www.facebook.com/asiapublishers

ISBN 979-11-5662-405-9 03800